清初詞人納蘭

西風獨自涼

樸月 著

目次

《西風獨自涼》新版序

《西風獨自涼》，是我寫作生涯中「第一部」長篇小說。就「寫小說」而言，當時可真是「新手上路」！

我從小在父母教導下，以小詩、短詞當兒歌「啟蒙」。小學二年級開始接觸《古文觀止》；當然是在半猜半矇的情況之下讀的，卻也牽引出對「文史」的興趣，樂此不疲。並引發對詩詞、文史的「偏好」。後來嘗試寫作，竟也是從「舊體詩詞」開始，然後才是散文、論文、歌詞、戲劇等。但當初，真沒有想到：有朝一日「會」寫小說，並出版了這部以「清代詞人」納蘭性德（容若）為主角的《西風獨自涼》。追憶當年，似乎只能說是與他冥冥之中自有因緣了。

知道「納蘭」其人，是因為讀到一九六七年「文星版」蘇雪林教授的《九歌中人神戀愛問題》。其中有一篇〈清代男女兩大詞人戀史研究〉；女的是「太清春」，男的就是「納蘭容若」。讀後，不禁為納蘭其人、其事、其詞、其情動容。立刻到處搜求他的詞集，以便細細品讀涵泳。記得，我買的第一本《納蘭詞》，是「臺灣中華書局」印行的烏絲闌「仿宋版」。還得自己「句讀」；因為這種「仿宋版」的書，沒有標點符號！

很難形容當時讀《納蘭詞》的心情；也許就如他的摯友顧梁汾所云：

「一種悽婉處，令人不忍卒讀。」

可又怎麼捨得不讀？那一份深摯、真率、悽婉、無奈……之情，宛如自胸臆中嗚咽流出。那麼直接地，就引動了還是「文學少女」的我，最溫柔易感心靈深處的共鳴。從此，納蘭容若成為我最喜愛的詞人之一；另一位是蘇東坡。而我相信：以他們兩位忠直耿介、清曠高潔、慕賢淑世、重情尚義的性情，是「異地而處，皆然」的。

「先入為主」，應該是人類共同的心理傾向了。我第一次接觸「納蘭」其人、其詞，是從蘇雪林教授的文章開始的。自然也就從這個「角度」切入，去閱讀、涵泳《納蘭詞》。閱讀、涵泳之不足，多年後，還寫了一篇長文〈一往情深深幾許〉，在《中華文化復興月刊》19卷8-9期（一九八六年八至九月）發表；其中寫他與愛侶謝姓表妹的部分，正與蘇教授的大作前後呼應。

萬萬沒有料到：就這麼一篇出於「一時興起」寫的論文，竟然影響了我後半生的寫作路向。一位滿族的文友，邀請我參加「滿族協會」的活動。幾位看過這篇文章的滿族長輩，認為：這篇文章的內容，就是絕好的「小說題材」。紛紛建議我寫這位一向被視為「滿族第一才子」——納蘭容若的小說。

我從沒寫過小說！甚至不認為自己「會」寫小說。但給自己機會「嘗試」新的寫作體裁，大概算是我的「優點」之一；我的「寫作生涯」，從寫《詩經》、宋詞詮釋的專欄出發。開始寫散文、寫歌詞等，也都是被長輩們的期許「逼」出來的。既是「嘗試」，也就沒有什麼心理壓力；即使「不成功」又如何？至少給過自己機會了；日後想起來，也會比較沒有遺憾吧？於是，在滿族長輩和文友的期許敦促之下，抱著「姑且一試」的心情，開始搜集相關的周邊資料。

三十年多前，臺灣相關納蘭容若的資料極少。事實上，絕大多數的人，甚至作家們，都未必知道「納蘭容若」何許人也！資料取得非常困難。有些資料，還是請當時在「中央圖書館」任職的長輩文友唐潤鈿阿姨，從藏書庫裡調出來的！

也因為資料嚴重不足，所以大抵來說，這本小說，主要是根據他的詞作，和一些零散資料演繹而成的。像他的「一生情恨」：謝姓表妹入宮，並死於宮中之說，當然取材於蘇雪林教授的文章。

在今日看來，限於時代與環境的這些資料，既少得可憐，也是非常薄弱的。許多相關人物、時空背景，都付之闕如。甚至連他的「年譜」都極為簡略。與資料大量出土，學者相繼投入研究，使納蘭容若的家世、交遊、經歷、事功、形象、生活動態、感情故事、委屈心境、文學成就……昭然若揭，無復隱晦的現今，就「歷史」與「傳記」的真確性與周延性而言，當然不可同日而語。在這樣的情況下寫出的這部小說，當然也絕經不起考核探究。因此，我總坦誠的對朋友們說：

「《西風獨自涼》寫的不是歷史、不是傳記，而是『情懷』！」

這一點，是要懇切的向讀者朋友們鄭重說明，以免「誤導」之嫌的。

《西風獨自涼》寫成之後，曾節選前八章，在《明道文藝》連載。然後，由「時報出版公司」出版。一九九一年，得到了臺灣「中國文藝協會」頒贈的「小說創作獎」。事後，我才知道：「中國文藝協會」頒贈的獎項，不由個人主動「申請」，而出會員推薦；我的推薦人，是當代以「美文」名世的前輩作家張秀亞阿姨。

當時，《西風獨自涼》是與「自立晚報．百萬小說獎」得獎人淩煙女士的《失聲畫眉》同時獲獎的。後來聽說：在評審時，幾位評審委員相持不下；她已榮獲「自立晚報」的「百萬小說獎」了，當然是具獲獎優勢的。甚至可以說：若不讓她得獎，無論如何說不過去，也無法交代。但另有一些評審委員，卻偏愛我這部風格古典，文字清雅的《西風獨自涼》，堅持我應該得獎。最後雙方協議：同時頒贈兩個「小說創作獎」，皆大歡喜。

現在關於納蘭性德的各種資料陸續出土，研究成果斐然可觀。資料豐富了，如今再寫，也許在歷史、傳記上的失誤，會少得多；這也是曾引發我「考慮」是否重新修訂《西風獨自涼》的原因。但幾度思量，還是感覺沒有把握會改得比「原版」更好；也許在「學術」（史實）的層面上，會減少很多的失誤。寫作技巧，也因寫過了更多的「歷史小說」，相對地會有些進步。但最重要的「情懷」呢？如今，已進入人生晚秋的我，所擔心的是：是否還能找回當年那種魂牽夢縈，悲喜與共，既不知「今夕何夕」，也無復有「我」的詩樣情懷？在這個疑問不能得到「肯定」之前，我無法也不敢動筆。

但若問我是否因此「悔其少作」？卻也覺得並沒有什麼可「悔」的。事實上，就「小說」而言，因為資料的嚴重不足，而有了另一番不受「史傳」束縛，屬於「文學詮釋」的「虛構空間」。

而且，就我所知：許多欣賞《西風獨自涼》的讀者朋友，也不在意是否「信史」；他們所喜歡、並接受的，就是這個「納蘭」了，並不希望有所更改。我想，《西風獨自涼》之所以能引發那麼多讀者的欣賞、喜歡，最主要的原因是：「文獻」雖不足，我卻真正是用「心」去寫的。因此，有許多讀者向我訴說他們的感動；不僅是喜愛文學，「少年不識愁滋味，為賦新詞強說愁」的青少年朋友。甚至比我年長的男性文友都坦承：

「你的《西風獨自涼》，我讀了幾遍，哭了幾遍！」

還有朋友，在得知我在考慮是否參考新出土的資料，增訂、修改《西風獨自涼》時，率直的對我說：

「那一本，你就不用送我了；我喜歡的就是這一本《西風獨自涼》！」

事實上，時至今日，還有許多讀者「念念不忘」這一本已經絕版的書！有人在網頁上貼出帖子，想找這本書；有人在我《月華清部落格》上留言，想找這本書。甚至，從臺灣、大陸到美國，新相識的文友彼此贈書時，對方提出的要求，往往都是：

「能不能請你送我《西風獨自涼》？」

我常慚愧無以「應命」；《西風獨自涼》雖兩度出版，連再版書，都已絕版二十幾年了！網路興起，紙本出版物失去了「主流」優勢，連帶著出版業也相對艱窘。加上我自己因在詩書文史薰陶中長大，有點「介子推不言祿」的精神潔癖。又兼含蓄內斂，不善與人周旋酬酢，也沒有「群體性」的性格，實在不敢期待：這樣一本已經有三十幾年「歷史」的舊書，能有「重見天日」的機會；也就不能不「惜贈如金」。

因此，相交二十多年的文友周昭翡提出：「聯合文學」有意再版《西風獨自涼》時，讓我喜出望外。

原則上，新版的《西風獨自涼》除了在文字上，和無關故事情節，根據出土資料，做了小小的修訂（比如：他長子福格的生母，是他的侍妾顏氏；曹寅曾任「藍翎侍衛」，與他是鄉試同年等），大體維持原貌。這倒不是「偷賴」，而是基於對喜愛此書朋友們，和無可否認「昔我少作」的尊重。

在新版《西風獨自涼》的「附錄」：〈一往情深深幾許〉論文中，則做了較人幅度的增補；加入了我後來新發現的「線索」。也增加了一節，專論他晚年所納的「簉室」：來自江南的「沈宛」。並新增了一篇論文：〈淺談《飲水詞》的復古與創新〉。

也許有人認為：

「寫小說就寫小說了，何必『吃力不討好』的去寫什麼『論文』？」

但我個人認為：其間表達的是我對所寫的主角納蘭性德的「敬意」；對他的作品，我是「用心」閱讀，並以「敬慎」的態度，寫出自己的思、感，與《納蘭詞》的愛好者分享的；相對於小說，論文另有其探索的深度。呈現的是更寬廣的視角，與縝密的思維。有助於讀者對他真摯感情、性情與詞作的了解。

真的非常高興：《西風獨自涼》能再度呈現於讀者面前！我自己一直有個想法：

「每個人的文章，其實都是為了一些『有緣』的人寫的；有人喜歡，有人懂，就『不虛此寫』了。」

那，《西風獨自涼》能擁有這麼多的「知音」，夫復何憾？

納蘭家世系

- 始祖　星懇達爾漢
  - 二世祖　席爾・克明噶圖
    - 三世祖　齊爾克尼
      - 四世祖　杵孔格
        - 五世祖　太杵
          - 高祖　養汲弩
            - 曾祖　金臺什
              - 祖　倪迓韓
                - 父　明住（明珠）
                  - 成德（性德）字容若
                    - 福格（福哥）
                    - 福爾敦
                      - 瞻岱
                  - 奎敘（揆叙）
                    - 永綬
                  - 奎鳳（揆芳）

註：此表據道光三年納蘭氏十四世玄孫額騰額修家譜

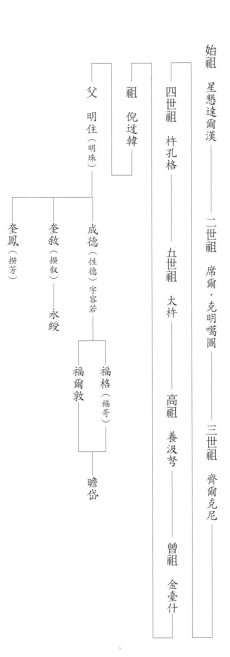

納蘭容若

他出身滿清貴冑，
他的父親明珠是康熙朝的權相。
他少年科第，二十二歲授進士。
他是皇帝愛重的貼身侍衛，
他為名重一時的江南名士們傾心結納。
他有才貌雙絕的紅顏知己，
他有相敬如賓的如花美眷。
他集天下可羨於一身。
可是，
他三十一歲，積鬱而終。
他留下一卷「如魚飲水、冷暖自知」的詞集。
他的詞淒怨哀婉，令人不能卒讀。
他被稱為古之傷心人，
為什麼？

一　斷腸聲裡憶平生

康熙二十四年，乙丑，五月下旬。

密雲不雨，悶熱難當。納蘭相國府的後園，與什剎後海銜接，以一座水亭，分隔內外。亭上，懸著一方小匾，是褚河南的筆法，題著「淥水亭」三個字。亭中陳設全不見奢華，與花園的雕欄玉砌比，格外顯得古樸雅致。

荷葉田田。早開的芙蓉，亭亭點綴其間。這水亭，正為賞荷而設。而亭中坐著的三位江南文士，卻都戚容滿面。

「『庭前雙夜合，枝葉敷華榮』……才幾天的功夫，容若會……」

姜西溟一掌擊在欄杆上。年齡最長的吳薗次，也失了素日雍容穩重的常態：

「人有旦夕禍福！只願太醫院那位供奉，能診出病因來；藥能對症，就好辦了。」

姜西溟冷笑一聲：

「我就不信太醫院那些太醫老爺們，左不過開些不疼不癢的方子，誰也沒個擔當。『斟酌共擬』，哼！順治爺八子六女，剩得幾個？這不是太醫院『供奉』們診治的？」

「西溟！你這衝撞性子，到底幾時能收斂些？你、蓀友、竹垞素以『江南三布衣』齊名，如今呢？蓀友、竹垞實學未必勝你，卻都入了『翰林院』了！你呢？吃七品俸祿，入館修《明史》，還虧著葉方藹總裁力薦！你縱不委屈，我們能不為你委屈？你自己也知道，是什麼害了你！」

吳薗次忍不住拿出長者的身分來說話了。算來，他生在前明萬曆己未年，姜西溟是崇禎戊辰年生的，他比姜西溟大了九歲。平輩相交，原也不大講究長幼。但，眼見姜西溟懷經世之才，而沉淪下位，就不免痛心；痛心他的遭際蹭蹬，也痛心他每每因「犯小人」而導致不遇。不免對他至今疏狂不改的作風，有些不舒坦。

姜西溟雖是疏狂一世，好歹還是知道的；再怎麼說，這番出於關愛的切責，他不能不領情。當下一拱手：

「薗老！你這是君子愛人以德，只是……」

他嘆口氣，也不知是為自己，還是為病中的容若。只覺一片思煩慮亂，便咽住了下文。梁藥亭在一旁接了口：

「『魑魅搏人應見慣，總輸他、覆雨翻雲手。』梁汾這兩句詞，雖是為漢槎寫的，用到你身上，也差不多！西溟，你的性情，遇君子，當然有三分擔待。遇小人，能不招忌者幾希？」

西溟強笑一揖：

「總是列公知我！」

「還有容若容你！你我與容若，也算是前世有緣了。真難為他，一位滿洲的相國公子，年紀輕輕，上馬能射，下馬能文。看他《通志堂經解》那些篇序吧，哪像二十幾歲的貴介公子？分明是斲輪老手。怕只怕，一個人到了這個分上，連天也嫉……」

吳薗次捋著白鬚；近七十的年歲了，不顧家人攔阻，一定要來相府探視，也就為了與容若間那份忘年交誼呵！

相府，失去了一向的「富而好禮」的從容。上下的人，臉上全蒙著一層陰鬱沉重的愁容。幾個宮裡來的侍衛，守在「榮恩堂」裡等消息。明珠太傅，幾天不見，一下衰老了十年，彷彿腳步都蹣跚了。太傅今年方逾五十，身體素來清健。見到他們這些兒子的忘年好友，彷彿驟見親人，一下就掌不住了。平日那沉穩端肅，甚至帶著幾分深沉的氣宇，全消失了。忍了半天，還是淚光隱隱：

「大熱天的，有勞各位大駕。」

侍僮僕獻上茶後，明珠深嘆一口氣，說起容若病況：

「那天，不是還高高興興約了各位來詠『夜合花』嗎？第二天，只說覺得發冷。摸著，又渾身燥熱。原以為是受了暑，請大夫吃兩劑藥，疏散一下，發一身汗就好了。誰知，他這一身寒毛孔，就像堵住了，就是發不出汗來。人也委頓了，昏昏沉沉的……」

幾位來自江南的名士，對望一眼，還是吳薗次開口：

「大夫怎麼說？」

「病因不詳，也說不出病名來。諸位是知道的，皇上正要起駕到熱河避暑，容若是駕前一等侍衛，例當扈從隨行。只得上疏替他告假。」

明珠太傅露出又喜慰、又哀傷的複雜表情：

「真是皇恩浩蕩！馬上命宮裡的公公們來探望。又命太醫院的『供奉』們來診視，斟酌共擬了方子，吃了——」

姜西溟急問：

「可有些效驗？」

「沒有！皇上臨離京，還派了侍衛來等消息；命病情有了增減，立即馳報。這番深恩，我父子肝腦塗地，也難上報了！」

「容若聖眷之隆，是盡人皆知的。都說，怕不久就要進政事堂呢，可知是有福氣的。太傅莫過憂勞，還要保重才是。」

吳薗次口中安慰著，笑容卻極勉強。明珠太傅一嘆道：

「人人說老夫有跨灶之子，只望……」

他咽下了下文，一時廳中又陷入沉寂。顧梁汾站起身道：

「太傅，我們瞧瞧容若去！」

明珠也站了起來，梁汾忙攔住：

「太傅節勞吧，『珊瑚閣』我們常去的。而且，怕宮中還有人來呢。」

明珠點點頭，吩咐族侄錫珠：

「你陪著走一趟。問問容若媳婦，可有什麼變化沒有？讓她也找空兒歇歇，別又累倒了一個。」

錫珠應了聲「是」。吳、姜、梁三人在前，顧梁汾拉住錫珠：

「錫三哥，你看，容若這病……」

錫珠搖搖頭，低聲說：

「我們私底下已經預備著了；或者沖一沖能好了，也不一定。這事，二叔也知道，只瞞著孀娘和官家弟妹。」

梁汾心中一痛，卻不敢露出什麼。

「福格他們呢？知不知道？」

福格，是容若長子，今年十歲，下面還有一妹一弟。

「小呢，不懂什麼，都在西跨院我們屋裡。唉！可憐孩子，妞妞兒最黏她阿瑪，總吵著，哄都哄不住！」

進入容若居住的園子，梁汾心中酸楚得難忍。一株梨樹，結著半大果子，「珊瑚閣」邊幾竿修竹，是容若最心愛的。繞過回廊，早有個大丫頭迎了出來，向著錫珠行了個常禮：

「三爺！大奶奶在屋裡。」

這丫頭是常伺候書房的，和顧梁汾、姜西溟都熟。一一行過禮，命小丫頭進去：

「回大奶奶，三爺伴著顧爺和幾位老爺來看大爺了。」

原是通家之好，不必回避。官氏迎了出來，兩眼腫得胡桃似的。見了禮，未語先泣：

「請裡邊看看我們大爺吧，這會兒正醒著。」

梁汾心急，率先走向後進內室；這「珊瑚閣」，原是容若作為書房和招待文友的一處軒館，也設了寢臥的地方。幽雅清靜，又沒有女眷出入不便的顧慮。因此，養病倒不在他們夫婦的內寢「鴛鴦社」，而在「珊瑚閣」了。

丫頭掀起房門簾子，一股子藥香就沖入鼻管。顧不得揖尊讓長，梁汾快步衝到了床前，丫頭掛起了帳簾。

容若枯瘦焦黃地擁衾而臥，見到他們，掙扎欲起：

「梁汾……」

梁汾連忙上前按住，不讓他起身。把心酸抑在心底，強笑：

「這才聽說你病了。蓀次、西溟、藥亭都來了，隨後就到。」

「別人罷了，驚動蓀次……」

容若感動又感激。一抬眼，幾位老友，都已到了床前。蓀次尚可，西溟一見這光景，早流出淚來，哽咽：

「容若，你怎麼病到這田地……」

藥亭連忙攔住話頭；怕他說出什麼不祥的話來：

「西溟！人吃五穀雜糧，誰能沒個七災八病的？等容若大好了，咱們還要到『淥水亭』賞荷，分韻賦詩呢！」

容若苦笑，語音低緩無力：

「怕是不能了；我心裡明白……這一生，能得諸位為友，已無憾恨；只怕……不能再追陪杖履了。」

梁汾見他眼角沁出淚來，心中更是酸楚。口中只能慰藉：

「胡說！你上有老親，下有幼子，不好好養息，作此不祥之語，不怕堂上傷心嗎？」

容若低低嘆口氣，又緩緩搖頭，不再言語；竟是心疲力竭的樣子。目光也渙弱無力，望著他們，彷彿依依不捨。卻又敵不過強烈的疲倦，慢慢合上眼。

丫頭想放下帳簾，梁汾伸手阻住。凝視著容若，彷彿看見生命的潮水，正在向下退去，退去……

他目光不忍離開；他也知道，多看一刻就是一刻了，恨不能把容若的容貌，用刀鏤刻下來，那怕一刀一血痕呵！也要把容若鏤到心版上。

房中四個人，誰不如此想呢？就只在幾天前呀，容若還像玉樹臨風，那般俊逸，那般英挺……如今，竟像三秋衰柳；只剩下枯瘦的軀幹，和奄奄一息，微弱欲滅的生命火花。

三秋衰柳，明春還能再綠，容若呢……

「顧爺！前面傳話來，太醫院王供奉來了，一會兒就進來。」

大丫頭文秀，掀簾進來。見幾位老爺，全呆呆癡癡凝視著大爺出神，一時失了主意。愣了一下，才找了最熟的顧梁汾回稟。

太醫院有人來，總是明珠親自陪著的。加上跟隨，人多且雜。梁汾想想，此時不宜再添主人不便。道：

「藥亭，你陪薗老、西溟出角門，到『淥水亭』坐坐吧。我在這兒，聽聽太醫怎麼說。回頭到『淥水亭』找你們去。」

梁藥亭點頭：

「很是。」

率先向後園角門而去。

一時，明珠太傅陪著一位鬚眉俱白的老供奉來了。看了梁汾一眼，點點頭，便引老供奉進入房中。丫頭早在床邊設了座椅、引枕。老供奉看看容若神色，白眉緊蹙，坐下，細細按脈。容若似乎又陷入昏睡，全無反應。

過了半晌，老供奉站起身來，神色凝重。一語不發，便向外走。直到廊下，揮退了從人，又看了梁汾一眼，欲言又止。

明珠太傅忙道：

「這位是小兒至交好友，老供奉有話只管直說。」

老供奉沉重地嘆口氣：

「明太傅，請『御方』吧！」

明珠腳下一踉蹌，梁汾連忙扶住。只見太傅面無血色，他自己又何嘗不是心痛如搗？

「請御方」，是請求習諳醫道的皇帝親自處方；等於宣告人力已難挽回，只有靠「天」的最後一個方法了……

雖然，心中不是沒有知覺，但……

五雷轟頂，心神俱碎的明珠，扶著梁汾的肩，才勉強支撐住：

「承教了……」

老供奉又嘆了一口氣：

「明太傅，恕老朽直言：納蘭侍衛，病是一則，另一則……」

說直言，卻又停住了。明珠看了梁汾一眼，懇切追問：

「小兒病已至此，再沒什麼可忌諱的。老供奉但說無妨。」

老太醫白眉一垂，嘆道：

「就脈象看，積鬱極深，竟似了無生趣。老朽只不解，納蘭侍衛出身貴冑，又是天子近侍，極受愛重。莫非琴瑟之間……」

他似乎不便詢問，明珠卻不能不解釋：

「兒媳官氏，美慧賢淑，與小兒相敬如賓，絕無不諧之事。且小兒膝下已有二男一女，極受小兒鍾愛。」

「這就更令人不解了，少年如花美眷，膝下兒女雙全；只此兩件，也不該有此脈象。」梁汾搖搖頭，又說了幾句「吉人天相」一類無關痛癢的話，辭了出去。明珠自然得送。梁汾藉詞，又進了房中。

帳簾已垂下了。大約見容若昏睡，宮氏也到別院休息去了。只有丫頭文秀，帶著幾個小丫頭，坐在床邊的椅子上守著。

「秀姑娘。」

梁汾低喚一聲，文秀應聲抬頭，站起身走了過來。

「秀姑娘，你們大爺病後，是什麼光景？」

「一時清醒，一時昏睡，昏睡的時候，就說胡話。」

梁汾忙問：

「說些什麼？」

「有時彷彿和老爺們在一處作詩呢，又說又念的。有時就喊……」

文秀說到這兒，驚惶四顧了一下，才低聲說：

「喊蓉姑娘，有時也喊以前的大奶奶；不過，喊蓉姑娘的時候多。」

梁汾見這丫頭，不過十六、七歲，不由疑惑：

「你也知道蓉姑娘？」

文秀垂頭回道：

「奴才是『家生女兒』，那時還小呢，沒挑上來伺候；可也聽說過蓉姑娘的事。」

梁汾也了解：主子家的大小事，哪一件不是下人們茶餘飯後的談話資料？何況，佩蓉入宮這等大事？其中又還牽連著容若那一段難言的隱痛。

他忽然憶起一件事，不由多打量文秀幾眼。喃喃：

「這就是了；原有三分像！」

他想起的是，容若曾指著文秀問他：

「你看，她像誰？」

當時，他仔細看了看文秀，也覺有些像誰，一時卻想不起來。容若見他如此反應，一嘆而罷。如今他才想起，文秀的眉眼，原有三分像佩蓉。想來，就因這緣故，才把文秀挑到「珊瑚閣」。

定定神，問：

「喊蓉姑娘，可說些什麼？」

「彷彿蓉姑娘要到哪兒去，大爺留她不住。就說要跟著去，喊：『蓉兒，等我』！」

「這話，你們大奶奶知不知道？」

「知道。只掉淚，說老爺害了大爺，害了蓉姑娘，也害了她……」

說著，忽然低下聲，問：

「顧爺，『寒瓶』是什麼？」

「寒瓶？哪兒來的詞兒？」

文秀又警覺地向門口張望了一下，才低聲道：

「那天，老爺也在這兒。大爺又在發胡話。念了句『寒瓶』什麼的，相思什麼的。嚇得老爺忙捂大爺的嘴，哭著說：『孽障！你真要為蓉妞兒毀了我們納蘭家麼？』又叮嚀大奶奶和奴才，千萬不許提大爺喊『寒瓶』的事。奴才心裡不明白：『寒瓶』為什麼那麼犯忌？顧爺是大爺頂要好的朋友，又問到了這兒，奴才才敢問……明白了，也好知道避忌；不明白，怕不留神，反漏了嘴。」

這也是實情。顧梁汾只得輕描淡寫：

「韓憑，是個人名字。和他妻子十分恩愛，給人硬生生地拆散了。兩人死了也不讓葬在一起。可是兩座墳頭上，長出兩棵樹來。樹枝子，倒長合在一處了。所以這樹，叫『相思樹』，又叫『連理枝』。你們蓉姑娘死在宮裡，也不是大爺的媳婦兒。怕人聽了誤會，生出事來，所以不叫你們提。」

文秀點點頭：

「我明白了，就不會說了。只是……顧爺，這話，我也只敢跟您老說：在我們大爺心裡，蓉姑娘也不比大奶奶差什麼，只怕，還好呢！」

「你知道？」

「嗯。有一回，安三總管疑神見鬼的，說看到一個白衣服的人影子，在這院裡的梨花樹底下嘆氣。那意思，彷彿說那是蓉姑娘。底下人都怕得要命，大爺倒喜孜孜的，在梨花樹底下燒錢化紙，又念了一大篇子，說是要召蓉姑娘的魂回來……顧爺知道，『珊瑚閣』原是蓉姑娘住的。」

以『珊瑚閣』為書齋；挑文秀入『珊瑚閣』；梨花樹下召芳魂；「若解相思，定與韓憑共一枝」那刻骨銘心的詞句……

梁汾不由深深嘆了一口氣。如果，有另一個世界；如果，容若和佩蓉能在那一個世界團圓，或許，就讓容若去了，還是種幸福吧？

走到帳前，掀開帳簾，容若神色平靜。他凝視了一會兒，容若嘴角忽泛起泛起一絲迷離的笑，低低似嘆息般地喚了一聲：

「蓉兒，妹妹……」

竟是深情款款，只有安詳，沒有痛苦。放下帳簾，理不清心裡的思緒，他只感覺：如果，那個世界，可以治好容若這一生的創痛，他，縱然捨不得就此訣別至友，卻也不忍再留他了。

因為，這世界對容若太苦，苦得說不出來！苦得沒人相信！只因，在表面上容若太得天獨厚！

只有他是了解的，了解太醫所謂「積鬱極深，了無生趣」，都是事實……

「顧爺，大奶奶來了。」

文秀在旁邊輕喊。官氏神色慘澹地走進來，默默地垂淚。他不便再停留，說了幾句勸慰的話，出房，折向後角門。

「淥水亭」中，薗次他們在等著……

二　泥蓮剛倩藕絲縈

一匹雪白的駿馬上，騎著一位英氣逼人的少年公子，不疾不徐地向著什剎後海，左都御史的府第而來。身後跟著四個勁裝打扮的隨從。領先的一位，阿諛著：

「今天，那一陣連環箭射得好『連中三元』！說不定哥兒日後，當真連中三元，這是預報吉兆呢！」

馬上的公子「嗤」地一聲，笑了：

「天底下的人，射箭『連中三元』的多著呢！照這麼說，宮裡單給這些『三元』住，都住不下！」

另三個隨從暴出一陣嘲弄大笑，笑得先前那一個，臉上訕訕的：

「論騎射，咱們滿人，別說哥兒們，連格格們，精的也多呢。可是，誰像咱們哥兒，又習滿文，又習漢文，這麼文武全才呀？那些不讀書識字兒的，『三元』可也輪不到他們。」

「也輪不到我！第一，我的滿文就不說了。漢文，比人家漢人差得遠呢！第二，便比人家強，咱們大清朝開國以來，就沒有滿人科考入『鼎甲』的；更別說『元』了；科考，本來也不是為滿人設的，原是給漢人士子設的功名正途。」

「說得是！咱們老爺也沒中舉，也沒『三元』，不也做了御史大人了？『三元』，咱們滿人可不稀罕！」

另一個隨從說。納蘭容若聽了笑笑，懶得答理他們了。雙腿一夾，率先馳向東角門。跨下馬，早有小廝迎上來，接了馬鞭、馬韁。只見他書房裡的書僮，叫「喜兒」的，笑嘻嘻地迎上來。打個千，報告：

「大爺，來了遠客了！」

「誰呀？」

「姑太太家的蓉姑娘。」

他早就聽過父母商議，派人接姑媽家的女兒到京裡來。這位姑媽，嫁的是個漢軍道臺，一直住在江南。一切的印象，不過是家人口中的傳述：姑父姓謝，先人雖從龍入關，本人卻是好文不好武，一心嚮往耕讀生涯。派到江南，做著不大不小的官兒。成天和江南文士們吟詠酬唱，詩酒流連。幾次父親有意找機會，活動著把這位妹夫調進京來做「京官」。倒是他自己不樂意。因此，容若一向也沒見過這一門至親。只在逢年過節的時候，自有人帶著南方的特產土儀，上京來送禮。總也聽幫著母親當家理事的錫三嫂子，跟母親商量著：打點些什麼禮物，回「姑太太」的禮；如此而已。

直到近年，才又聽說：姑媽染上時疫病故了。臨終托人帶信：要娘家派人把她膝下唯一的女兒，小名兒叫「佩蓉」的表妹，接到京裡來教養。因為姑父若不續弦，姑娘沒人照應；若續弦，又怕姑娘會受委屈。而且，膝下就這麼一根苗，人丁單弱。失恃之後，無人呵護教養。姑父的文人天性，是不管事的。怕因之誤了姑娘一輩子，唯有交給素來相契的二嫂子，才能安心瞑目。

因此，等姑娘滿了孝服，這邊就派了妥當的家人南下，接外甥女去了。由幾個老成的嬤嬤侍候著，由水路北上，接到北京來。

幫著母親當家的錫三嫂子，從家人南下，就忙著給未見過面的「蓉妹妹」安排住處，打點衣裳。

「依我瞧，就住『珊瑚閣』吧？單獨的小院子，也緊密；離我們西跨院不多遠，照應方便。前邊還有她大哥哥的『花間草堂』，給她保鏢……」

錫三奶奶說到這兒，她的二嬸娘覺羅氏夫人掌不住，笑得彎了腰：

「靠我們容官保鏢？沒見他出門，還得帶著保鏢呢！」

笑了一會兒，又指著容若：

「都說你這妹妹，是個『女翰林』；從小跟她爹讀書識字兒，竟是當男孩子養的。也請了先生在家教導；請的還全是江南有名有姓的……我可記不得那些個什麼布衣、鳳凰的。你比人家大了三歲，可提防著教人家比了下去！」

容若只笑：

「耳聞不如目睹，真見到，才分高下呢！」

錫三奶奶取笑：

「告訴你，容兄弟，不比也罷；你這虧吃定了。」

容若可不服氣：

「三嫂子，有這理嗎？還沒見真章，就輸定了？」

「能不輸嗎？你要不如人家，就不用說了。你就算比人家高明，一則，你是個哥兒。二則，到底大了三歲；贏了，不是應該的，還能神氣嗎？太太說這話是不是？」

容若不由洩氣：

「嗐！」

覺羅夫人笑著警告：

「可不許欺負你蓉妹妹！可憐沒娘的孩子，可得多疼著人家一點兒！」

「這可真『融』到一處了，我們這兒有個容官，她們那兒是個蓉妞，太太要喊一聲『容兒』，可全都來了！」

「姑太太說過，姑娘的學名叫『夢芙』，小名兒才叫『佩蓉』。其中還有個緣故：在養她的時候，夢見到了一個好大的花園裡，看著恍惚像個宮院。池子裡盛開的，全是芙蓉花。看見有個人伸手去摘，一摘，花瓣就全落了。她心裡可惜，再一看，那花兒卻好端端佩在她襟上呢。一詫異，就醒了；所以就叫了這名字。和咱們容官音同字不同。」

聽這麼說，心裡覺得親切，倒天天巴著表妹快來了。

如今，聽說到了，巴不得馬上見到才好。忍不住問：

「你見著了？什麼模樣？」

喜兒失笑：

「爺！姑娘來了，有讓奴才見著的理麼？還不淨街清道，早趕到一邊涼快去了！不過，聽伺候回來的嬤嬤說：沒見過那麼清秀，那麼俊的姑娘呢！還說，這姑娘，和別人家姑娘不同：人家姑娘箱籠裡，總是衣裳、頭面、妝奩，這姑娘隨身箱籠不多，倒載了一船的書來。」

聽如此說，心裡更急切了，忙回花間草堂換下了箭衣。早有屋裡的大丫頭翠筠，把盥洗用具準備好了，又送上平常見客的衣裳。他一邊扣鈕繫帶，一邊問：

「你們可見過了蓉姑娘了？」

「見過了。錫三奶奶派人來喊我跟紅杏過去，幫著鋪陳歸著。蓉姑娘賞了我們這個。」

見她托起鈕扣上繫的墨綠繡花香囊，囊兒不大，卻極雅致，精潔可愛。上面打著如意結，下面還飄著流蘇。

紅杏也托起一個，卻是粉紅的。容若點頭：

「顏色正好配你們的名字。」

「可不是？」

紅杏嘰嘰喳喳地便說見聞：

「蓉姑娘的模樣，標緻得像畫兒！咱們府裡往來的姑娘、格格、奶奶們，沒有像那個樣兒的。打扮、說話、行事，全不一樣；秀秀氣氣，素素淨淨的。錫三奶奶說，就是南邊人的味兒。太太愛得什麼似的，娘兒兩個又哭又笑，可真不像頭一回才見。」

翠筠道：

「太太不是說了？太太沒進門，姑太太沒出閣的時候，兩人就像姐妹似的。太太嫁過來，還是姑太太出的力。如今，姑太太沒了，見了姑娘，有個不疼的？我們這位爺，吃味兒的日子還有呢！」

容若給逗笑了：

「就瞧我那麼小家子氣？太太老念叨著沒個貼心女兒，有了蓉姑娘，正填了缺憾。能讓太太歡喜，我謝她還來不及呢！」

束好了腰帶，回頭問：

「人在哪兒呢？」

「在太太屋裡。快去吧！等著呢！」

一路到了正屋，早有眼尖的丫頭進去回：

「大爺來了！」

一邊忙打簾子。容若見了母親和錫三奶奶，才開口：

「聽見說……」

錫三奶奶早又笑又怨：

「這早晚才來！蓉妹妹來了半天了，就等你一個！」

覺羅夫人藹聲說道：

「蓉妞！這是你容大哥哥；容官，見過你蓉妹妹！」

抬眼只見一個穿著素色裙襖，漢裝打扮的姑娘上來襝衽行禮，語音清泠泠地：

「容大哥哥好！」

他忙不迭作揖：

「蓉妹妹好！」

這才抬頭，看清眼前姑娘的模樣。正如紅杏所說：秀秀氣氣，素素淨淨。眉蹙春山，目斂秋水，風姿綽約，大有出塵之態。所謂藐姑射冰雪，應該就是這樣吧？正想著，聽見母親問：

「打哪兒來？怎麼這麼晚？」

「今兒是騎射的日子，一身灰、一身汗的。走到門口，聽說妹妹來了，所以先回去洗了臉，換了衣裳才過來，就晚了。」

「哎，太太和我算了半天，以為你今天念滿文呢！看這早晚還不下學，正納悶兒。」

錫三奶奶回頭向佩蓉說：

「你大哥哥騎射、滿文、漢文輪著上，可也難為他，不爽不錯的。」

容若借著話題，在佩蓉手邊的椅子上坐下，搭訕：

「聽額娘說，妹妹是位『女翰林』，讀了好多書。延聘的西席，都是江南名士呢。」

佩蓉微微一笑：

「我爹爹愛讀書，從小兒，我身體不好，爹爹就教我讀些詩詞的玩兒。不過是消磨病中岑寂的意思，哪說得上念書呢？爹爹那些詩朋酒侶，有時，也給我講點書。我年紀小，也沒學到什麼，倒白玷辱了他們的名姓了。」

「可有哪些人呢？」

「跟顧梁汾先生學了兩年。陳其年先生，和姜西溟先生，也都教過，幾個月罷了。」

容若笑道：

「額娘前兒說什麼布衣、鳳凰的，我這才明白了；這陳其年，是『江左三鳳凰』之一。那姜西溟，和嚴蓀友、朱竹垞，合稱『江南三布衣』。妹妹可真有福氣，竟得他們教導。」

佩蓉歛目微笑：

「不過是看著爹爹情面，逗著我玩兒，何曾真讀書呢？容哥哥學漢文，想必是淵博的。」

「也不過是《四書》、《五經》，預備著進國子監。」

說著，只聽錫三奶奶一拍掌：

「了不得！這下可找到講學問的對手了；講學問，可也得吃飯。太太！可就在這兒開飯吧？」

覺羅夫人笑著點頭：

「這才好，中表兄妹，原該親密些。剩下的，留著慢慢講吧。你們倆屋子離得近，說話、談笑可方便呢。就把飯擺這兒，咱們還是先給蓉妞兒接風吧！」

珊瑚閣，在佩蓉入住之後，成為納蘭府中最與眾不同的地方。錫三奶奶預備的錦茵繡褥，華貴陳設，全無用武之地。多寶槅上的貴重擺設也退回了，裝滿了書函、畫卷；牆上螺鈿精鏤的壁飾，換上一卷墨筆梅花；牡丹富貴，換上了一幅行書的東坡詞。再就是案上的文房四寶、几上的一盆蘭。溫柔富貴的氣象，一掃而空。

錫三奶奶不由背地褒貶：

「好得是單獨的院子，又是閨閣，等閒人去不到。不然，人家知道的，說姑娘自家喜歡。不知道的，還說我這做嫂子的虧待了姑娘呢！」

特地新做的新鮮衣裳，也不過生日節間穿穿。脂粉釧環，也少見使用插戴；尋常，就幾枝珠子花兒，素雅衣飾。走出來，又令錫三奶奶叫嚷：

「哎！蓉妹妹，你這樣兒，可真教我們當家人為難呐；讓人家見了，只說剋扣了姑娘的脂粉錢！」

佩蓉聽了，低頭不語。倒是覺羅夫人打圓場：

「可說真格的，蓉妞兒雖不愛穿章打扮，走出來，又那見了半點寒磣小家氣了？到底是念了書的，就有念了書的風範氣度。素淡點，倒比裝金戴銀，花枝招展的好看！」

錫三奶奶聽了，不敢駁回。只好自嘲：

「這話也是！咱們沒念書的，只好靠著花兒、粉兒；金兒、銀兒；珠兒、翠兒的充門面。有時候，自個兒也覺著怪俗氣的。可怎麼辦呢？京裡就作興這個，出個門兒，那些府裡的太太、奶奶們，評頭論足地比呢。咱們這府裡出去的，能教人比下去麼？好姑娘！好妹妹！在家罷了。若是要出門走人家，你好歹依著嫂子！也好給人瞧著在個譜上。」

佩蓉只得微笑頷首，無法計較；三嫂子總是好意，說的也是實情。自己原是寄人籬下，又如何能樣樣隨心呢？遇到舅舅家中，有各府邸的女眷來，也不得不打疊了精神，與那些言語無味，以炫富耀貴為能事的太太、奶奶們周旋應對。倒是一些年輕的姑娘、格格們，對這「南邊來的」姑娘，由好奇而忻慕，竟成了人人爭相結納的對象。

進了國子監，補了諸生的容若，越發地忙了。一天最愉快的時間，就是回到家，向父母問了安之後，踱到珊瑚閣。拋開經史，和佩蓉說笑，講究詩詞。

穿過回廊，只覺清幽異常，不聞聲響。掀開低垂的湘簾，驚動了正收拾屋子的拂雲。拂雲，是佩蓉帶來的兩個丫頭之一，自小侍候的。比佩蓉稍大一點，很懂事了。回頭看見容若，做了個「悄聲」的手式，才低聲招呼：

「容大爺。」

「姑娘呢？」

指指後面：

「歇著呢。」

「天長了，是該歇個中覺；可怎麼這會子還不起呢？」

拂雲皺眉：

「來了客了。裕王府的玉格格、富察大人家的兩位姑娘，還有盧家姑娘，約了似的。太太們都在正屋裡鬥牌玩兒呢，姑娘們不就都到了這屋裡了？才散了沒一會子；瞧，不正收拾，還沒收清呢。」

果然見幾件茶鐘、果碟子還沒收清。

隨意在佩蓉的書案前坐下，說：

「你不管我吧，我隨意坐坐。」

信手抽出一本書架上的本子，卻是佩蓉手抄的一些詩文。順著讀下去，輕聲吟哦，不覺到了黃昏時分。忽聽門簾響，隨即傳來佩蓉的聲音：

「容哥哥，怎麼你在這兒？幾時來的？」

「來了好一會兒了；妹妹歇覺，不敢驚動。」

佩蓉「嗤」地笑了。一眼見到他手中的本子，嗔道：

「也不問一聲，混翻人家東西。」

容若陪笑說：

「隨手拿著解悶麼。妹妹，我才讀了梁汾先生的『無題』詩，想起曾聽人說過，他就為了『落葉滿天聲似雨，關卿何事不成眠』兩句題壁詩，受賞于龔鼎孳先生，而名動公卿的。原來，卻是『無題』詩中的一首；這其中彷彿有『本事』的，妹妹可知道？」

佩蓉沉吟半晌，一嘆：

「也不很清楚。聽爹爹說，他年輕時，有一段傷心恨事。那姑娘，原與他是中表。因家貧，流落到王侯家為歌姬，極受寵眷。」

容若嘆道：

「那不是『一入侯門深似海，從此蕭郎是路人』了？」

「後來，那府中聘了梁汾先生作西席，倒又見了。只是……」

她低喟了一聲：

「那等人家，哪容得兒女私情？主人家察覺了，一怒，就把那位姑娘賣入了青樓……」

容若跌足：

「哎呀！怪不得『為郎拚削神仙籍，長寫新銜女校書』呢！後來呢？」

「能怎樣呢？青樓是隨常可去，相見倒是不難了。只是『相見爭如不見』……最後，這姑娘也看破了紅塵，削髮出家，禮佛修行去了。」

容若聽她這麼說，反倒歡喜了：

「原是有慧根的！只可憐這許多風波磨折。」

「可不是？才子佳人，可惜是有情無緣，空留幾篇詩文，一副淚眼。」

容若忍不住嚮往，道：

「幾時能見見這位梁汾先生才好！」

佩蓉看看他，點點頭，又搖搖頭：

「論人嘛，他原也是重友尚義的，和你性情，倒也相投。只是，你是個貴胄公子。他，一副文人傲骨，是絕不肯輕叩侯門的。讓他來就你，可難如登天！」

「他不就我，我去就他！妹妹，跟你說實話吧！我也算是自幼在綺羅中長大的，錦衣玉食，視以為常。見了妹妹，才自覺一身俗骨，近於可憎！與妹妹的清貴高華，竟是有雲泥之判！總算妹妹不嫌棄我，引我讀詩、誦詞，又教我習作漢文詩詞，我才真正知道了文字之美！原來，除了為博取功名的經書、時文外，還有這麼一片天！才知道了富貴功名，原不值得如此汲汲營營謀取。」

佩蓉靜靜聽著，嘴角漾起了笑容；她也確實覺得，容若近日的改變。聽錫三嫂子說，過去，容若吃餑餑，還要用玉尺量大小呢！太大了，便嫌粗糙，不肯吃了。

「妹妹，生於『鐘鼎之家』，若不遇妹妹，是根本不知有『山林之美』的。如今，神交了陶元亮、王摩詰、蘇東坡、辛稼軒……才知道，君子的進退行藏，原來是這等風骨！淡泊、磊落，何等可敬可羨！以前，只知仕進，只知富貴榮華，竟是白活了！」

佩蓉見他說得誠摯，不覺為之感動。道：

「容若！經書、仕進，原也不是不好，我也愛講《詩經》。《易》，更是性命之學，深不可測。只是，一味為了功名而讀，不免拘泥在前人之說中，書倒讀死了。放開這一層，眾家之說，均可博采。偶有創見，自成馨逸；如此讀書，才能讀出真味呢！」

說得歡喜，她纏綿未痊的喘嗽，又引動了，撫胸低嗽了幾聲。容若急忙扶著她的肩，輕拍著她的背：

「妹妹，我該死了！竟忘了妹妹前番風寒未癒，周旋應對地累了一天，又來煩擾……」

「不，和你說話，不比陪著那些福晉、太太們，那才叫人氣悶呢！」

佩蓉微笑。頓了一下，又拾起前面話題：

「『學而優則仕』，孔夫子周遊列國，也是為了希望能見用，能經國濟世，于天下有所匡救，一展抱負。窮則獨善其身，達則兼善天下，有何不好呢？只是，莫要一入仕祿，便為權勢利欲所蔽；遇利則趨，遇賢則忌，營私結黨，貪黷弄權；把聰明能幹，用錯了地方。那倒不如不入仕途，還不致遺禍流毒，危害家國呢！仕途，原是風波險惡的地方。我爹爹也是看破、看透了，才寧可守拙，不求聞達。容若！八旗子弟，仕進與否，只怕由不得你。求個正途，入翰林院，倒也不失清貴。只記住今日，莫要迷失在功名利祿之中，就不枉這一番……」

她微微一嘆，低下頭去。容若忘情地握住她一雙柔荑玉手，她心頭一震，欲抽手，卻沒抽出。只聽容若道：

「妹妹！這樣的話，再沒人跟我說的，『國士相待，國士報之』！安身立命，我總不忘了妹妹所期所許！」

說話之間，聽門外翠筠的聲音：

「拂雲妹妹，容大爺可在這兒？」

「在屋裡和姑娘說話呢！」

容若鬆了手。佩蓉回頭：

「翠筠姐姐麼？進來說話吧。」

簾子掀起處，翠筠進來，先笑著請安：

「幾日也沒來問候姑娘，姑娘莫怪。」

佩蓉忙扶著：

「花間草堂裡，裡裡外外多少事，全靠你帶著頭兒張羅，那能得閒呢？等紅杏她們再大一點，能得力了，你就可以鬆口氣了。」

「這是姑娘寬厚體諒，換了別人，先怪我禮數不周呢！」

回頭向容若說：

「太太打發人來說：今兒應酬那些福晉太太們，累了一天。乏了，要早點歇息。把飯送過來，讓大爺自己屋裡吃，晚上也不用過去了。只怕蓉姑娘的那份，也是一樣。」

佩蓉笑道：

「中午陪著那些福晉、太太們，大油大膩的，吃傷了食。已經回了舅母，不去吃晚飯了。」
容若說：
「不吃？那怎麼成？」
佩蓉道：
「才叫邀月給煨了點粳米粥。就著南邊小菜，清清淡淡的，倒受用些。」
翠筠笑：
「姑娘南邊來的，吃不慣這些油膩。換了北邊人到南邊去，怕還嫌沒個油水呢。」
說著，邀月進來問：
「粥煨好了，姑娘這就用，還是涼一下？」
「涼一下吧。不見有客人麼？也不給容大爺請安。」
容若笑道：
「妹妹怎麼見外呢？天天照面的，哪有那麼多的安請？再說，我到了妹妹這兒，還要算客，不把我拘束死了！」
說得佩蓉笑了：
「話，雖有這麼一說，到底禮不可廢。瞧，容哥哥來了半日，翠筠也進來好一會兒了，竟連杯茶也沒有。說出去，就顯著不知禮了。」
話未說完，拂雲正端著茶盤進來，道：

「倒不是有意慢客；見姑娘還有些喘嗽，燉了銀耳，還有新蓮子。只差一點火候，就想著：不如稍候，吃個新鮮吧。」

果然，見三個蓋碗旁，放著銀匙。翠筠忙笑：

「連我也算客，可真亂了譜了。倒真托太太的福，趕來傳話，倒嘗了鮮。」

容若笑：

「這可比茶好吃，難為拂雲用心。連我，今年也還第一次吃新蓮子呢！」

「這是第一批的，往後有得吃呢。」

佩蓉先讓了客，才端起蓋碗。緩緩道：

「往年，總陪著爹娘到西湖看荷花，還沿著運河，到無錫去吃船菜。如今，爹爹一個人，不知還有沒有這樣的雅興……」

說著，滴下淚來。容若慌了，不知如何勸解。半晌，才說：

「姑父人緣好，那些江南名士，總會想辦法為他排遣的。妹妹不要傷心，保重身子才是！」

拂雲遞上絹子，道：

「姑娘！臨行的時候，老爺特別關照來著，說：姑娘是個多愁易感的性情，怕不免思念家鄉、惦念老爺傷心，再三囑咐要好生勸解。老爺說，姑娘高興，他才高興。若知道姑娘傷心，老爺不是更放心不下了？姑娘身子還沒大好，又累了這半日。這一傷心，怕又添出病來，可怎麼好呢？」

佩蓉拭了淚，強笑：

「不過一時想著老爺，心中掛念，倒被你說得多嚴重似的。」

容若放了心，道：

「妹妹成天在屋裡，也怪悶的。什剎海雖沒無錫的船菜，荷花是有的。妹妹若喜歡，哪天，雇了船，陪妹妹看荷花去吧！」

「哎，出了後園子，不就是什剎海了？姑娘愛看荷花，站在園裡閣樓上就看見了，大爺怎麼捨近求遠呢？」

翠筠笑道。容若道：

「這你就不懂了；賞荷花，就得在船上，或水亭子上，才有趣呢。老遠望著，不過是綠葉紅花，看不出韻致來。比方說吧，看個美人，離著十丈，丰姿神韻，就看不出了。只見個人影兒，衣裳顏色，還算看美人麼？」

說著，吟起姜白石的詞來：

「鬧紅一舸，記來時嘗與，鴛鴦為侶。三十六陂人未到，水佩風裳無數，翠葉吹涼，玉容銷酒，更灑菰蒲雨。嫣然搖動，冷香飛上詩句……『冷香飛上詩句』，這等句子，不知他何處想來！」

佩蓉道：

「我倒喜歡下片『只恐舞衣寒易落』，淒而不傷，又美到極致。」

容若點頭道：

「確是如此！只是未免讓人興無常之感。」

「人生本來無常麼。月易虧，花易落，大凡美的、好的，高的、潔的，這凡塵總留他不住。」

容若聽了，心中愀然。口中卻說：

「這是妹妹太易感了，倒像歷盡了人世滄桑似的。月虧了，一個月後不又圓了？花落了，明年不又開了？若不善自排遣些，日子可怎麼往下過呢？」

翠筠見二人談著、談著，竟漸憂苦不祥。忙打岔：

「罷了！荷花可正盛呢，怎麼講起花落來了？姑娘可乏了，粥怕也涼了，我們那邊，飯也該送到了；大爺回去用飯吧？」

容若望望佩蓉，似有好多話說，又凝著翠筠在側。只得告辭：

「可不是該回去用飯了？妹妹乏了，早些歇息，我明兒再來。」

佩蓉送到回廊。抬頭見早先一樹似雪的梨花，已「綠葉成陰子滿枝」。想起方才花事、人事的話來，不免又添了感傷。默默想道：

「花兒明年會開，豈不聞：『年年歲歲花相似，歲歲年年人不同』？人，有時竟還比不上花呢……」

想起亡母，她清淚又潸潸而下……

七夕，雖算不得什麼大節令，平日生活中缺少趣味的女孩兒們，卻當件頂認真的大事來辦。由錫三奶奶院裡的大丫頭銀娃帶頭，約了各房、各院有體面的大丫頭，到西跨院「乞巧」；翠筠、紅杏當然是在被邀之列。早兩天她們就說的、談的，全離不開乞巧了。到了正日子，晚飯後，翠筠、紅杏，都換上了平日不大穿的鮮亮衣裳，打扮得出客似的，由翠筠出面稟告：

「我們往西跨院『乞巧』去，大爺可一塊兒去瞧瞧熱鬧？」

容若笑了：

「那可不陷在脂粉陣裡了？這原是女孩兒們的玩意兒。你們就好好地玩兒去吧，看乞了什麼巧回來！」

紅杏笑：

「巧麼，顯在活計上，哪看得見？倒是銀娃說了，錫三奶奶準備了好些彩頭，給大家湊興呢。我要得了，就送給大爺。」

容若被她認真的話語逗笑了：

「算了吧！還不是些個胭脂花粉的，我要那些做什麼？倒是謝謝你這一片心。」

「哎！年年乞巧，什麼時候，能有蓉姑娘一半巧就好了！姐姐，你記不記得？去年冬天，蓉姑娘畫在裙子上那一幅折枝梅花？平平常常的一條裙子，那一畫，任什麼織的繡的全給比下去了；那才叫巧呢！」

紅杏又羨又嘆向翠筠說。翠筠點頭：

「可不是？玉格格見了，硬逼著給她也畫一條。聽說她穿上，還進宮去給太皇太后看呢，也誇得不得了。」

紅杏小嘴一撇：

「穿在玉格格身上，可比穿在蓉姑娘身上減色；玉格格平日拿槍動劍的，穿上也不像！」

「紅杏！」

翠筠忙喝止：

「嚼什麼舌頭！」

紅杏笑著一吐舌頭，不說了。容若聽她們說得有趣，一時打斷了，也不願再問。揮手道：

「快去吧！銀娃是個急性子，再不去該來催了！」

正說著，果然一個小丫頭進來。先向容若請了安，對翠筠、紅杏二人說：

「翠姐姐、紅姐姐，今兒乞巧呢！銀娃姐姐要我來問：姐姐們可是忘了？」

翠筠笑道：

「正要去呢！」

關照院中的小丫頭幾句，匆匆去了。

一間陳設奢華的屋子，頓然冷清了。容若想起令紅杏豔羨的那條裙子，穿在佩蓉身上，那一份清麗脫俗，真有如不食人間煙火的謫凡仙子！佩蓉心性淡泊，不喜繁華，不近羅綺，日常妝扮，極其淡雅。總只薄施脂粉，淡掃蛾眉而已。她的那一雙眉，生得極勻整纖秀，恰似新月如鉤。螺黛淡掃之下，一顰一蹙之間，便……

容若心中怦然，久久無法平息。

一縷幽咽簫聲，自別院響起。他知道那是佩蓉。佩蓉在江南家中，往來的文人名士頗多，耳濡目染，也習得不少才藝。詩、書、畫之外，女紅固然精絕，也能鼓琴、吹簫，常令容若為之心折。

自春日喘嗽後，許久未曾聽佩蓉吹簫了。容若不禁移步走向「珊瑚閣」。

星月朦朧，初秋天氣，清而不寒。淡淡眉月影下，只見佩蓉倚著回廊卍字欄杆，捧著一支玉屏簫吹著。

月下的臉龐，如玉雕般地細緻。微風吹袂，翩翩似欲凌風而去。在竹下站定的容若癡了，不知為簫聲，還是為玉人。

一曲既終，餘音似乎嫋嫋不散。捧著簫，佩蓉輕聲吟著：

「明月如霜，好風如水，清景無限。曲港跳魚，圓荷瀉露，寂寞無人見……」

她低嘆了一聲，如自語一般重複著：

「寂寞無人見，寂寞……無……人……見……」

容若忍不住自竹影下走出，喚道：

「妹妹！」

佩蓉一驚，隨即羞紅了臉：

「你……什麼時候來的？」

容若不答，沿著小徑走上回廊，才道：

「妹妹，怎麼又吹簫呢？聽人說，傷肺的。」

「偶爾看到，吹著玩玩，不相干的。」

「今天是七夕，妹妹倒不隨俗乞巧？」

佩蓉淡淡一笑：

「好容易盼了一年，才得『金風玉露一相逢』，自家淚眼還顧不過來，哪得許多巧，分給俗世人？」

「『金風玉露一相逢』是應了景了，何以偏愛『明月如霜』呢？」

容若不敢逕指「寂寞無人見」，只輕描淡寫地提「明月如霜」。假作不經意，卻偷覷著佩蓉神色。

只見她忽然飛紅了臉，久久才平息。一嘆：

「想起關盼盼一片苦情，比之牛女如何？」

「『燕子樓空，佳人何在，空鎖樓中燕』，十三個字，寫盡了多少幽怨委曲。東坡真是關盼盼知己。比起來，白樂天『見說白楊堪作柱，爭教紅粉不成灰』就太欠忠厚了。」

「話看怎麼說；」

佩蓉舉起纖手，掠了一下被風吹得微亂的鬢髮：

「也虧著他欠忠厚，倒成全了盼盼一段苦節；給了個堂堂正正『以死明志』的理由；盼盼活著，比死艱難，比死苦。」

容若不由點頭讚嘆，卻又覺得話題太悲苦了。便笑：

「七夕，怎談起關盼盼來了？該談『七月七日長生殿，夜半無人私語時』才對景。」

佩蓉嗔道：

「你胡說些什麼？」

望著她微顰的秀眉，含羞帶嗔的神態，容若抑不住心底的情愫了；自佩蓉入府，一年多來，他的欣慕之情，與日俱增。原來只覺這妹妹可疼、可愛，如今，竟恐一日相失。又恨自己一段柔情，竟沒有個可訴之機。而佩蓉，又總是幽嫻貞靜，古井無波的神情，使他不敢造次，也不敢有任何言語上的冒犯。只當她是一尊神，只要許他心底溫存，眼下供養，便滿足了。直到今日聽她吹簫，聽她吟「寂寞無人見」，才驚喜發覺：佩蓉原來也是有感情、會寂寞的人間女兒。加上這一嗔間，秋波微注中的慌亂，更令他又憐又愛，不由忘情：

「妹妹！『在天願為比翼鳥，在地願為連理枝』，原比一年一度牛女相逢，更可忻羨呀！可嘆明皇、楊妃，不合生在帝王家，才有『宛轉蛾眉馬前死』的慘局！」

他大膽伸手攬住佩蓉香肩。佩蓉微微一顫，低頭無語，卻沒有閃避推拒。他心中狂喜，更握住她的柔荑素手，低喚：

「妹妹！蓉兒！……」

且喜，自己雖出身貴冑，畢竟還是人間兒女。只要有佩蓉這樣一位紅顏知己為伴，他是可以連眼前這一點繁華都拋卻的！只要有一座茅屋以蔽風雨，幾架書畫可供諷誦，只要有佩蓉……他捕捉了一句形容，心中默念：

「只羨鴛鴦不羨仙！」

他望著星空，牛女，又何能比得上他心中的這一份甜美、滿足。佩蓉靜靜在他有力的臂彎中，偎在他胸前。沒有說話，沒有掙扎，靜夜中，只覺得兩顆心，以同一頻率跳動著……

一滴竹梢凝露，滴到他的手背上。他一驚，猛然轉身，卻聽「嗤拉」一聲，打破了這溫柔甜美的沉默。

抬起袖子，只見袖擺下，綻開了一個兩寸長的口子。佩蓉趁機閃了開去，以一陣低嗽，掩飾著羞澀之情。

方才……方才竟……

耳邊聽容若「哎呀」了一聲，她急欲岔開那份幽微的尷尬，問：

「怎麼了？」

「新袍子綻線了。」

她不敢看那張臉，只提起袖口，看了一下，說：

「大概拂雲她們晾什麼東西，釘了個釘子牽繩子。給你縫兩針吧。」

「不要緊，明兒叫翠筠補也一樣！」

「你……怎麼說……」

他聽出她羞懼人知的心情，忙陪笑：

「那就麻煩妹妹。」

到屋內，她取出針線，褪下他一隻袖子，反過而來，就著桌上燈光，密密地縫著。那垂首斂眸的溫柔，他不禁看呆了。如果，如果她是他的妻子……

他十八歲了，父親十九歲生下他。

母親曾笑：該打聽著給他提親了。那時，他並不曾在意。如今，他切望母親再提，他可以暗示，他要蓉妹妹！連錫三嫂子都取笑過，他和蓉兒像「天生一對兒」……

他不由浮起微笑；那燈光，一時幻化成了洞房中煒煒紅燭。

佩蓉縫好最後一針，用細細銀牙，咬斷了餘線。把那只袖子翻回來，然後遞給他。他默默接過，穿好。佩蓉道：

「天晚了，你去吧！」

他站起身，佩蓉送到回廊下。

「妹妹！」

他彷彿有千言萬語想說；他想向佩蓉告罪，恕他一時忘情；想告訴佩蓉，他一片真情。想……

似乎都多餘了，佩蓉似乎全懂；說出來，反落了言詮了。於是，他只抓住一句無關緊要的話：

「起風了，小心招了涼。」

佩蓉果然招了涼，纏綿病到了深秋，始漸痊癒。

容若每日探望，成了定例。有時也會見到各府邸的格格、姑娘們。滿人家少年、少女，亢爽明朗，也不甚著意回避。玉格格，是他原就相熟的，原是各府邸中出名的「刁蠻郡主」，甚受太皇太后寵愛，又和當今皇上唯一未嫁的幼妹六公主交好。照宮中太監的說法，連皇上也讓她三分。一見容若，總纏著比武，常令容若頭疼萬分；輸了受她取笑。贏，她是個格格，又不能真打，碰也碰不得，如何比法？直到佩蓉來了，才不知如何收伏了玉格格，居然見了容若，也不糾纏比武了，也能安靜說說話了。

「容若，明年禮部春試，你可下場去？」

容若不解她何以如此問，答道：

「總得試試；雖然說咱們滿人不在乎這個出身，既中了舉，碰碰運氣吧！」

容若中了順天鄉試，成了滿洲人家矚目的人物。父親納蘭明珠，早一年遷兵部尚書，隱有飛黃騰達之勢。一些阿諛之輩，早把他父子吹捧得上了天。明珠頗為自得，容若卻厭煩得很。但，他總想：與其遲早被逼入仕途，不如圖個正途出身，如佩蓉所望：入翰林院。

「我以為你會走武舉的路子，以後做大將軍！」

玉格格似乎頗為遺憾。沒人知道她的心事：她自己好武，在親貴子弟中，唯有容若，是她看得上的，不免一縷情絲，暗自牽縈；所以收斂刁蠻的原因，也是佩蓉教導她：女子應以柔順為本，才能克剛。不料容若說：

「我不想做大將軍，我……」

他不能說不喜習武，滿人子弟，習武是本分，尤其他是天生律己甚嚴的人，既習，便求好。外人只見他武藝超群，何嘗了解他的喜惡。

玉格格雖爽朗熱情，畢竟是個女孩子，說不出心裡的話；太皇太后見她好武，曾經說過：將來要在武進士中，挑個「有出息的」給她指婚……

「不想做大將軍隨你；過一陣子，可得陪我去打獵！」

玉格格揚起眉毛，興致勃勃。容若道：

「皇上不是要秋獮了嗎？格格正好跟著大顯身手呀！」

「唶！那有什麼趣兒？把獸都趕了來讓你射，那種獵法，瞎貓都能逮上一隊的耗子。尤其欺負我們女孩兒，大的獸、猛的獸，全教阿哥、貝勒、貝子們打，只有鹿啦、兔啦，沒趣兒的，才成群地留給我們！氣得六格格今年也不去了。我一個人，更沒趣兒！」

佩蓉倚枕擁衾，聽他們你言我語，抿著嘴兒笑。容若道：

「格格要打獵，差遣人還不容易？我本事不濟，可不敢保這趟鏢。」

「誰要你保？我只要你陪我！」

「格格……唔！」

聽他一「唔」，玉格格立時喜孜孜。嘴上卻不饒人：

「多少人想這美差呢！偏你，還『唔』！」

佩蓉笑著調侃：

「大哥哥！下一句，可就是『狂童之狂也且』了。」

容若不由失笑，玉格格卻聽不懂這取材《詩經》的雅謔。問：

「蓉姐姐，是句什麼話，這麼好笑？」

「替你出氣，罵他不知好歹呢！」

日近黃昏，他代佩蓉把玉格格送出府去，再折回「珊瑚閣」，只見佩蓉端著一鐘茶，默默地，不知想些什麼。

「妹妹！」

佩蓉一驚顫，手中的茶，潑了一桌。白了他一眼：

「看！都是你，這麼冷不防地唬人！」

邊用絹子撣潑到身上的茶水，邊喊拂雲。拂雲忙收拾了，佩蓉自去剪燈罩中的蠟花兒。

把個容若晾在一邊，只好陪笑：

「好妹妹！我不是故意！」

「誰說你故意來了？」

拂雲知他們有話要談，暗向容若一笑，轉身而去。

「不換件衣裳麼？濕了一片。」

佩蓉不語，退回榻畔，倚枕而坐。容若見她穿著一件月白衣裳，鑲滾著細工精繡的寬邊、一根絲絛，束著纖腰，真如約素。頭上只簪著一支紫玉釵；原就不豐潤的臉龐，因病又清減了三分，越發楚楚可憐。

「這麼看著人家做什麼？」

不禁容若灼灼日光，佩蓉不由飛紅了臉嬌嗔。

「想到一闋詞！」

「誰的？念給我聽聽。」

「我還是寫吧！」

就著書桌，他找到一疊花箋；花箋，是佩蓉閒時親繪的；淡彩，畫上梅、蘭、竹、菊等，十分雅致。容若選了一幅蘭箋，提筆寫上詞牌：〈調寄浣溪沙〉

略一沉吟，用他那筆褚河南書法，寫道：

十八年來墮世間，吹花嚼蕊弄冰弦，多情情寄阿誰邊？

紫玉釵斜燈影背，紅綿粉冷枕函偏，相看好處卻無言。

放下筆，仔細默讀一遍，鄭重折成一個小小方勝，又自懷中掏出一個螺鈿香盒。盒中，原存著幾粒心形紅豆，素來是他極心愛的一件物事。將方勝鄭重放入，蓋好，才轉身，遞給佩蓉。

佩蓉滿目狐疑，接過，按下機簧，取出方勝。便見到那幾粒瑩然紅豆。心中又喜又懼，抬頭看容若，容若早背過身去，大有忐忑不安之態。她意會到：這竟是私相傳遞了，一時竟也不知何以自處。半晌，才展開方勝。一閱，不由滿臉紅暈；待惱，無從惱起，到底這是人家一片心。待喜，又喜從何來？雖然誼屬中表，畢竟未曾經過高堂明訂婚姻之約；後來是何終局，何能預料？而且，自容若中舉以來，依錫三奶奶的說法：

「有年歲合適女孩兒的人家，全打咱們家容官的主意呢！」

雖說是笑談，但看今日玉格格那一番情態……

容若情有獨鍾，是早在七夕之夜，已露端倪。雖未真箇海誓山盟，總算兩心相照。自那日之後，形跡之間，人前越發拘泥莊矜。偶然獨處，一凝眸，一攜手間，何嘗不深情款款，只未明言。

如今，這鈿盒、紅豆、詞箋……若為人所知，竟就是私訂終身的贓證！自己一個清清白白的女孩兒……

可是，人生知己難逢，若藉詞發作，自可掩一時之羞。對容若而言，這般斷喪，情何以堪？

況且，自己何嘗不是一片素心已然拋擲。

若真能得遂平生之願，花好月圓，自是人間第一美事。只怕……

一念至此，疑懼復生，不禁抽抽噎噎，淚流滿面。

容若心中忐忑，幾乎無法預知或面對「後果」，佩蓉會一怒拂袖？會羞惱生嗔？會……

久久不聞動靜，越發焦灼，又不敢回頭；自己也不知因羞、因愧，還是因那一份表白後，又甜又苦的愛。

忽聞佩蓉啜泣，大驚，連忙回頭。只見佩蓉如一枝帶雨海棠，神色間倒並無嗔怒之意，先放了一半心。軟語低喚：

「妹妹！我只為著我一片心！」

佩蓉默然點頭，拭去淚痕。良久，才開口：

「我明白……你……去吧……」

容若怏怏而返。自此，二人都不再提此事。兩顆心，像契合了，又像……隔著一層什麼，反疏隔了。

三　繡屏深鎖鳳簫寒

年過了，節過了，看著收拾了動用傢伙，一切都步上常軌，錫三奶奶才算喘了一口大氣；可以歇歇了。

燈下，夫妻二人閒談合計。錫珠先笑：

「奶奶辛苦！一個年忙下來，好添幾副頭面了。」

「啐！你以為我稀罕這個？要不是你沒本事，只好靠著二叔，渾水摸魚的……」

錫珠一皺眉：

「又來了！就論我在外，你在裡，多少功勞苦勞？就算得些酬報，難道不是該的，何苦說難聽話？」

「酬報！」

錫三奶奶冷笑：

「月例銀子才是酬報呢！這些個，是能見得天？見得日？一天到晚地打疊笑臉，察言觀色地哄著上面；盯人管事，點水不漏地罩著下面，你當是玩兒？在這個府裡，說起來，像主子，又不是主子；像奴才，也不是奴才。再怎麼精打細算，到頭來還都是人家的！」

「所以，這會子才積攢哪！要說『渾水摸魚』，也得水渾哪！這府裡……」

錫三奶奶忙低聲喝止：

「你作死了！這麼大嗓門，說給人聽呀。」

錫珠也警覺地壓低了聲音：

「二叔聖眷日隆，來走門路的人多少！他吃肉，咱們不弄些湯水喝？外面一個余國柱，在朝裡幫著張羅；告訴你吧！道臺以下的缺，二叔都有本事弄到掌心裡，待價而估！打個比方，在朝裡，皇上和二叔，就像家裡，二叔和我；他怎麼玩，我怎麼學！」

錫三奶奶不由「啐」道：

「真是『上樑不正下樑歪』！」

錫珠聽她這話也不覺有些感慨，嘆口氣：

「唉！我告訴你，做官也罷，做奴才也罷，不過是『見風駛舵』；駛得好，名利雙收。駛得不好，家破人亡的日子還有呢！」

錫三奶奶聞言，寒著臉：

「大年頭裡，可也有個忌諱！」

聽了這話，錫珠也住了口。隨手在果盤裡拈了一粒榛子，說：

「想想看，今年還有些什麼大事？早些準備著，倒是真的。」

「有什麼？還不是照著往年過……」

說著，彷彿才想起，道：

「哦，今年，容若要參加禮部春試；說不定『一戰而捷』，這納蘭府裡就要出『進士老爺』了！」

「這倒也真虧他！去年中了舉，兩位考官，都誇得不得了！尤其那位徐健庵徐大人，對二叔打下包票：今年一定連捷！容若多大了？」

「跨了年十九。瞧你這記性！」

「多少人考了一輩子，考白了頭髮，都沒摸著鄉試『舉人』的邊呢。要是容若能十九歲就舉『進士』，可是少年科第！鬧個不好，還大登科、小登科一起來呢！」

錫三奶奶滿臉地笑，端起茶來，喝了一口：

「可也是時候了。從他中了舉，我就給聒噪死了；彷彿天下男人只剩下容官一個。明問的、暗敲的，多少人想來說媒，喝這碗『冬瓜湯』！告訴你，依我瞧著，連玉格格那位刁蠻郡主，都巴不得太皇太后把她指給咱們容兄弟呢！」

「那敢情好！」

「好？那位格格是好伺候的？何況……」

錫三奶奶慢條斯理地又啜了口茶，才說：

「肥水不落外人田吶！」

「嗯？誰？」

「你真是忙瞎了眼！家裡擱著一個如花似玉現成的容大奶奶，會看不見？」

錫珠一怔，「哦」了一聲，恍然大悟：

「你說，蓉妹妹！」

「可不是？中表兄妹，論人品，也真是天生地設的一對兒。親上加親，不是順理成章的？而且，以我看，除了這位蓉妹妹，容官可誰也看不在眼裡。以容官那『認死扣』的性子，是認定了這門親了。」

「可也得有父母之命，媒妁之言呀！」

「只要二叔老公母倆認可了，哪兒找不到巴結差使的媒妁！」

錫珠用手支著頭，想想：

「只怕，未必那麼如意！」

「怎麼？蓉妞兒還有什麼褒貶不成？」

兩年下來，錫三奶奶倒真心疼了這位蓉妹妹。

「不是褒貶。頭一件，她那性情，就不合這府裡的適。孤傲，不合群，也不管事。當姑娘，當然沒什麼。要做這府裡的當家少奶奶，那能成麼？第二，身子太單薄，不是宜男之相。到如今，二叔這一房，才得容若一個，不巴著多幾個孫子？還有……」

「還有什麼？」

「唉！這可碰著咱們的疼腳了！」

錫珠搖搖頭，道：

「姑父做了一輩子清官，蓉妞兒又讀書識字的。你看她那『珊瑚閣』吧！那才是她的性情！說真格的，咱們昧心，在別人面前，是『天下老鴰一般黑』，臉也不紅的。她，可真是一汪子一塵不染的清池。她若是不聞不問，不知不曉還則罷了。不然，這府裡容不下她，她也容不下這藏污納垢的納蘭府！」

錫三奶奶詫異：

「這番話，從你嘴裡說出來，可真不像！」

錫珠苦笑：

「你真當我天生沒心沒肺？只掙不過命罷！既想在這府裡安身立命，就只有順水推舟；好歹積攢點，不為自己，也為兒女將來呀！也就是這樣『一般黑』的人見多了，見了蓉妞兒，才看出她的好來；可惜她這份『好』，不是咱們這府裡的門風！」

說得錫三奶奶也不由為之動容。想了想他的話，嘆口氣：

「照這麼看，只怕真不合適；可惜，這麼天造地設的一對兒。」

「走著瞧吧！難道還輪得到咱們操心？」

為了春試，容若真摒絕了一切外務，專心攻書。覺羅夫人也吩咐：

「也不必巴巴到這兒來吃飯了，另開吧！」

於是，除了定省，或到徐健庵處去討教學問，容若幾乎足不出戶。唯一的例外，是到珊瑚閣。

珊瑚閣中，梨花開得堆雪翻雲。燕子，在回廊下築了巢，呢呢喃喃地，俐給春日多愁易感的佩蓉，添了不少樂趣。

容若，每在黃昏時逛過來。一方面是黃昏時光線不宜讀書，二來也為那「一日不見，如隔三秋」的一段情思；一天看不見佩蓉，便覺難挨。佩蓉口中不言，每每在黃昏前重整雲鬟，淡掃春山，等他過來，習以為常。

這一天，容若破例沒有依時問來，佩蓉不明所以，只覺百無聊賴，只得讀書自遣。直到日暮月出，才見容若匆匆而來，神色極不自在。

「怎麼了？」

她不由關心。容若沉默半晌，嘆氣：

「方才，有人來『花間草堂』，看著就獐頭鼠目的，不像個正經人。他支吾了半天，硬留下一包東西，沉甸甸的。你道是什麼？」

「什麼？」

「黃金！」

佩蓉驚訝，問：

「做什麼？」

容若又嘆了口氣：

「你叫我怎說？說難聽一點，就是苞苴了，打算來行賄的。」

「二舅舅？」

「唉！」

容若為之痛心疾首：

「阿瑪不是甘於平凡的人，我知道；這也無可厚非。但，賣官鬻爵，受賄貪贓，卻是我始料不及的。你想，一個人，能花錢買官，到了任，還有個不貪的？心上存了個『貪』字，酷虐百姓，荼毒民間，什麼做不出來！這孽……」

說著，便向外走。佩蓉喊住：

「往那兒去？」

「養德軒！『養德』軒……他怎能居之若素！」

「容若！舅舅的性子，你又不是不知道。只能見機幾諫，弄翻了，反傷了父子之情。」

她想了想，道：

「我倒有個主意，你看使不使得？你作首詩，連那包東西，一塊兒送到二舅舅的書房去。謹慎點，別讓人看到，也免得舅舅老羞成怒，反而不美。」

尚書明珠，領著心腹余國柱、佛倫，推開「養德軒」的書房門，準備商量人計。明珠道：

「尚可喜請撤藩，吳三桂、耿精忠的奏章也來了。依我看，其中有虛有實；尚可喜年高多病，他那個兒子又不成材，倒是真心的。吳三桂、耿精忠，恐怕意在試探，未必真心。」

余國柱阿諛道：

「明大人高見！三藩俱擁重兵，恃功傲上。吳、耿二人，分明是以退為進，以此試探；總是欺皇上年少，恃強脅恩。」

「如今成了兩難之局：不撤，就得加恩，倒教他們更猖狂了。撤，大概就免不了一場兵災。黎民百姓，可要遭殃了。」

明珠分析局勢。佛倫問：

「明日廷議，必有一場爭辯。倒不知明大人主張撤，還是不撤？」

明珠笑了：

「我主張撤或不撤，並不要緊；要緊的，是皇上如何主張？廷議，不會有結果的，最後定局，還得看皇上。這就像『押寶』，誰押到了皇上心裡，誰贏。」

他年未四十，城府卻極深，更深諳權謀之術。因此，才得由侍衛而內務府郎中、總管，五年授弘文殿學士、七年授刑部尚書，八年，任左都御史。如今，更當了兵部尚書。他徐徐接道：

「皇上年紀雖輕，卻天縱英明，雄才大略。可不是膽小怕事的，不會肯受這挾制。依我看，這藩，是撤定了；仗，也是打定了！我已經跟戶部的米思翰、刑部的莫洛兩位尚書約好了，主張撤藩！亂，一定是要亂的。亂什麼時候平定，我也不知道；總不會出十年八載吧？我知道的是：押中了『寶』，就是我納蘭明珠飛黃騰達之始！」

余國柱、佛倫見機，連忙道賀。明珠道：

「一氣同枝，還分彼此，那可就生分了！對了，兩石，你不是要置產麼？這個先拿去使吧！」

他走到案前；一進來，他早見到了那包「東西」，知道是錫珠送來的，便沒理論。如今想起，正好給余國柱置產用，便順手取過。不意，下面還壓著一封密密封緘的封套。隨手把手中的東西交給了余國柱，余國柱滿臉堆笑地道謝。明珠擺擺手，拆開密柬。看了一下，不覺變了顏色。余國柱和佛倫對視一眼，關切問道：

「怎麼了？」

明珠強抑怒火，道：

「沒什麼，家務事。」

二人察顏觀色，見明珠神色惱怒。他既說了是「家務」，自不宜過問，趕忙地藉詞告退。見他們出去了，明珠才一掌擊在書案上，喊：

「安三！」

他的心腹總管安三，應聲而至。

「叫錫珠來！」

錫珠聽說二叔大怒，惶恍來到，才弄清了這件事的來龍去脈。「東西」原該錫珠經手。大概來人是初次入府，只問「三爺」，卻被不知情的家人，誤聽為「少爺」，而引向了「花間草堂」。

「你看看！養大了他，教訓起我來了！」

錫珠拾起柬帖一看，方知容若寫了一首「五古」在帖上：

乘險嘆王陽，叱馭來王尊。委身置歧路，忠孝難並論。有客齎黃金，誤投關西門。凜然四知言，清白貽子孫！

四知者，「天知、地知、你知、我知」，是《後漢書》中，楊震斥拒賄賂所說的話。容若引以諫父，卻導致明珠雷霆之怒。

錫珠不敢多說，只能陪笑：

「這是容若兄弟年輕，不知庶務，也不知輕重。二叔跟他生什麼氣呢？」

安三卻在一邊煽火：

「容哥兒原本不是這個樣兒的。總是受了什麼人的挑唆；這樣下去，父子離心，那可不好……」

明珠怒火又被挑起。喝道：

「綑了那奴才來問！」

錫珠忙跪下攔住：

「二叔！容若不久就要下場應春試了。要打、要罵一個容若不難，如今沾親帶故的人家，誰不望著容兄弟，指著他中個進士，給咱們納蘭家光耀門楣？這一打、一罵，他還有心下場嗎？下了場，要是因此落第回來，豈不給索額圖那夥人看笑話！二叔，我也不敢替容兄弟求情，二叔只看著納蘭家列祖列宗吧！」

索額圖是明珠朝中對頭。這一激，倒奏效了。饒了兒子，卻忘不了安三的話，問：

「安三！你說，是誰挑唆容若的？」

安三吞吞吐吐：

「奴才可不敢說。總覺著，這兩年，大爺性情變了；以往穿也考究，吃也考究，像個咱們這樣人家出來的哥兒。待人，也在禮上。如今……」

明珠也想起這兩年來兒子的轉變；他連到徐健庵府邸拜師，也只穿著一襲青袍。以前的華麗衣著，很少再見他穿。談吐間，也不似以前的口角鋒芒。甚至，常露出嚮往隱逸，不樂仕途的語氣來。

他感覺這種風調似曾相識……驀然想到，像他的妹夫，像謝寒羽！

容若沒見過謝寒羽。但……他想起，謝寒羽的女兒謝夢芙。

「一定是她！」

只有她，才具有這樣大的影響力！

他斷斷續續，想起他所見所聞有關「蓉妞兒」的種種。她的高華，她的清雅，她的才調，她的厭棄膏粱……這些，他都曾讚美過。但，他絕不希望他的兒子像謝寒羽！一個絕意仕途，不求功名，終日詩酒風流的名士！

他的兒子應該像他！雄心壯圖，做「人上之人」；不論是權、是勢，是名、是利！

可是……

他發現，他敵不過他小小的對手，敵不過那弱不勝衣，清雅纖秀的小甥女。他能掌握容若的人，而她，卻掌握著容若的心！

只要佩蓉在，容若就不會是他心中所期望的兒子！除非……

他不動聲色，反嚴加密囑：

「這件事罷了，不許再提！」

見錫珠、安三退下，他陰鷙地笑了。

他想到的是另一件事。前兩天，皇上才提起的「煩惱」：

「六格格，一直喜歡跟著阿哥們上書房。小時候是當她好玩，也不理論。如今大了，總不方便。叫她不念書，斷不肯依！朕就只這一個妹妹還在宮裡，總不好太拂了她的心。上學，也容易，偏她愛漢文。太皇太后又有懿旨『漢女不許進宮』；可除了漢女，哪兒找精通漢文的旗人女子來做女塾師？」

「皇上，六格格的女塾師有了。」

他安詳地報告。康熙一喜：

「是怎麼樣的人？」

「漢軍，父親做過道臺。」

「漢軍？這倒使得，總是在『旗』的。多大年紀？」

「十六歲！」

康熙笑斥：

「你糊塗！又不是選秀女，十六歲，能做塾師？」

「奴才不敢駁回；這女子雖然十六歲，從小在江南長大，江左三鳳凰、江南三布衣：還有丙午年的南元顧梁汾，都曾親自傳授。」

「那，該是有些根柢的。只不知品貌如何？」

康熙一頓，解釋：

「你知道六格格的脾氣，女孩兒家，愛美。」

「奴才知道。此女堪稱才貌雙全。」

「你見過？」

「不敢欺瞞皇上，是奴才甥女；因奴才妹子亡故，在奴才家中教養。」

「哦？」

康熙想了一下：

「除了漢文，不知還會些什麼？六格格也該學些女孩兒的閨範才好；從小跟著阿哥們一起長大，都要忘了自己是女孩兒了。」

「奴才甥女音律、書畫都通，女紅也頗得人讚賞；她的畫，還曾蒙皇上宸覽。」

康熙訝異：

「有這事？幾時？那兒？」

「玉格格穿的折枝梅花裙子，就出於奴才甥女之手。」

康熙想起來了，曾在太皇太后的「壽康宮」中，見到陪侍太皇太后的玉格格。那天，玉格格穿著一條新裙子，上面畫著墨筆折枝梅花，頗為別致新雅。他是隨口誇過玉格格的梅花新裙。

「很好！如此，朕就放心了。只是，還得請懿旨，聘女塾師也是後宮大事，不可草率。」

迎著才參加「春試」回來的容若，佩蓉笑問：

「考場得意？」

容若笑著遞給她一卷紙：

「這是稿子，請『女翰林』過目，可得中否？」

佩蓉先看題目，只見是：「所謂天平」一節；「樊遲問知」一章，「盡其心者」一節。笑著隨手擱在桌上：

「難不倒你！回頭再細細拜讀。」

幾日不見，乍見，交代了場面話，卻又相對無言了。

拂雲早沏了茶送來：

「容大爺，請用茶。」

容若接過，輕啜一口，贊道：

「什麼茶，好香。」

佩蓉抿嘴一笑：

「這茶也叫『龍鳳團』；龍鳳團原出自閩南，是宋代貢茶。這卻是民間茶客用吳中上好的『碧螺春』製的，可難得呢！總算你還吃出香來；北邊人吃茶，偏愛香片。哪知道真正好茶，就在茶本身的香。南邊，劣茶才加花兒製香片呢！」

又問：

「可見過了舅舅、舅母？」

「都見過了。又大洗了一回，不然，怕不薰了你！」

說了些考場趣聞，逗得佩蓉直笑。

同往上房，陪覺羅夫人用了飯，又雙雙回到「珊瑚閣」。佩蓉見天色清朗，便在院中立住，道：

「看！這滿天星斗！」

「來，咱們數數！」

「傻！那有星斗數得盡的？」

一時，半規弦月也出來了，月照屋樑，把花影篩得滿地。一陣花香，徐徐飄拂；佩蓉輕嗅著，問：

「什麼花兒？這麼香？」

容若靠近佩蓉，道：

「芙蓉花。」

「胡說，這會哪來的芙蓉？」

猛省，容若所指的不是花，又羞紅了臉。正無法開交，忽見一隻流螢飛過，借詞撲流螢，移向花叢間。不料，未撲到流螢，倒驚起一雙蝴蝶。

「罪過，罪過！怎麼驚破了蝴蝶春夢！」

容若取笑。佩蓉卻驀然變了顏色；一種不祥之感，如陰雲遮月，掩上心頭。

「太后懿旨，召蓉妞兒入宮？」

這一懿旨，來傳旨的，是玉格格。覺羅夫人驚疑問。

「是呀！太皇太后聽皇上說，可以聘蓉姐姐入宮做六格格的女塾師。太皇太后問我，我當然把蓉姐姐怎麼好，怎麼能幹，大誇了一番；就定局啦！」

胸無城府的玉格格，還一派天真：

「我自告奮勇給六格格伴讀，太皇太后也歡喜。就派我來傳旨啦！」

明珠假惺惺地道：

「這可是天大的榮耀！我們蓉妞兒怎會上動宸聽？」

「咦！不是你向皇上薦的嗎？」

心直口快的玉格格，一語道破了內情。原來被這突如其來消息，震得搖搖欲墜的佩蓉，此言入耳，卻一下穩住了。沉靜問：

「玉格格，可得馬上就走？」

「那倒不急，擇定的是十六日；總得有幾天給人收拾張羅呀！」

「那，還有五天……」

她把那清澈如水，冷凝如冰的目光，停在明珠身上。任是明珠那梟雄般的人物，也不禁一凜；他本希望見到的是蓉妞痛哭、哀告，讓他享受「勝利者」的滋味。而蓉妞沒有哭，只用寒澈的目光，化作一把刀，扎上他那一線未泯的良知……

佩蓉走了，帶著槁木死灰般的沉靜。自始至終，她沒有在納蘭府中掉一滴淚。倒是覺羅夫人、錫三奶奶為她哭得眼都腫了。覺羅夫人背後罵明珠：

「虎毒不食子，他連自己的兒子也饒不過！」

自然，錫三奶奶早把容若那首詩，招致佩蓉進宮的緣由，打聽了個清楚。只暗暗嘆氣：

「真應了錫珠的話：這府裡容不下那一塵不染的清池！」

容若經此打擊，病了一個月。雖舉了進士，卻因此不能參加廷對，所以沒得到皇上排名親授的「進士」頭銜；這可得等三年後的春試放榜，和下一榜的新進士一同殿試。一誤三年，明珠雖然懊惱，卻也無可奈何。

病癒後的容若，除三、六、九往徐健庵家聽徐健庵講經書，幾乎足不出戶。倒是一力促成了徐健庵把家藏的絕版前儒說經之書，重新雕版行世。並親自在每一部書前撰寫序文，以此稍解悲痛之情。

珊瑚閣，仍是他日日必然要走一趟的地方。人去樓空，卻留下太多他永遠忘不了的回憶。一几一案，一屏一榻，仍在原處。彷彿，几案間，仍依稀晃動著佩蓉孃孃婷婷的身影。仍依稀浮現著她的笑，她的淚，她的嬌嗔，她的幽怨……

她幾乎把什麼都留下了，如她所說：

「沒有帶走納蘭府中一針一線。」

她唯一帶走的，是那個螺鈿香盒，中間盛的是容若的心……

那支玉屏簫，也仍掛在原處，時時觸動著容若傷心又甜美的回憶。只有在這兒，他能解除一下為消極反抗，所披上的甲胄。那甲胄，使所有認識他的人，都認為他「變」了。

「容若，模樣兒倒還是咱們容若，該盡的本分，該守的禮一絲不爽。可是……」

覺羅夫人嘆息。

就是太一絲不爽了吧？過去的容若，哪是這個樣？

容若沒了「心」，他的心，教佩蓉帶走了。整個性靈，就似乎就抽離了。他仍會笑，仍會說話，仍努力攻讀經書。但他身上散著一片冷凝，連明珠也為之心顫的冷凝。

為了補償吧，明珠在後園，照著過去容若所提的願望：在什剎海上，建了一座「淥水亭」。又建了一處田家風味的別院，題名「桑榆墅」；更鳩工為容若蓋了一座書房，專供他為雕版刻經的事務用，題名「通志堂」。

容若依禮恭謹稱謝，斂手而退。望著他一絲不亂、行規步矩的身影，明珠依稀看見一道鴻溝，橫在他和容若之間。他有了挫敗感，甚至，有了悔意。但，他也知道，一切都來不及了……

腸斷斑騅去不還，繡屏深鎖鳳簫寒，一春幽夢有無間。
逗雨疏花濃淡改，關心芳字淺深難，不成風月轉摧殘！

撫著那支鳳簫，容若凝望著自己題寫的〈浣溪沙〉新詞。在燈影中，化成了一尊雕像……

四　今夜玉清眠不眠

佩蓉到宮中，受到了相當的優容和禮遇。六公主和生母太妃楊佳氏住西六宮的咸福宮，為了方便，便把與咸福宮鄰近的儲秀宮，撥出來，為佩蓉居處和「學堂」。

這位「女塾師」的到來，為靜如止水的後宮，掀起了微漣；人人好奇，究竟是怎樣三頭六臂的人物，竟值得如此鄭重請進宮來為塾師。

乍見佩蓉，不免失笑；這樣的黃毛丫頭，竟也能為公主師？不多時，便見出佩蓉的不凡了，她溫雅安詳的舉止；高華清逸的丰神，恬淡而不冷漠，可親而不可狎的態度。詩書，後宮懂的人不多。女紅，那在後宮中，堪稱「高手如雲」，但見到了佩蓉的女紅活計，便不能不嘆服：雅俗之判，猶如雲泥。特別是大多數人即使能描能繡，也只能照著「花樣子」來做。她卻因為能畫，隨著季節，隨著需要，隨時都能拿出合時當令的新色花樣，讓人大開眼界。

佩蓉主要的「弟子」，原本是六公主和自願「伴讀」的玉格格。不多時，便把六公主收服了；她一向倚仗著太皇太后和皇帝哥哥的寵愛偏憐，嬌蠻任性，不受約束。沒過多少時日，竟在佩蓉調教下，收斂了的故態，言行舉止，都顯得溫文，有禮合度。喜得太皇太后親下懿旨獎掖，並把近支親貴家的幾位格格，都召來「拜師」。

除了「上課」時間外，各宮妃嬪，有的喜她溫柔雅靜，有的羨她博學多才。而且，她的地位超然，牽不到嬌妒爭寵的宮闈是非，都爭相結納。日常生活，倒也頗不寂寞。

只有到夜闌人靜，宮門下了鑰。獨對著一燈熒然，她才自「女塾師」的身分中解脫，成為有血有淚的人間女兒。

握著那小小的鈿盒，她的神魂，又飛回到了「珊瑚閣」，重溫與容若共處兩年間的悲、喜、歡笑、眼淚……

偶然，她也能在玉格格談話中，聽到有關容若的消息。她說不出自己對容若的消息，是盼，還是怕；當玉格格提起「納蘭家」，甚或直指「容若」時，她便遏不住心中顫動，幾乎不知何以自處；該切切關心？該淡淡一笑？還是……

玉格格，畢竟心性單純，又天真爛漫，那裡解得這千回百折的柔腸。只顧自己說話：

「納蘭家，從蓉姐姐入了宮，就不對勁。尤其是容若！」

她心中一顫，幾乎脫口問：「容若怎樣？」但，她不敢問；怕玉格格聽出她的心情；她那不敢示人，尤其不敢向傾慕容若的玉格格坦示，那幽深細微的心情。

好在，玉格格性格爽朗明快，一打開的話匣子，就收不攏。道：

「也不知怎麼回事，他變得那麼陰陽怪氣的！更奇怪的是：那府裡的人，都像怕些什麼，誰也不敢招惹他！」

「哦？」

「對了！蓉姐姐，你的『珊瑚閣』，如今給他占了。從他病好，就經常住在『珊瑚閣』。『花間草堂』，反而少待。他說，因為你那兒書多，做學問方便。」

「他病……」

佩蓉喃喃低語，玉格格詫異：

「你不知道？為了這一病，春試雖上了榜，卻沒能參加殿試，可耽誤了進士功名！不過，人家都說，他也太少年得志了，耽誤一下也好！」

佩蓉點點頭，似喜似悲：

「病了，也好。」

有什麼更具體的方式比這一病，更能剖白一片心呢？

她在準備離納蘭府的那幾天，終於能揭去了一切嬌羞，矜持，隱晦，和容若以素心相見。當著容若，她在臂上點下了一點「守宮砂」；她沒說什麼，但容若必然是明白的；若是蒼天憐恤，她會帶著這點宮砂為「使君婦」。如若不然……她決心和這一點殷然宮砂，同入黃土！

不必信誓旦旦，容若的鈿盒，她的宮砂，無聲地提出了保證：她的「心」當然是他的。清白之身，也必會為他而保留……

五天！她不知道，這一去，他和她，將是生離，還是死別了。她要把這五天當一生來過！她為他吹簫鼓琴；她陪他淺斟低酌，她伴他吟風步月，她與他摘花鬥草……

她要把這一生的美，在這短短時日中，化成絕豔，鏤到他的心頭上！

然後，她可以活著，像燕子樓中的關盼盼，不著痕跡地活著；埋葬了心，無喜無悲，無嗔無怨地活下去。

唯有「容若」兩個字，能觸動她心底那根絃。

「蓉姐姐！瞧！三嫂子給你捎東西來了！」

玉格格興沖沖地進來。身後跟著個小太監，捧著一個包袱。包袱中，有吃食，有衣物，還有一部《花間集》。

她心中一動；錫三奶奶不識字，怎會給她捎《花間集》？她不動聲色，賞了小太監，只和玉格格閒話。

直待夜闌人靜，她才敢翻那部書。

沒錯！是一部《花間集》。只是其中多了一本薄冊，朱絲闌的字行中，是她最熟悉的褚河南書法。工工整整，抄的是詞；以她之博學，卻從未讀過的詞，沒有署名……不用署名……

她一闋一闋地讀著：

〈浣溪沙〉

五字詩中目乍成，盡教殘福折書生，手挼裙帶那時情。
別後心期如夢杳，年來憔悴與愁並，夕陽依舊小窗明。

雨歇梧桐淚乍收，遣懷翻自憶重頭，摘花銷恨舊風流。
簾影碧桃人已去，屧痕蒼蘚徑空留，兩眉何處月如鉤。

〈紅窗月〉

燕歸花謝，早因循過了清明。是一般心事，兩樣愁情。猶記回廊影裡誓生生。
金釵鈿盒當時贈，歷歷春星。道休孤密約，鑑取深盟。語罷一絲清露濕銀屏。

「休孤密約，鑑取深盟……」
她默然地咀嚼著，兩行清淚，潸然而下：怎知，密約、深盟，全成虛話？
詞中，流露著容若心境的起伏，寫他重圓的希望：

〈**減字木蘭花**〉

燭花搖影，冷透疏衾剛欲醒。待不思量，不許孤眠不斷腸。
茫茫碧落，天上人間情一諾。銀漢難通，穩耐風波願始從。

晚妝欲罷，更把纖眉臨鏡畫。准待分明，和雨和煙兩不勝。
莫教星替，守取團圓終必遂。此夜紅樓，天上人間一樣愁。

寫著他的思憶：

〈**菩薩蠻**〉

晶簾一片傷心白，雲鬟香霧成遙隔。無語問添衣，桐陰月已西。
西風鳴絡緯，不許愁人睡。只是去年秋，如何淚欲流。

寫著他的惆悵：

〈蝶戀花〉

眼底風光留不住，和暖和香，又上雕鞍去。欲倩煙絲遮別路，垂楊那是相思樹？
惆悵玉顏成間阻，何事東風，不做繁華主？斷帶依然留乞句，斑騅一繫無尋處。

……

她讀著，一闋又一闋。最後的一頁，是一闋〈采桑子〉：

彤霞久絕飛瓊字。人在誰邊，人在誰邊，今夜玉清眠不眠？
香銷被冷殘燈滅。靜數秋天，靜數秋天，又誤心期到下弦。

自詞稿中抬起頭，桌上的殘燭，蠟淚盈寸。窗外，晨星寥落；天，快亮了。

「今夜玉清眠不眠？」

她幽幽地念著這個沉沉壓在心上的句子，把詞稿鄭重收好。站起身，只覺眼前一陣昏黑，頹然倒下……

容若照著往例，到徐健庵先生家裡聽講經書，並向他報告《通志堂經解》的進度；這一新開雕的版本，已決定以此命名了。

才進門，就覺得氣氛大不如常。一位同年見到他，拉到一邊，悄聲道：

「容若，來得正好！你聽說了沒有？徐座主出事了。」

「什麼？」

他大驚，變了顏色。

「是給事中楊雍建上的奏章，為的是壬子鄉試，副榜遺取漢軍卷子，劾了個疏誤。皇上下令嚴辦，徐座主無以自解，決定南歸了。」

「我怎麼一點都不知道？」

他深自悔愧；累月以來，他只一心牽掛著佩蓉，竟不知出了這等大事。

「也是這兩天的事。徐座主不想驚動大家，也不想白費心思去奔走挽回。已決定把京裡的事料理完，就動身南歸……」

正說話間，只見徐健庵出廳來了，神色倒也平靜。容若不由佩服；所謂「讀書養氣」，就是如此吧？

徐健庵以尋常的語氣話別：

「你們大約也都知道了，這個案子『疏誤』是事實；楊大人所劾，並非枉曲，你們不可因此芥蒂。只是，怕要耽誤各位的功課了，於心不安。」

頓了一下，問容若：

「《通志堂經解》進度怎樣？」

容若斂手答：

「都照著預訂的進度完成；大概三年內，可以完工。」

「校勘特別留意！能把這部書刻成，嘉惠後學，功德不小！我這一走，這副擔子，就交給你了。」

又轉向其他門生：

「雖是容若首倡此議，並捐貲開雕，也得靠大家同心襄助。我走後，千萬別因此就散了，常在一起切磋才好。」

周旋閒話了一回。此時，惋嘆、慰藉，都似乎失了意義。容若便不再開口，任同年去話別。人漸散去，天色亦向晚了，他才趨前。徐健庵執著他的手，這才露出真情；容若原是他最愛重的弟子。嘆道：

「師弟一場！他們要送，我攔住了。你，不同。後天，有幾位江南的朋友，給我送行；可說都是江南一時俊彥。我給你們引見一下，以後，也好來往。」

他頓了一下：

「這幾位，都有才有學，對你日後學業，一定有所助益。只是，落拓名士，不拘禮法，人人一副『青白眼』，如何相交，就看你自己了。」

「不知道是哪幾位？」

「哦，姜西溟、嚴蓀友、朱竹垞……這些名字，該聽過吧？」

聽過！容若一時悲喜交集：這些，都是佩蓉曾受教過的。在心理上，他立時產生了強烈的傾慕。

送行宴，他沒有帶什麼程儀。帶的是四首「七律」。

「雖說是『秀才人情紙一張』，比什麼都貴重！」

徐健庵把詩看完，遞給嚴蓀友：

「你看看，這可是西溟口中『滿洲紈袴子弟』所能至？」

嚴蓀友一笑接過展開。道：

「我來念吧，省得傳來傳去的！」

便朗誦起來：

「江楓千里送浮颸，玉佩朝天此暫辭。黃菊承杯頻自覆，青林繫馬試教騎。朝端事業留他日，天下文章重往時。聞道至尊還側席，柏梁高宴待題詩。」

點點頭，向徐健庵笑道：

「不日起復，已然預言。」

姜西溟不置可否。嚴蓀友往下念：

「玉殿西頭落暗颸，回波寧作望恩辭？蛾眉自是從相妒，駿骨由來豈任騎……」

西溟忽然瞋目擊掌：

「好！好個『駿骨由來豈任騎』！衝著這一句，我浮一大白！」

回頭目注容若：

「你陪我！」

「是！敬遵臺命！西溟先生，晚生先乾為敬！」

容若莊容乾了杯中酒。西溟也乾了，卻叱道：

「別跟我鬧虛套！我最厭這個！你跟健庵，有師生關係，還說個禮不可廢。跟我、跟蓀友，從哪兒論輩分？我先生，你晚生，也沒錯；我可比你大了一倍也不止。你要依我，咱們平輩論交；你喊我西溟，喊他蓀友，我交你這個朋友。要不依我，我也不敢高攀你貴胄公子！」

蓀友指著他笑道：

「還沒吃酒，就醉了！」

又轉面向容若說：

「容若，我告訴你，西溟就是這樣的性子；他看不起的人，喊他『爺爺』，他還嫌汚了他的耳。他看上的，是親孫子，都能拉了平輩論交。你就依他，別管那些俗禮。」

西溟大呼：

「著呀！禮豈為吾輩設？怎麼樣？交是不交？」

容若一拱手：

「西溟！蓀友！小弟從命！」

西溟高興了，便高談闊論，月旦人物，品評文章，詞鋒犀利。使容若大感心折。比之日常所見，尤其父親往來的那一般以阿諛吹捧為能事，集巧言、令色、足恭於一身的庸碌之輩。西溟不折節、不迎奉的傲骨，更令人敬愛。

一席送行酒，竟沒有半點離愁別苦，直飲到夜闌才散。臨別，西溟拉著他的手，說：

「可惜，竹垞今天有事不能來。改天，我邀他去看你！」

這些落魄京師的江南文士，對這一位滿洲貴冑公子，由衷地傾心結納。他們喜歡他不雕琢、不矯飾的真性情，愛他的才，也欣佩他治學的勤謹。一向目無餘子，對滿人有「不學無術」成見的這些名士，終於在容若身上，看出了滿人不可忽視的潛力。

連一向自負「詞壇泰斗」的朱竹垞，也驚訝容若在填詞一道上的成就。嘆道：

「簡直是直追後主，並駕小山！」

姜西溟欣然點頭：

「家世，也和晏小山差不離了。當世論起詞來，竹垞、其年算一代宗匠；其年走的是辛稼軒一路，竹垞詞風，近姜白石、張玉田。其他當代詞人，大抵也多宗南宋。容若，倒歸向北宋了。」

竹垞道：

「我們在南方，竟不知北方有這樣一位詞家。成日家自吹自擂的，可不成了井底蛙！」

「竹垞，話也不是這麼說。依我公論吧，你和其年，閱歷、學力，不是容若能及的。但才情，尤其感情深摯，出於肺腑，自然流露。卻是容若特有，別人學也學不來。情深而不濫，詞麗而不豔，真是難得！」

嚴蓀友自有他的見解。

容若含笑聆教，拱手道：

「這是諸公厚愛，不免偏袒。」

西溟笑道：

「便偏袒，你以為是容易的？所謂『一字之褒，榮于華袞』，蓀友的金口，可不為等閒人開！」

竹垞吟著一闋〈鵲橋仙〉：

「乞巧樓空，影娥池冷，說著淒涼無算。丁甯休曝舊羅衣，憶素手為余縫綻。

蓮粉飄紅，菱花掩碧，瘦了當初一半。今生鈿盒表予心，祝天上人間相見。」

他讀完，沉思了一下，道：
「題的是『七夕』，詠的分明不是牛女。可是有『本事』的？」
容若神色一黯，嘆道：
「自然是有，只是……不說也罷！」
西溟一瞋目，就要開口。蓀友拉住，以目示意，附耳道：
「其中必有難言之隱。雖說一見如故，交誼到底不深，不可莽撞！」
竹垞把手中詞本，來回翻讀了幾遍。道：
「容若，看來你一片心，只為一個人。我猜，猜錯了，別在意。」
壓低了聲音，道：
「可是入宮了？」
容若未答，西溟問：
「何以見得？」
竹垞道：
「因我也算是詞客，對隱微處特別仔細。像：飛瓊、藍橋乞槳典故中隱喻的雲英；天上、人間，豈不都指著宮裡！只怕這段恨事，還是堂上促成的。」
他翻到一處，念：
「『何事東風，不作繁華主。』何異陸務觀『東風惡，歡情薄』？」

容若一嘆：

「不敢相瞞，竹垞猜得一點不錯。此女與諸位還有些淵源。」

「誰？」

西溟急問。容若慘笑：

「謝夢芙！」

一時幾人面面相覷，都怔住了。

自揭破這段心中隱痛，容若反而因有了可傾訴的對象，並有這些忘年之交在深表同情之餘，竭力排解，倒稍解了鬱結的愁懷。

相交逾密，彼此切磋、酬唱，文會雅集，固足怡情。友情的溫暖，對多情善感的容若，更是一大慰藉。於佩蓉之情，雖不能解，生活中，卻是增添了不少樂趣，也漸有了笑顏。

五　誰家刻燭待春風

納蘭府，成了江南名士薈萃之地。他們在這兒飲酒、賦詩，吟風、弄月，一個個全賓至如歸。明珠本不大以為然。轉念一想，這些人都是皇上素來想羅致而不可得的；皇上對漢人文化，也極仰慕，每每慨然，這些江南名士，又不肯參加鄉試、春試，又不肯無端受祿，棄置可惜。平日一個個恃才傲物，極難相與。難得容若與他們投緣，未必不是日後的晉身之階……，一念及此，反而嚴命家下人等對「大爺的江南朋友」務必以禮相待，不得輕慢。自己也常紓尊降貴，禮賢下士一番，沖淡了不少因佩蓉入宮而造成的僵冷氣氛。

對周遭氣氛最敏感的人，是錫三奶奶。熬過了艱難的一年，開了春，可以提這大半年不敢提的事了。

揀了一個清朗的上午，請安後，向覺羅夫人閒閒提起：

「太太，容官；唉！可不能再這麼喊了，成年人啦！我說容若兄弟……」

「怎麼？」

「前年不就人來人往，想給容若提親的，踩斷了門檻嗎？去年，遇到那樣揪心的事；可憐，容若這樣，蓉妹妹還不知怎樣呢；誰敢提呀？所以，全給我擋了。只說，合上『明九』，諸事不宜，沒讓那些人絮聒太太。如今，看容若模樣，也不那麼怕人了，也到了弱冠之年；二叔這麼大時都有容若了，難道還不打算著給容若成親？」

覺羅夫人想起過去的一年，也感嘆不已：

「這都是你二叔造孽！生生把蓉妞兒斷送了！我看容若那磨不開的眉頭，就心疼！總算好，還真虧著那些瘋瘋顛顛的江南文士！真不知他們怎麼有這樣的手段，把容若救『活』了！」

錫三奶奶真覺得這「救活」二字，一點沒用錯。笑道：

「這些人，全是姑父的朋友，有的，還是蓉妹妹的老師，怎怪容兒弟不像見了親人似的？加上這些人，個個一肚子學問，又一肚子委屈，容兒弟忙著排解人家去了，自己倒也就鬆活了。」

「真是阿彌陀佛，菩薩保佑！」

「如今，不干菩薩什麼事兒了，該求月下老人啦！」

一句話，把覺羅夫人慪笑了。道：

「咱們合計合計：大概該怎麼樣的姑娘才好？」

「第一嘛，總得門當戶對。第二，姑娘的性情、品貌，當然是要緊的。」

「這都該當。依我瞧，最好還能讀書識字，不說比得上蓉妞兒；那原也難比；總要小倆口兒能說得上話，談得來。」

覺羅夫人想得周到。錫三奶奶不由佩服：

「到底是太太想得到，咱們就依這個條件，打聽誰家姑娘合適。只是，這事恐怕得先和二叔商量。也得讓容若自個兒願意。」

「那可不？他要硬彆扭，也就罷了；這孽歸他老子擔！委屈人家姑娘，可使不得。」要容若「心甘情願」簡直不可能。覺羅夫人只能說之以理，動之以情。最後一招是撒手鐧；把話挑明了說：

「容若！我知道你心裡撇不下蓉妞兒！」

容若痛苦地別過頭去：

「額娘……」

「這一年，誰也不敢在你面前碰這塊心病，又有誰能真忘了這件事？容若！你苦、你疼，你娘不苦、不疼？就算你阿瑪，這一年也夠他受的！他自作孽、他活該！別人能這麼說，你不能！好好歹歹，他也為了疼你、愛你，一心指望你！」

覺羅夫人不由嘆氣：

「這只能說：他的愛法錯了！可不能說這不是疼，不是愛！」

「額娘！任憑阿瑪怎麼對我；打也好，罵也好，兒子不稱阿瑪的心，這都該受。可是，蓉妹妹……」

「蓉妞兒進了宮，照玉格格的說法，宮裡從太皇太后起，就沒有一個人不疼她；這總算是讓人安心一點。只是，怕這一來，就不是一、兩年能指望放出來了。六格格十四歲，總得再過兩年，才能指婚。好容易覓了這個女塾師，能就放了？六格格的脾氣，你可知道？順治爺養了那麼多公主，就只存了兩個，又最小。皇上登了基，她還在皇上袍褂子上撒尿呢。皇上對她，竟像待女兒似的。她不答應，只怕皇上也沒奈何！這可不比選秀女了，幾年一挑，幾年一放，有個定例！」

容若神色一慘：

「難道，蓉妹妹就這樣……」

「容若！她的親事，在家裡，你阿瑪是舅舅，做得一半主。到了宮裡，這一半也沒份兒了，太皇太后一高興，不定把她指了給誰；是你能去爭，還是她能抗旨？」

容若一時啞了。覺羅夫人極不忍，卻不得不說：

「論理，你等她，也是你的一片心。只是，知道你等著，偏把她指給了別人，照她的性子，你想，能活得下去嗎？你這會兒娶了媳婦，倒是長痛不如短痛了。算你負她在前，情願她傷心之下，死了心，絕了念。倒能安安心心奉旨，另有個安身立命之處了。」

想到她臂上的宮砂，容若心痛如搗。啞聲問：

「萬一，萬一她放回來了……」

「咱們納蘭家，虧欠她一次，不能虧欠第二回！就當這是條件；不論娶哪家姑娘，都說在前頭：只要蓉妞兒回來，就是咱們納蘭家的兒媳婦！依著兼祧娶兩房承嗣的例，兩頭大！」

容若無言了。覺羅夫人嘆了一口氣：

「容若！我和你阿瑪，都是靠四十的人了。雖然，你周姨娘有了身孕，知道是男是女？再怎麼說，嫡根正苗只有你！這個家，如今是錫珠兩口子幫著料理。難道一輩子不許人家自立門戶？你娶了媳婦，家裡才算有了當家的『正主子』，娘也才算真正能安心歇肩享福，等著含飴弄孫了。」

容若見覺羅夫人說到後來，雙目中隱隱浮現淚光。便再也硬不下心腸。長長一嘆，算是認了命。

覺羅夫人喜慰之餘，轉又叮嚀：

「不管娶的是誰，總得好好待人家；再怎麼說，人家可沒錯！」

事有湊巧，以前常來往的刑部尚書盧興祖大人，外放兩廣總督兩年，又調回京來了。安頓了之後，盧夫人帶著十六歲的女兒婉君，到過去舊交人家拜訪。納蘭家，交誼不同，相見更覺親熱。

「這就是婉君妹妹？兩年不見，出落得越發標緻了！」

一番見禮之後，錫三奶奶攥住盧婉君的手。細細打量，讚不絕口。

婉君低頭垂目，微笑不語。只聽母親道：

「哪比得上府上的甥小姐佩蓉姑娘？那位姑娘才真是標緻！」

說著便問：

「怎麼不見蓉姑娘？可是出了閣了？倒是哪家兒郎有這樣的福氣？」

覺羅夫人一嘆，又覺不妥。錫三奶奶在旁忙接口：

「盧太太不知道，蓉妹妹進宮了。」

「進宮？是選妃？」

「不是；是給六公主當『女塾師』去了。」

盧夫人道：

「離京兩年，可真成了『化外之民』了！竟不知道這件事。婉君成天念叨著她蓉姐姐，巴不得到京馬上見著。誰知……總是蓉姑娘才華出眾；不然，怎會連宮裡都聽說，請去給六公主做塾師？」

這卻是覺羅夫人心中隱痛了，只強笑著敷衍。

盧夫人卻是心無掛礙，又問：

「倒聽說，府上大公子中了進士？」

錫三奶奶笑：

「可不是？上了去年春試的榜。只是因病，耽誤了殿試；沒經皇上欽點，不算正式功名。」

「這也是遲早的事！公子那麼年紀輕輕，就上了春試的榜，可不是容易的。不多幾年，光耀門楣，封妻蔭子……納蘭太太，您這份『太夫人』的誥封，可是少不了的。」

「多謝盧太太金口。」

覺羅夫人，有意轉變話題。便拉住婉君的手，問長問短。

婉君一一回答，態度溫柔穩重，落落大方。覺羅夫人是越看越喜歡，問：

「可曾讀書？」

盧夫人代答：

「識得幾個字罷了；因為這樣，越發一心傾慕府上甥小姐：佩蓉姑娘呢！」

聽說識字，覺羅夫人心中更喜。拋過一個眼色，錫三奶奶會意，拉著盧婉君笑著說：

「妹妹！兩位太太久不見了，有多少話說呢！咱們別在這兒礙事，到我屋裡坐坐吧！」

婉君依言，向覺羅夫人告了退，隨錫三奶奶去了。

覺羅夫先隨意問著這兩年，盧府在廣東的種種，說了些京中各相熟人家的情況，才閒閒問起：

「婉君姑娘多大了？可有人家沒有？」

盧夫人笑了：

「快十六了。納蘭太太，說句笑話吧，她爹再不調回來，可把我愁死了。那個南蠻的地方，一年四季，冬夏不分，話又不懂。眼見著婉君十六了，能就在當地找人家嗎？就算有門當戶對的人家，我們的老根兒在京裡，一旦往回調，把姑娘一個人撇在那兒，天南地北的，我可捨不得！」

「說得是哪！南北幾千里，要真那樣，歸寧，可就難了；心肝肉兒的閨女，那能捨得！」

又說了半日閒話，心中已十分中意了，只未明言。

送走了盧家母女，錫三奶奶察言觀色，笑道：

「太太可相準了媳婦了！」

「我瞧著挺合適的，你看呢？」

錫三奶奶略略沉吟了一下，道：

「盧家，好像是漢軍？」

覺羅夫人點頭：

「是漢軍，可也是從龍入關的。依我想，漢軍也罷了。一來，蓉妞兒不就是漢軍？二來，咱們滿人家；尤其有名兒、有姓的人家，姑娘能幹是一等的能幹，可也嬌慣刁蠻的居多；你容兄弟那個脾氣，可是能受委屈的？再說，媳婦兒太厲害，也不是事。倒不如漢軍人家，又是一套教養，倒不那麼張牙舞爪地鋒芒。」

錫三奶奶笑了：

「滿人家姑娘，原比一般漢人家女孩兒看得尊貴。特別留心教養，自然是嬌慣的。不是說，太祖皇帝還為了這個，特別訓斥：不許公主欺負額駙；姑娘們在家，誰不是當公主的呢！」

「我瞧盧家這位婉君姑娘，說話行事，大方和氣，性情也溫柔，倒還合適。而且，她和蓉妞兒處過，有些話容易說，也許能容諒。」

「讓我想想；她和容若應該還照過面兒的。那年秋天，蓉妹妹病著，玉格格和她來探病，容兒弟陪著到珊瑚閣的。那時可沒想到，有這段姻緣！」

覺羅夫人道：

「這還說不得；我先和你二叔說了，再合合生肖、八字再說吧！」

這件事還未明朗，意外的事先發生了。

「侍衛爺護送蓉姑娘回來了？」

覺羅夫人乍聞此事，幾乎不相信。

然而，卻是真的。

見了面方知原委：

原來，佩蓉夜讀容若新詞，感傷之餘，又受了風寒，纏綿致病。一下子，不但三宮六院全傳遍了，連在壽康宮頤養的太皇太后也驚動了。親自命貼身宮女一再探視，並問起致病之由。

佩蓉滿懷情思愁腸，哪能明說？只道外感風寒。

玉格格嘴快，說起受納蘭家之托，送衣物等事。太皇太后聞報，略一沉吟：

「莫不是想家了吧？要不，病好了，回去看看。」

陪侍一邊的太后陪笑問道：

「可有這個例？」

太皇太后十分明達：

「論理，『女塾師』又哪有前例？況且，她又不是宮女，又不是妃嬪的，誰也不能要求『比照辦理』，怕什麼？」

只是這一病，纏綿到了深秋。初癒的身體，不耐朔寒，不宜出行，便耽擱下來。

今春，六公主忽然出痘，一時既不能上學，又怕傳染。提及前事，太皇太后便下了懿旨，賞假半月，一則避痘，二則省親。

一年未見的佩蓉，自表面上，看不出任何改變；言談行事，一如往昔。見了明珠夫婦，恭謹行禮。覺羅人人只又是疼，又是憐，又是心存歉疚，不可開交。明珠心中卻隱隱感覺了壓力；令他深覺不安的壓力。她那份為宮中禮遇，培養出來更甚於往日的清貴高華氣派，讓他知道：這不再是可以任自己擺布的小甥女了！

不是嗎？除了帶進宮去的拂雲、邀月，負責護送的是「乾清門侍衛」。另外還有兩個宮女隨行，說是太皇太后派了服侍的。

錫三奶奶一聽到消息，忙帶人整理珊瑚閣；這倒也不麻煩，容若只占據了書房，其他，根本不許人動，一切都還是原樣。只準備衾褥就行了。

明珠局促受了禮，藉詞避開。剩下了覺羅夫人，對著佩蓉，千言萬語，似乎無從說起。

「蓉妞兒……委屈你了。」

想了半天，只有這句話。佩蓉心上一酸；看到覺羅夫人鬢間，已見華髮，不願再惹她感傷，強笑道：

「好容易回來，舅母該歡喜才是！三嫂子呢？」

一言方畢，錫三奶奶已進屋來了：

「蓉妹妹！給你收拾『珊瑚閣』去了，怕妹妹宮裡住慣了，回來受委屈。」

「三嫂子費心了。」

她感激道謝。迴目四顧，卻不見容若；她最想見，卻又最……是怕見吧，就是那樣沒來由的情怯。

誰也不肯先提容若。或許，是不敢吧……

容若是騎射去了。他再如何好文，這屬於滿人子弟本分的事，也不敢輕忽。

待他回到家，立刻敏感到：有不尋常的事發生了。果然，喜兒迎出門來，眉開眼笑，附耳悄聲：

「奴才回大爺，太皇太后賞假，蓉姑娘回府了。」

容若幾疑是夢。愣了半晌，抬頭看看，紅日還懸在街道西頭。一顆心突突地跳動起來，問：

「人呢？」

「回『珊瑚閣』了。」

不顧自己一身灰塵、汗漬，他顧不得了；直奔珊瑚閣。到了院門口，又躊躇起來，竟不知如何相見；也不知相見光景，該說些什麼。

步子放慢了，繞過假山曲徑，來到回廊邊竹叢下。那一端，一樹桃花，開得正豔。桃花樹下，立的正是他夢寐難忘的佩蓉。

是怎樣的靈犀一線呀！佩蓉也回頭望向他。兩人的目光，膠著了，再也解不開。只見她兩行清淚，緩緩滑過雙頰。

他迎上去，佩蓉繞過回欄，不意桃枝牽住了鳳釵。她伸手扶住，雲鬢已半偏散落。

「蓉妹妹！」

他張口，未及出聲。只見一位宮女打扮的人，自屋裡出來，恭謹躬身，不知跟佩蓉說些什麼。他忙避開，只見佩蓉，一邊聽著，一邊持者鳳釵，無意識輕輕地敲著欄杆。向他藏身處，投過混著幽怨、深情，又喜又懼地一瞥，緩緩回身，進屋去了。

快快回轉「花間草堂」，一個女子迎著他請安。他一凝目，驚喜扶起；原來是拂雲。紅杏一邊笑嘻嘻；如今，翠筠已配了人，紅杏成了花間草堂「當家」大丫頭。

「拂雲姐姐來串門子。蓉姑娘回來了，大爺可知道？」

容若點點頭。紅杏又道：

「那還不快見見去。」

容若無言了，支吾著說：

「瞧我這一身！拂雲，你回去，先代我問個好……」

他看到拂雲眸中的失望和不解。深覺自己一番話，近於矯情，忙改口：

「你等等，先代我帶個柬兒過去；回頭我就過去。」

相逢不語，一朵芙蓉著秋雨。小暈紅潮，斜溜鬟心隻鳳翹。

待將低喚，直為凝情恐人見。欲訴幽懷，轉過回闌叩玉釵。

佩蓉低吟著這一闋〈減字木蘭花〉，深深一嘆。只怕是「相見時難別亦難」，那，何如……不見……

拂雲機靈，藉詞引開了宮女。就容她珍重這片時吧；一年相思相憶，癡心苦盼，好容易盼來的片時。

對著妝鏡，她輕勻螺黛；那新月般的雙眉，原是素日容若最愛賞的。又重新散下如黑緞般的秀髮，仔細盤弄。

身後湘簾微響，她心跳加了速度。鏡中，映出容若頎長身影。她不知自己該笑，還是該哭……

徐徐站起，緩緩回身，握髮的手鬆了，又散如飛瀑。

她笑了，也哭了；不能不笑，無法不哭。而，哭和笑，又何曾傾瀉出輾轉心中情愫的萬分之一？

他們都沒有說話，不必寒暄，不必道契闊，不必互訴近況，甚至，不必話相思相憶；只要能在這好風明月中，知道不是夢的凝望，在淚影、笑影中交織彼此的目光。不管過去，也不問未來，只這樣凝眸相望。她，復能何求？他，又復能何憾？

不多時，宮女會回轉來。不多時，他們必須莊矜地，寒暄、道契闊、互訴近況……不多時，連凝眸相望都是奢侈……

佩蓉回來，覺羅夫人不是不歡喜，卻添上了心事；這一再見，只怕容若更丟不開了。而且，這件事，似乎也不能不讓佩蓉有所瞭解；她放宮出來，短期內希望極渺。而容若，單丁獨子，不能不娶。

錫三奶奶也擔著同樣的心事。倒是立場客觀的錫珠，出了主意。

「不！太狠！」

覺羅夫人直覺地排拒。錫三奶奶道：

「我也這麼覺著。可是，我們三爺說的也對；不這麼辦，解不開這個結。」

辦法是：容若與佩蓉間的這段情，雖然大家心照不宣，畢竟未曾揭穿過。乾脆假作沒有這回事，只向佩蓉說明容若已屆弱冠，理應娶親。而容若似乎無心及此，請佩蓉幫忙勸解。

「但……讓蓉妞兒勸容若成親，這對蓉妞兒……唉！」

「太太！對蓉妹妹是狠了些。可是，轉眼她又得回宮去了。這事，懸到幾時才能了呢？」

一番舌燦蓮花的唱作，出於錫三奶奶意料之外的是：佩蓉並沒表示驚訝或悲痛。只點點頭：

「我來勸他！」

一年宮禁，除了一點情根難泯之外，早已把佩蓉磨成了一座無波古井。喜怒哀樂，都淡化到幾近於無了。她心中何嘗不明白：這御溝，比之阻隔牛女雙星的銀漢，還深、還廣，還難跨越！這一番，也不過是「銀漢迢迢暗渡」，終究還是要「忍顧鵲橋歸路」的。今生今世，她已不敢想望。這一生，或者就只能以「又豈在朝朝暮暮」自解了。

她願為容若守，守著她一點貞心。然而，她瞭解也諒解，納蘭家切望容若娶親，她又豈能要求他為自己不娶？

不是不悲，不是不痛，只是……

就權作對覺羅夫人慈愛的回報吧！她強忍心中悲楚，達成了使命。

納蘭府辦喜事了！上上下下的人，在錫三奶奶指揮下，忙得翻了天。喜慶的氣氛，像一鍋滾水，沸沸揚揚。唯一不受干擾，若無其事的是容若。他心裡只有一個意念：這是為盡孝，是為父母娶媳，不是為他自己娶妻；他唯一要娶的、願娶的，只有一個人：佩蓉。

新人送進了洞房，坐床撒帳，吃子孫餑餑。鬧房的親友，在錫三奶奶勸導下散了。房中，只剩下燁燁紅燭高照下的一對新人。

心中無喜無悲，只任人擺布。至此，夜闌人散，被抽離的思想和感覺，又逐漸回來了。新人，他的……

他抗拒著那兩個字；只見她，低垂著粉頸，一身大紅的坐在床沿上。

他依稀想起：他見過的。在「珊瑚閣」，佩蓉纏綿病榻的那個秋天。

想起佩蓉，他心中又隱隱作痛；他忘不了她勸他「順命」娶親時的神情；她那麼懇切，那麼平靜，平靜得……

近乎寂滅。她沒明說什麼，他也不是不明白：一座宮牆，就像萬水千山。

她現在，在做什麼呢？也許，正默默垂淚；自己今日娶親的消息，早由玉格格帶進宮去了。也帶來了佩蓉贈送新人的禮物：一支點翠鳳釵、宮花、宮粉。

新人頭上，正插戴著那一支鳳釵……

六　高梧濕月冷無聲

容若與婉君之間，是否和諧美滿，是覺羅夫人在容若婚後最關切的問題了。她也曾仔細觀察，容若一切似乎與平日無異。婉君也恰如一般新婦，帶著三分靦腆，七分溫柔。每日容若守著他「晨昏定省」的禮節，婉君也恰如其分地執「子婦之禮」，問安、侍膳，進退有節。她不似佩蓉的清逸脫俗，孤芳自賞；也不像錫三奶奶的能說會道，鋒芒畢露。只是一派溫柔、寬厚、安詳，不由得覺羅夫人不疼惜。

愈是疼惜，覺羅夫人愈覺得必須把自己的那一段心事，做個交代。

在侍過早膳之後，婉君正準備退出。覺羅夫人揮退了丫環僕婦，只留下了她。讓她坐到身邊，沉吟了一會兒，才道：

「婉君！你知道，我膝下沒有女兒。你，說是媳婦，婆媳處得好，跟母女也沒什麼分別。這會兒，沒有別人。你只當我是你親娘，有什麼話，只管說。」

頓了一下，問：

「容若待你，好不好？」

婉君羞紅了臉；沒想到覺羅夫人會問這件事。斂眉垂首，低聲答：

「好！」

她實在不知道如何算好，如何算不好？只是，容若對她一直溫柔而尊重，真正「相敬如賓」，總不能說是不好吧？

「在議親之初，我們曾提出：容若將來可能要依兼祧之例，再娶一房妻室，你可知道？」

「媳婦聽母親說了。」

「那你的意思？」

婉君詫異於此問；這件事，她根本沒想過，她可以有什麼「意思」。回道：

「自然聽公婆作主；媳婦只當多一個姐妹，共侍夫君。」

羅覺夫人欣慰地握住她的手，嘆道：

「真是難得！這樣，我就放心了。你也放心！就算有這麼一天，我們納蘭家也絕不會委屈你，虧待你。就是蓉妞兒……」

婉君茫然了；這事與「蓉姐姐」有什麼關係？問道：

「額娘，蓉姐姐……她，怎麼樣？」

「這就是我今天要告訴你的……」

覺羅夫人把佩蓉入宮的前後情景，詳詳細細地向婉君說了明白。婉君聽得癡了；不意自己所嫁的，竟是如此癡情夫婿；不意自己夙昔敬愛的蓉姐姐，竟然有這樣一段苦情；不意自己，竟似天公播弄，夾入了這二人之間……

「婉君！你蓉姐姐的為人，你是知道的。我許了容若：蓉妞兒不出宮，或是指給了別人，那自然不必說了。只要她回來，就依兼祧之例，明媒正娶，兩頭為大。你和她原來就是好姐妹，我也不擔心你們會處不好。只怕……唉，這宮門進去容易……」

有了這一層了解之後，婉君細細思量：她知道，不論佩蓉能不能出宮，在容若心目中，都已具有不可抗衡的分量和地位。她頂多，只能居其次。她不能嫉，不能妒，唯有瞭解、諒解，愛其所愛；何況，佩蓉原本就是她所敬愛的；才能打開容若那深閉的心。

她想到覺羅夫人問：容若對她好不好？如今，她感覺，當然不是不好，但，真的「好」嗎？容若對她的「好」，只是「既為夫妻，理當如此」。而她，希望的是他用「心」來對她好……那怕，只是佩蓉所占的十分之一；只要十分之一。

她曾以為，少年夫妻間的恩愛和美，是在成親那一剎那就建立的。如今，至少，她知道，她必須以加倍的溫婉、體貼、柔情、容諒……才能建立她和容若間的感情。也才能真正在容若心中占一席之地；而不僅只是他名分上的妻子……

對婉君的似水柔情，容若不是無感的。她的溫婉，她的賢孝，她處處以他為生活中心地體貼……如果，如果不是佩蓉太令他刻骨銘心，以婉君的美慧，又何嘗不足使他動情傾心？可是……

他讓自己做個好丈夫；在別人眼中，他真的是溫柔體貼的多情夫婿。他和婉君，也真似鶼鶼鰈鰈的少年恩愛夫妻，只有他們自己知道：佩蓉始終橫阻在他們之間。

日子，平靜無波地滑過了兩年，又到了舉行春試的時候了。容若，將和春試上榜者，同時殿試。

在臨考前，姜西溟、朱竹垞等人，齊集「花間草堂」為他預賀；他婚後，已遷到房舍較軒敞的「桑榆墅」居住，「花間草堂」倒成為他日常接待朋友的地方。

徐健庵，是坐在上席的主客；他已在前一年援例捐復原官，仍任編修。

「容若，這兩年頗有精進。那一年，因病未廷對，焉知非福？依我看，二甲十名之內，是准定的。」

徐健庵預言。容若謙道：

「這些年來，良師益友教誨提攜，受益良多。只是，『臨場莫論文』，除了考官，還有聖裁；到底如何，總得等皇上欽點，才算數呢。」

「舉業與實學，自非無關。但，『考運』一說，也真是有的；文章便重天下，不中考官，也是枉然。廷對，只是『欽點』名次的例行公事，不過名次高下而已。能春試登榜，已算實學為天下認可；名次高下，倒不必太過頂真。」

朱竹垞另有看法。容若道：

「其實，我自己倒不甚介意，只是堂上期望殷切；上次誤了廷對，家父一直頗為耿耿。

再者，也恐有負諸位厚望，若有閃失，還請不因此見棄。」
他舉起杯來，對座中四人照了照，一飲而盡。姜西溟笑道：
「在座，除了健庵，論功名，你就算是『孫山』，也比我們三人一世白衣強了！何出此言？不怕我們多心嗎？你說，該不該罰？」
容若執起壺來，又倒滿一杯，笑道：
「成德失言，自罰一杯！倒要借此一言，直言相問，請勿見怪。」
飲了杯中酒，才道：
「不管論才論學，我與各位相較，有如螢光之於皓月。只是各位均不下場，這『白衣』一世，卻非朝廷之罪了。家父嘗言，諸位才名，也上動宸聽的。想來今上也頗有惜才之心，只是朝廷任用，自有制度：文官正途，唯有科考。各位自絕功名之途，卻是為何？」
一言問得朱竹垞、姜西溟、嚴蓀友三人同時一怔，卻不作聲。容若也神情端肅，持靜待答覆的神態。
徐健庵輕咳一聲，打破沉默：
「容若，人各有志……」
容若道：
「說實話，我對『功名』二字，也未必熱中。只是，滿人子弟，身不由己；若被指派到我自己厭惡的地方當差，那不如求一正途出身。」

他說著，佩蓉的纖影，便驀然閃入腦際，徐徐道：

「這，其實也是佩蓉希望的；她是寧可我入『翰林院』，不願我去『內務府』的。」

三人會意，點點頭。容若又道：

「我也替諸位想過；三位都未曾在前明為官，不必避『二臣』之諱。若說不願入仕，似也非本心；學優不仕，如天下蒼生何？」

姜西溟笑了：

「話全教你一人說盡了；你入仕是情不得已，我們不入仕倒像矯情了。他們二位，我不能代言。我，少年時，也曾攻舉子業，只是……」

徐健庵道：

「我替你說吧。『才命相妨』！就是竹垞方才的話了：文章重天下，卻不中考官！」

西溟接道：

「這些事，你那時小呢，自然不知道。再三仆躓，也灰了心，不再言科考之事。倒博了些虛譽，和竹垞、蓀友齊了名。」

竹垞道：

「虛名誤人！擁此虛名，勝之不武，失了卻無顏。而且，便入仕，也得看做什麼官？真能入『翰林院』，倒也罷了。若派了個不勝其職的官職，何如逍遙江湖？」

「這話很是！」

一直沒有說話的嚴蓀友，點頭同意。

恰如徐健庵所料，容若廷對，文章、書法，都得到主試的稱譽。見滿人子弟如此秀異出眾，連皇帝也頗為欣喜。欽賜二甲七名進士出身。

一時，納蘭府賀客盈門，容若素來厭煩無謂酬酢，能不見，便不見。只與尋常一樣，或在「桑榆墅」與婉君閒話，或在「珊瑚閣」讀書，或在「花間草堂」和姜西溟等人談文論史。有因明珠轉任吏部尚書，新近來往，未與容若見過的客人，與容若迎面錯身而過，卻不知他就是納蘭府道賀的中心人物：新科進士。

進士，可能放的官職，成為府中熱門話題。明珠左右的清客、近屬，尤其熱中。對於這些人的阿諛奉承，容若更是厭惡，心懷不平；為什麼這些人，往往能平步青雲？姜西溟等，難道真才高連天也嫉不成？

正紛亂間，內大臣卻到府來訪了。明珠接待，寒暄後，內大臣以一種隱祕又興奮的語氣，壓低了聲音：

「特先來向明大人報喜：皇上已遴選令郎容若公子為三等侍衛了，不日便有明旨。」

一時，明珠也愣住了。天子侍衛，自王公大臣子弟中挑選秀異出眾，武術精良者擔任，向被視為榮寵的象徵。只要力求表現，使皇上注意，不難飛黃騰達。可以說是為人忻羨，卻可遇不可求的機遇。明珠自己，就是侍衛出身，如今歷任各部尚書，官居二品，備受榮寵……

他欣喜萬分，送走來客後，雖因明旨未達，不便招搖。卻忍不住先把這好消息，告訴妻子和容若夫婦。

這消息太意外了，容若竟無法反應過來，使明珠大為不悅。正待發作，婉君笑靨如花，盈盈先向公婆道喜：

「容若方授進士，又遴選侍衛，雙喜臨門，給『喜』都沖糊塗了。這都托賴著阿瑪、額娘教誨，連媳婦也沾光了呢！」

覺羅夫人打趣：

「前年雙喜臨門，是娶媳婦，抱兒子；今年雙喜不夠，要三喜才好：抱兒子，是你阿瑪喜。我倒盼著能抱個孫子喜一下。」

原來婉君過門不久，明珠又庶出一子，名揆敘，是以覺羅夫人以此打趣。明珠聽了，不免訕訕地，藉詞走了。

回到「桑榆墅」內室，婉君柔聲勸道：

「容若，我知道你喜文厭武。只是事已至此，何必白惹阿瑪生氣呢？」

容若道：

「阿瑪只想著：進士便實授知縣，不過七品。三等侍衛，是正五品。何曾為我想了？十載寒窗，用非所學。入值宮禁，一天到晚地承旨待命。出警入蹕，扈從聖駕，人以為榮貴。我……唉！」

「我倒想到另一件事：不知道，你進宮去，有沒有機會與蓉姐姐見面？」

容若一言入耳，不禁怃然。婉君凝視著他，迷離一笑：

「容若！舍此，你沒法進宮。進了宮，總會有機會的。就算為蓉姐姐吧，這麼想，或者心裡好受一點。」

容若驚疑地望著她，她卻一派懇摯：

「容若，我都知道！我也一直佛前祝禱：天從人願。」

「婉君……我……」

他低喚了一聲，說不下去了。如今，他才深深領會婉君對他用心、用情有多深。婦人不妒，便為人稱賢。婉君卻更為他想到了佩蓉，甚至佛前祝禱；為他和佩蓉祝禱。

他不禁伸出了手，緊緊攬住婉君的肩頭。婉君柔順地依偎到他懷中，眼中含著清淚晶瑩；第一次，她感覺真正貼近了容若的心……

第一次以「三等侍衛」面聖，容若便受到特別的榮寵。皇帝特別獎諭嘉勉他的文武全才，道：

「你殿試的卷子，朕曾親自過目，文章也好、書法也好，都見出你是下了功夫的。幾位主試，都保舉你入詞館。朕衡量再三，決定選你為親衛；跟在朕身旁，在文事武功上，多方磨煉，將來才堪當大用。」

在場的侍衛們，無不投以忻羨的目光。容若依禮謝恩。自此，在侍衛之中，他也成為特受矚目的一個。

天子「親衛」，既出於天子之口，在分發值宿處所時，容若便被派到最近宮禁，也是最重要的地方：「乾清宮」。乾清宮御前侍衛的地位、身分，此之一般侍衛更高一等。而容若，更膺聖眷，常特別指名傳喚，單獨入覲，侍御書案；皇帝高興時，也喜作詩。以皇帝的身分，作詩多為滿文，為皇帝把滿文詩譯成漢文，便成了容若的專門職責。

在一次譯詩進呈後，皇帝忽然說：

「好！真好！怪不得謝大姑也常誇獎你。」

容若楞了一下，才會過意來：不是「大姑」，是「大家」；「謝大家」，想必是依漢代班昭入宮為妃嬪女師，稱「曹大家」之例，對佩蓉這位「公主師」特加的稱謂。

佩蓉曾在皇上面前誇獎他，他始則以喜，繼則憂懼；喜的是，佩蓉必仍時時以他為念。懼的是，佩蓉能面聖，且向皇上誇獎他，則與皇上見面的機會，必然不少。那……

他不敢往下想，卻又止不住可怕的想法：年富力強的皇上，會不會對佩蓉這位「公主師」，生愛慕之心？雖然，皇上已立后選妃了。但是，身為皇帝，若對佩蓉有意，何嘗不能再行冊立，納入後宮？

一念及此，不由一身冷汗。卻聽皇上開了口，強自摒息傾聽：

「謝大家，與你是中表吧？」

「是！」

「中表，是僅次骨肉的至親。謝大家說，曾在你家居住多年，想必厚密不啻手足了。她住儲秀宮，改天，可隨朕同去，謝大家必然驚喜。」

容若越發驚心。皇上對佩蓉顯然有不尋常的關注，甚至，為了討佩蓉歡心，而要他隨行往儲秀宮！不知情的皇上，只以為他們「中表至親」，不啻手足，故不避嫌疑如此！也許，也因他已娶妻室，而想不及其他吧。

心中如打翻了五味瓶，說不出其中滋味。怏怏退值回家，婉君立刻察覺了他神情不對：

「發生了什麼事？」

如今，對佩蓉的事，容若婉君問，已無所隱諱。便直言說了，婉君沉默了半晌，道：

「皇上對蓉姐姐，可能已有傾慕之情。但是，蓉姐姐在宮中身分地位不同，不比選妃時，秀女入宮，就為后妃備選；一經皇上選中，即行冊封。既稱『謝大家』，蓉姐姐自己的意思，還是受尊重的，一時未必會太勉強她。如今，倒不可慮，只怕天長日久……」

對容若而言，心中卻另有矛盾；即使皇上真冊立佩蓉為妃，他也寧可是出於「聖命難違」，而不希望是佩蓉自己願意；縱使他已娶了婉君，一則是「親命難違」，二則是佩蓉自己也勸他順命。並暗示：她不會因此改變初衷舊盟，他才迎娶的。

他一直守著自己的心；即使美慧如婉君，都未曾替代了佩蓉在他心中的地位。那佩蓉怎可背棄舊盟？怎可心中再容納別人？

但，想到皇上，也令他為之氣沮。正當盛年的康熙，真正是相貌堂皇；雖非俊逸，卻別有一番威嚴氣象。他自己若是女子，得如此年輕的天子垂愛，也未必能不動心。

但……佩蓉是他的！佩蓉不能……

他輾轉反側，寢食不安。婉君心中不忍，暗地籌畫，找到了玉格格。

此時，玉格格已十七歲，也指了婚。只因太皇太后捨不得，她的出生月分也遲，便訂了次春，再行大禮。指婚之後，她言行舉止也收斂得多，不似以前刁蠻跋扈。容若成親後，也不像以前總往納蘭府跑。來了，也和婉君閒話頑笑時多，不那麼糾纏容若了。

見到玉格格，婉君委婉說明來意；只道她十分惦念「蓉姐姐」，不知是否能由玉格格設法，挈帶入宮一見。

「格格！我和容若成親，蓉姐姐送我的鳳釵，都插戴了兩年了，可還沒道聲謝呢。」

玉格格笑道：

「你到這會兒才想起？我還以為你們納蘭家，把蓉姐姐忘了呢。」

婉君無法解釋其中的微妙；並不是忘，倒是有意避忌。真的，忘了佩蓉，談何容易？至少，容若不會忘，她也無法忘。

把話題轉回來，她問：

「格格看，能不能呢？聽說，宮裡規矩嚴；進了宮，家裡人就見不到了。」

「皇后、妃嬪，要見當然難些。特別的情況下，還是能見到的。至於蓉姐姐，根本就是特別的人物嘛。皇上讓宮裡的人喊她『謝大家』呢；讓我跟太皇太后回稟一下；照理，沒什麼不能的；太皇太后以前就說了：她不在后妃之列，又不比宮女；不然，上回怎能回納蘭家避痘？」

借著「謝大家」的話題，婉君有心探問，玉格格無心洩露。婉君才知道，皇上的確對佩蓉是「一見傾心」，甚至說出「六宮粉黛無顏色」的話來。

「換了別人，早不知怎麼了！偏蓉姐姐只說：『民女不屑楊妃美色誤國，皇上聖明之君，豈可自比天寶玄宗？』皇上臉色都變了，反而贊她不愧良師，足以德化後宮；從此不稱『謝姑娘』，改稱『謝大家』了。」

「還是格格有福氣，能常和這麼神仙樣的蓉姐姐在一塊兒。記得蓉姐姐住珊瑚閣的時候，格格和我，常和蓉姐姐一處說笑，那時多快活！這會兒，見個面兒都難。蓉姐姐這一向都好嗎？」

玉格格道：

「人還是不要長大才好！當時，倒真沒想到你會成了容若的媳婦兒。說起蓉姐姐好不好，你不問，也不覺得；這一問，可真不知她算不算『好』；就像你說的，神仙樣的人；說好嘛，不見她多快活。說不好，也說不出有那點不好來。就是淡淡的；和誰都好，可誰也摸不透她的心。」

婉君暗自點頭；這位玉格格，可不比先前沒心沒眼兒了，形容佩蓉的這番話，真恍如直見佩蓉其人。假作若無其事地套問：

「算起來，蓉姐姐十九了吧？我，十六歲和容若成親的。格格，明年此時，怕不是蒙古王爺的福晉了？古人倒有話，說是男子三十而娶，女子二十而嫁，如今，誰是那樣的？你比她小，太皇太后都指了婚了。怎麼，就沒人記掛她的終身大事？」

玉格格聽提起她的婚事，也羞得低了頭。半晌，才笑道：

「真是做了兩年媳婦兒了，說起『成親』，不羞不臊的！蓉姐姐的事，你說反了；從太皇太后起，就沒人不記掛。只是，她自己倒像不食人間煙火的，全不理會人間事。太皇太后提過，她表示不樂意。再加上，也真是太皇太后說的：這世上到哪兒找配得上她的人？不就擱下了？」

婉君心中嘆息：能配得上的，天下也只有一個納蘭容若，偏又硬生生拆散了。到如今，更何處找能令佩蓉看得上的？

玉格格亢爽熱心，不多日，就有了回話，並訂了日子帶婉君入宮。婉君這才向容若說明。容若大覺意外，更是感激：

「婉君，你對我……我不知怎麼說才好。」

「你我是夫妻，你的憂、喜，也是我的憂、喜。容若，只要你快活，為你做什麼，我都是甘心樂意的。我這麼做，主要，是為你傳書遞簡；你有什麼要和蓉姐姐說的，就寫了交給我吧！」

容若獨自到了「珊瑚閣」，愁思輾轉。望著溶溶月影，在回廊間徘徊；平日，像積了萬語千言，希望能傳達給佩蓉。如今，機會來了，他卻茫然，不知該說些什麼。

說幽憶？話相思？訴情衷？他如今真正掛慮的，卻是佩蓉對皇上的態度和反應。

他寫了一闋詞，和一顆紅豆，一起放在一個錦囊裡，鄭重託付給了婉君。

見到婉君，佩蓉驚喜而感傷。婉君，已有點少婦的模樣了。她對婉君的性情，是深知的。不能不為容若喜，不能不為自己悲；婉君比她平凡，但，比她幸福。她的丰神容貌、才華品格，樣樣為人讚賞。她，又何嘗不孤芳自賞？但，也因此註定了「紅顏薄命」；把絕世才華，絕世姿容，埋葬在這宮禁的日出日落、月圓月缺中！

在婉君眼中，佩蓉比以前更不似人間女兒了；好像人世間事，全不該和她有牽連。乍見，她也不過眼中閃過剎那間的火花。旋即，又回復了古井幽潭般的凝止平靜。但，那一剎的火花，也足以讓婉君領會她心靈的悸動了；那火花，婉君是熟悉的，在容若眼中。容若儘管平日也不乏言笑晏晏，逸興遄飛的時候。但眼眸深處，也有一泓凝止的古井幽潭；只有提到佩蓉時，才有著悸動。

那種悸動，常使婉君為之心碎。那種揉和著痛苦、溫柔，無悔的深情，能擁有，該可以今生無憾了！

這是怎樣的造化弄人！佩蓉得到了容若的心，她得到容若的人；而人生，豈是可以將人與心一分為二，各自圓滿的？於是，他們各自都擁有了一部分，卻都只是殘缺！

而佩蓉的悸動，卻更使她不忍；容若的生活中，畢竟還有骨肉之親，室家之樂，友朋之情。佩蓉呢？在這寂寞宮禁中，她，有什麼？「謝大家」的尊榮，真能彌補她那青春年華所本當擁有的一切嗎？

她恨不能擁住佩蓉大哭；哭出她和佩蓉相異又共有的幽怨和委屈。但……她只能喊一聲，帶著哽咽：

「蓉姐姐！」

「大嫂子！」

佩蓉卻是連哽咽都壓抑住了。「大嫂子」！婉君心中更酸；她寧可佩蓉像以前一樣，喊她「婉妹妹」，或「盧大妹妹」。在她瞭解了容若的感情和心境之後，她在心中，把自己和佩蓉設想為娥皇、女英，設想為姐妹；無論如何，她不該是佩蓉的「大嫂子」。

而她，也有所警惕，在宮中，唯有「大嫂子」，才能避免一切對容若不利的嫌疑。皇上不也說過嗎：「中表至親。不啻手足」！她不敢想，已對佩蓉動情的皇上，萬一對這一段情有所察覺……

她敏銳地做了適切的反應。笑道：

「謝謝姐姐賜贈的鳳釵。婆婆、錫三嫂子、和我跟容若，都常惦記姐姐。這回，多謝玉格格成全，才能當面致謝呢！」

這是姑嫂閒話家常的語氣了。話題，便在「家常」中進行。她袖中的錦囊，卻始終沒有機會遞出。當著玉格格和宮女，她不敢輕舉妄動。

幸而，不久拂雲出現了，向前請「容大奶奶」安。她扶起拂雲後，從袖中掏出兩個手絹包的珠花，藉機把那錦囊，也一起塞到拂雲手中，笑道：

「小小的玩意，你和邀月一人一朵，戴著玩兒吧。」

拂雲立時屈膝謝了賞。心中明白：明的賞賜是給她的，暗的，卻另有玄機。

送走了婉君，佩蓉惘然，若有所失，若有所得；又似悲，又似喜。拂雲趨前伺候，道：

「姑娘乏了吧？可要歇歇？」

她點點頭，進入內室；這裡，是只有拂雲、邀月可以進出的地方，也是佩蓉為自己保留的一方淨土。

才在床邊坐下，拂雲呈上了錦囊。低聲道：

「容大奶奶偷偷塞給我的……」

佩蓉打開錦囊上的絲繩，抖落了一顆紅豆，和一個方勝。

方勝！她驚訝得說不出話來了；這方勝的形式，和她隨身不離那鈿盒中的一樣，已足使她震驚。而最令她驚訝的是：竟由婉君傳遞！婉君，這小小的少婦，具有的是怎樣的襟懷和膽識！

顫抖著纖指，打開方勝。隨著她閱讀目光的停頓，她瞬間成了木雕泥塑的偶像。拂雲急了，顧不得規矩，拾起落在床邊的花箋，只見是一闋詞〈昭君怨〉：

深禁好春誰惜，薄暮瑤階竚立，別院管絃聲，不分明。

又是梨花欲謝，繡被春寒今夜，寂寂鎖朱門，夢承恩！

拂雲不能甚解。只意會到，必是刺心的話。否則，不會使一向莊矜自持的姑娘，變成這樣！

佩蓉一時真覺得肝腸寸斷！這一闋「宮詞」意味太濃的詞，竟疑她有盼望皇上「臨幸」之心！「夢承恩」！容若難道不知道，除了他之外，再沒有人能使古井生波，寒灰再爇？而就另一方面想，容若的驚恐疑懼，又何曾不是源於他一片深情？她固然貞心如鐵，皇上……

那一雙神采奕奕，透著威嚴的眸子中，她未嘗不感覺到其中燃燒的熾熱。尤其近來，皇上對「考察」六公主的功課，格外地熱心了。頻頻駕降「儲秀宮」，用時而溫柔，時而熾熱的眸光，向著她投注。她以不苟言笑的端凝去冷卻那份熾熱，以垂目低眉的莊矜去固拒那份溫柔。

皇上是失望的，顯然並未退卻。她有時也害怕；她不怕皇上震怒；若真一怒賜令自盡，她也可以從容赴死。她怕的是皇上那無人能違抗的皇皇詔旨。她不敢想：那時，她將何以自處。

「夢承恩」？她夢的，不是「承恩」，是容若那擁著她，在她耳邊輕嘆低吟的新詞：

曲欄干畔重相見，勻淚偎人顫，淒涼別後兩應同，最是不勝清怨月明中……

在柔腸的百轉千迴中，她只想一件事：如何向容若表白這一片心跡？

當容若再輪值時，拂雲忽然到來。手中捧一著一個鑲金白玉盤，盤中纍纍，是鮮紅晶瑩的櫻桃。

不理會容若乍然見到她的詫異激動。她冷冷地道：

「容大奶奶前來探望，匆忙間未及回禮。謝大家命我送這一碟鮮果來，聊表寸心。」說完，便翩然而去。

望著那一碟櫻桃，鮮紅而渾圓。容若細細咀嚼著拂雲的話：

「聊表寸心……」

他感極而泣，領悟了其中深意；這鮮紅渾圓，盛放在玉碟中的櫻桃，代表的是佩蓉玉臂上的宮砂！她在向他重申當日舊盟；她仍固守著這一份舊盟！

當婉君在「珊瑚閣」讀到容若的新詞時，明白了容若臉上重現笑容的來由；那是一闋加了小題的〈臨江仙〉，題目是「謝餉櫻桃」：

綠葉成陰春盡也，守宮偏護星星。留將顏色慰多情；分明千點淚，貯作玉壺冰。
獨臥文園方病渴，強拈紅豆酬卿。感卿珍重報流鶯，惜花須自愛，休只為花疼。

容若的心情，不多時，又陷入了苦惱。正當荷花盛開的夏月，宮中耳語，盛傳皇上有意冊立一位地位僅次中宮皇后的「皇貴妃」，而冊立的對象，是住「儲秀宮」的「那位」。

皇上頻頻駕臨「儲秀宮」，早已不是新聞了，容若隨侍前往的次數，也不止三、五回。皇上殷殷垂詢六公主的學習情形，賞賚不斷，無非博取美人歡心。容若耳聞目睹，對皇上用心豈能不知？只是有苦難言，隨駕蒞「儲秀宮」，對他真如苦刑。而，在不值宿，又聞知皇上駕至「儲秀宮」時，更因不知景況，而心如刺攪。偶然能避開別人目光，四目交投，也只能自她眸光中，讀著她的幽怨，和深情款款。這成為他苦惱中的唯一安慰。

皇帝，也陷入感情的苦惱中。佩蓉進宮三年，他卻因為西南軍務緊急，終日憂勤。偶爾召六公主垂詢一下課業，也不過表示關心，不使嬌蠻的六公主感覺受了冷落而已。他從未想過「公主師」是何等模樣。雖也耳聞公主師才色雙絕，但後宮本是「佳麗地」，又豈會因此而關心？直到前一年，太皇太后聖壽節，宮中演戲慶壽。六公主拉了佩蓉隨侍觀劇，他才邂逅相逢了這位「女塾師」。

連每每自矜不為後宮美色動心，勤政修德的皇帝也驚豔了。脫口而出「六宮粉黛無顏色」之句。豈料伊人不但不因此驚喜，反而正色駁斥。那就不僅姿容絕世了；才華、德行、膽識，都令人為之動容。

而在後來有心的觀察中，更被她那如雪中梅花，「冰姿傲骨兩無倫」的清貴氣宇，淡雅手神所吸引。

如果佩蓉也如後宮妃嬪、宮女，對他一味逢迎邀寵，也許他還不致於念念不忘。偏偏佩蓉生就淡泊心性，又兼詩書培育，氣宇清曠高潔。雖貴為天下主，也難得禮節之外的青睞。在佩蓉是一心已有所屬，天下男子，任他是誰，也視若無睹。在皇帝，卻是愈不可得，愈不甘心。而且，不肯以「聖旨」達到目的；他要的，已不僅是這個「人」，更是那顆近乎冰封雪鎖的心。

他相信，「精誠所至，金石為開」，伊人芳心，總有回暖的一天。只有在「兩情相悅」下行禮冊封，才能使他真正感覺稱心如意。

「納蘭侍衛！朕並非一味好色之君，謝人家實在才貌雙絕，容德兼備；足以正朕之德，諫朕之失。怎奈一片冰心，不為所動。」

多情的皇帝，長吟著《詩經．關雎》：

「……參差荇菜，左右流之，窈窕淑女，寤寐求之。求之不得，寤寐思服，悠哉悠哉，輾轉反側……」

容若面對著對他信任、愛重，卻又造成他和佩蓉鴛夢成空的皇上，已不知如何安頓自己的心情。偏偏這不知情的皇上，因著他和佩蓉是「中表至親」，坦誠無隱地向他剖示著對佩蓉的傾慕。甚至向他求計：

「莫非朕有甚失德之處？為謝大家所鄙……納蘭侍衛，唐代太宗以魏徵為鏡，朕恐有失德之處，而不自知。若有所見，不妨明言。」

「皇上英武聖明……」

容若躬身，感嘆萬端；只怨造化弄人，一致於此！他敬愛皇上的英明，同情皇上的癡情。可是，皇上癡情戀慕的，偏偏是佩蓉……他的佩蓉！

宮闈之間，本是猜疑最多的地方，佩蓉纖弱敏銳的心，感到了極大的壓力和痛苦。自從皇上頻頻光降「儲秀宮」，她便失去了原先超然的地位，甚至成了莫名或羨、或嫉的對象。她本來只願心止如水地活下去。然而，無端風雨驟來……她強自撐持，卻明顯地消瘦了、憔悴了，幾乎弱不勝衣，卻更動人愛憐。

憔悴的，不僅是她，容若更是情思輾轉，忐忑難安。尤其，宮監傳出後宮已有「長風起於蘋末」的跡象，使他憂心忡忡。只能發為詞章，寫他的憂懼，寫他和皇上間，那難以言宣的微妙關係。

在陪侍皇上駕蒞儲秀宮時，他藉著目語傳達，在瓶花間，留下了他的方勝。

佩蓉在皇上起駕後，立即取得了方勝，是詞，不止一闋，密密麻麻的蠅頭小楷：

〈滿宮花〉

盼天涯，芳訊絕，莫是故情全歇？朦朧寒月影微黃，情更薄於寒月。
麝煙銷，蘭燼滅，多少怨眉愁睫。芙蓉蓮子待分明，莫向暗中磨折。

〈減字木蘭花〉

花叢冷眼，自惜尋春來較晚。知道今生，知道今生那見卿？

天然絕代，不信相思渾不解。若解相思，定與韓憑共一枝。

佩蓉流著淚，也噙著笑……

詞是尖銳的，甚至是殘忍的。但，佩蓉沒有激動，沒有怨恨；她知道：容若是在怎樣的心情下，寫出這樣的句子；他憂懼：「芙蓉蓮子待分明，休向暗中磨折」；他悲憤：「若解相思，定與韓憑共一枝」。

她確知了一點：在容若心中，她始終是他的妻子，不是嗎？

「若解相思，定與韓憑共一枝」，她想起那古老淒豔的故事：

戰國，宋大夫韓憑，妻何氏，絕色。為宋康王所慕，乃下韓憑入獄。韓憑在獄中接到何氏傳書，言從死之志。於是韓憑自殺。其妻暗腐衣服，與康王登高臺，趁康王不備，縱身投下。康王抓住她的衣服，衣裂人墜。留遺書於帶，求合葬。康王惱怒，故意將二人分隔而葬，遙遙相望。也許是精誠感動天地吧！一夜之間，梓木生於二墳，根交於下，枝連於上，有二鳥如鴛鴦，棲於枝上。交頸比翼，旦暮悲鳴……

「在天願為比翼鳥，在地願為連理枝。」

她，是他的妻子！她想起那年七夕……

那一天，他表白衷素，她芳心暗許……

何必花燭？何必洞房？只要他和她兩顆心，認定了那密約深盟。

「容若！你怕什麼，擔心什麼？」

「芙蓉蓮子待分明」？容若怕「露冷蓮房墜粉紅」嗎？她捲起袖子，那白皙玉臂上，宮砂殷然如血。

不必再擔心什麼了！她將保留著芙蓉般的純淨，歸向……寂滅。

就著燭火，她焚去了所有方勝；她不必留，那些字句，已鏤在她心頭……

太皇太后為後宮的傳言，也深為困擾。她認為：與其這樣情況曖昧不明，引得後宮耳語揣測，不如乾脆冊封，納入後宮。或讓佩蓉出宮，斷絕臆測。她無法了解：一向果決的皇帝，何以如此拿不起，放不下。便溫和暗示：

「明年春天，六格格得招額駙了；謝姑娘這『公主師』沒個名分，便不能留在宮裡。皇帝要有什麼打算，可得早日決定！」

康熙有了決定；在明春，六格格大婚前，不管佩蓉態度如何，都要下詔冊封佩蓉為「皇貴妃」了！

此事還在醞釀，「儲秀宮」中卻傳出「謝大家」病倒的消息。而且，有愈加沉重之勢。

「紅顏薄命！」

同樣的四個字，有的出以惋惜，有的出以感嘆，也有的，幸災樂禍。

佩蓉自知今生與容若已無團圓之望；皇上冊立之志已堅。即便退一萬步，她出了宮，為了避免皇上猜嫌，為容若招災惹禍，她也不可能嫁到納蘭家了！唯有古佛青燈，了此一生。一念至此，了無生趣。本來纖弱的身體，何堪負荷排山倒海而來的斲傷？不旬日間，便已病骨支離。

心病本已難醫，何況她生趣已失，見粒而嘔，藥石難進。

康熙心痛如搗。到佩蓉病至垂危時，偏偏太皇太后為恐皇帝太過傷心失儀，以「不合禮制」為由，禁止皇帝再往「儲秀宮」。咫尺之隔，便如千山萬水。

容若雖然身在大內，後宮卻是除非扈從，也難越雷池一步的。康熙自己陷身情波苦海中，對容若的憂苦之情，歸之於「手足情深」。君臣相對咨嗟；康熙一腔苦楚，還可以向容若渲瀉。容若自己，分明心如刀割，卻有苦難言；只有與皇上愁顏相對。

初更了。半弦寒月，掛在簷角。伴著手執書卷，卻顯然心神不屬的皇帝；想必，皇上一顆心，也和自己一樣，都飛到「儲秀宮」，伊人病榻前了吧？

太醫，都表示力難回天了，在點滴宮漏中，佩蓉的生命，是否也正流逝？

「玉格格到！」

忽然，御書房外的太監回報。不待皇帝傳旨，玉格格已闖了進來，顧不得見駕，逕對容若道：

「跟我走！」

皇帝長身而起，容若臉色驟然慘白；幾乎同時：

「玉格格……」

話未說完，玉格格淚流滿面，先對著容若，道：

「蓉姐姐，她……」

一頓，一雙淚眼轉向皇帝：

「皇上！容若是她的親人，這最後……連個送終的親人都沒有麼？」

皇帝無力地跌回御座，揮手：

「快去……」

儲秀宮中，鴉沒鵲靜。宮女、太監，還有聞訊而來的妃嬪，都在外間。有的拭淚，有的嘆息，六格格也到了，哭得淚人兒一般。

玉格格領著神情木然的容若，一言不發，走進內室。摒退了室中宮女，道：

「你們兄妹一場，有什麼話，說吧。」

說罷，當門而立；分明話是說給外廂的人聽的，人，是為了守護容若和佩蓉這一對薄命情侶。

佩蓉瘦得已不盈一握，眸子依然清澈如水，卻失去了往日神采。褪色的唇，透著慘白，顫動著，喚出低微的一聲：

「容若！」

容若在床邊跪下，淚如斷線：

「蓉兒！」

一絲淺淺的笑！浮到佩蓉嘴角：

「今世無緣……待來生……再結……」

伸出枯瘦的手臂，輕撫著泣不可仰的容若：

「守宮猶護星星……為你……死而無憾……你……為納蘭家，要……珍重……」

「蓉兒……」

容若握住她的手；那曾柔滑如玉的素手，如今，卻枯瘦如柴。

「善待婉君……玉格格……」

「玉格格！」

容若哽咽低喊，玉格格快步來到床前，流淚喊：

「蓉姐姐……」

佩蓉吃力地喘著，臉上卻帶著平靜的微笑：

「謝謝你……」

烏雲，吞沒了寒月。梧桐葉上，飄落秋雨瀟瀟。

儲秀宮中，悲聲大作……

七　共君此夜須沉醉

「物是人非……納蘭侍衛，你還因誼屬至親，能與她臨終面訣，朕貴為天子……唉！」

皇帝重臨「儲秀宮」，已是佩蓉去世旬日之後了。玉格格代奏了「謝大家」臨終遺願：歸葬江南。皇帝苦於佩蓉在宮中沒有名位，不能盡哀，本擬追封為皇貴妃，卻為通達的太皇太后所阻：

「像謝姑娘這樣的品貌，本非凡間所應有、宜有。只怕是神仙小謫，下凡歷劫來的，合該不染凡塵，玉潔來，冰清去。就是帝王家，也留她不住。追封為皇貴妃，只怕也違她本心，反招猜嫌。皇帝愛惜她，就成全她一世清白貞烈吧！」

親頒懿旨，賜祭賜葬，責成納蘭家派人護送靈柩，歸葬亡母墓側。

一几一案間，依稀玉人倩影猶自翩然，音容笑貌更縈心繫念，而玉貌朱顏，已歸黃泉……君臣兩人，懷著同樣的悽愴，憑弔低迴。容若心情，尤其複雜。

他在佩蓉初逝之時，幾乎痛不欲生，恨不能相從於地下。婉君百般慰藉，終難解他眉上愁結。他終日枯坐「珊瑚閣」，就淚研墨，卻寫不成篇。

當玉格格驀然站在他面前時，他為之一驚；更驚訝的，是玉格格身邊端立垂目的，是一灰衣女尼。

「拂雲……」

女尼合十稽首，莊容道：

「拂雲隨主而去；貧尼了因。」

自寬大僧袍袖中，取出一件物事，交到容若手中：

「謝大家臨終囑咐：盒歸原主，釵贈故人。貧尼了此託付，塵緣亦了，施主保重！」

說罷，轉身而去。容若張口欲喚，卻什麼聲音也發不出來。玉格格嘆道：

「容若，隨她去吧。你看看東西！」

那是一方泥金繡帕小包，容若把繡帕展開，只見包的是那螺鈿香盒，和一支點翠鳳釵；和當日贈送婉君的，恰是一對。玉格格雙目含淚，道：

「直到蓉姐姐病重，那一天，無意間看見這個鈿盒；她昏沉睡著，手中還緊握不放。我才明白，原來……容若，你記得吧？有一次比武，這個鈿盒掉到草地上，我看了喜歡，跟你要。你說這是你最心愛的，裝著你的心，不肯給……素來，我要你什麼，你從沒有拒絕過。」

容若想起了往事。玉格格在草地上拾起鈿盒，隨手打開，看見盒中紅豆，纏著向他要。平日一些物事，玉格格要，他無不慷慨應允，省得麻煩。只有這個鈿盒和盒中紅豆，是他心愛的，便不肯給。被玉格格逼急了，是說過：「這裡面裝的是我的心，你也要嗎？」玉格格到底是女孩兒，聞他此言，立時罷了手。

「格格……」

「容若！夜闖御書房，帶你與蓉姐姐相訣，我……以此補過。我真的不知情……」

玉格格拭去了眼淚，懇摯地說：

「蓉姐姐進宮，雖是令尊薦的。畢竟，我也在不知情中，無心促成。」

「格格！」

容若痛苦又感激：

「錯不在你！即便佩蓉不入宮，我阿瑪，也會用別的辦法拆散我們的。對格格仗義，我們，只有感激。」

玉格格沉默了一下，神色漸平，語氣轉為莊穆：

「可憐蓉姐姐，宮禁三年，替她想想，真是飽受折磨，度日如年。一片心，不能說，也不敢說。尤其，在皇上傾慕之後。表面上，公主師，何等榮耀！皇上垂愛，何等恩寵！誰知她心中的苦楚？容若！她隱忍至死，只深懼皇上若是知情，因嫉生恨，會害了你，害了納蘭家！你要體貼她這一片苦心，振作起來，萬勿啟皇上疑竇。」

她抬起頭，逼視著容若，一字一句地說：

「天下，可沒有妹妹死了，哥哥以身相殉的事！」

容若，頓時如五雷轟頂，一身冷汗。玉格格是肺腑之言！他，不能消沉，必須振作，為了佩蓉，為了納蘭家！

獨坐到二更後，他終於一嘆而起。喚小廝打燈籠，回到「桑榆墅」。桑榆墅中，他與婉君的內院，門額上題著「鴛鴦社」，是嚴蓀友的戲筆。他目觸三字，心中一痛；一時也分辨不出，是為佩蓉，還是為婉君。

婉君已卸了妝，聞報，驚喜迎出。他握住她的手，半晌無言，步入內室。只見丫頭碧梧，忙著收拾床前的鋪蓋；只因婉君素來膽小嬌怯，一人不敢晚上獨居空室。因此，每當他值宿，或因故不歸宿，便由碧梧在床前打地鋪陪伴。

見此，歉疚之情更深。長長一嘆：

「豈知，多情卻是薄倖根！」

婉君無言地凝視著他。久久，久久，兩行清淚，緩緩流下。

「容若，我們知你新近事繁，好久也沒有歡聚暢敘。兼以你入值時多，倒像疏遠了。前日健庵告訴我們，《通志堂經解》刊成，這是學界一大喜訊，特設一席，為你道賀。」

容若收到嚴蓀友具名的柬帖時，一時不解其故。到達了，嚴蓀友才解釋。容若心中抱歉而感激；自己一味陷溺，入值之時，不能不強顏歡笑。居家之際，情味蕭索，百事無心，不免冷落良朋。而他們，卻如此關切體貼，為自己設辭開解。

「蓀友，還幸得健庵先生親自督工，才得如期刊出。說來，我真慚愧……」

姜西溟打斷他的話：

「別說這些！倒真生分了似的，我可不愛聽。只不知你的《經解序》，何以倒未同時刊成？」

「只完成半數，還有半數，未曾撰妥，只好一併保留了。」

「總要加緊才好，有些事，因循日久，常就不能貫徹始終了。為學也是一樣，總貴在一氣呵成。」

嚴蓀友意味深長地說。容若肅然：

「敬謹受教。」

一直沉默未出聲的朱竹垞，道：

「容若！此宴，為你和健庵道賀是其一。其二，我們三人，久羈京師，一事無成。西溟上有老母倚閭，我和蓀友，也久未歸省。時序入冬，京師天氣嚴寒，居大不易。因此，決定連袂南返，不日就要啟程了。」

容若一怔，豈料，方歷死別，又臨生離？一時心中悽愴，神色頓然頹喪。蓀友心中不忍，強笑：

「這也是小別，一兩年，總會再見的。」

話雖如此，想到在未來時日中，連友朋相聚之樂都沒有了，怎不令他感傷。見他如此，眾人不免又勸解了一番。正說話間，一人昂然入室，長笑招呼：

「可來遲了！勿罪，勿罪！」

容若凝目望去，只見是位四十左右，身材修偉，丰儀俊逸的男子。蓀友忙招呼：

「不晚，不晚，正好入席！」

大家坐定，蓀友以主人身分，介紹與容若相識：

「容若，這位是我鄉無錫一等風流人物，顧梁汾；想必有個耳聞。梁汾，這位便是納蘭侍衛，成容若。」

滿人，常視名的第一字為姓，而以字為名，所以蓀友依此例介紹他為「成容若」；照滿文直譯，他名為「星德」，取諧音，漢譯為成德。

「幸會！幸會！」

二人相互見禮。容若一見梁汾，人物軒昂，便覺異常心折。不多時，感傷蓀友三人南歸之情，便沖淡不少。

顧梁汾，也是重情尚義的人。見容若貴胄公子，卻儒雅殷勤，也另眼相看。

談笑間，梁汾自袖中取出一幅畫像來，道：

「那日，偶作投壺之戲。一位友人，為我畫了這幅『側帽投壺圖』，倒也有趣，帶來與各位共賞。」

「好風流人品！梁汾，寫人物，最難寫的是丰神；難得這幅畫，把你的顧盼間的丰神都畫出來了。」

朱竹垞笑道，把畫傳給容若。容若見畫中人，果然顧盼間，神采照人。驀然憶起當日佩蓉談及梁汾的一段恨事，自己曾如何嗟嘆。如今……不由黯然。

「怎麼了？」

梁汾問，容若搖頭：

「沒什麼，相識恨晚！」

真是恨晚！如果，佩蓉得知自己終能與梁汾相逢相識，如果，沒有這些人間情恨……

「容若！有你這句話，我就敢問了：令表妹謝夢芙姑娘，究竟何疾致死？」

蓀友驚阻：

「梁汾……」

容若卻嘆息一聲，道：

「我知道各位恐觸及我心中隱痛，故都諱言此事。實則，只恨無處容我痛快一哭，盡情一吐！」

蓀友等人，自容若選為三等侍衛後，不比往日，可以竟日詩酒流連。尤其西溟性情偏激，疾惡如仇，對權貴，若不順眼，也不稍假辭色。與納蘭府中，明珠心腹安三總管，更正面衝突，勢成水火。容若曾欲斡旋，西溟憤然拂袖。於是，除非容若在家，他們才往納蘭府「花間草堂」與容若相聚。而不似以前，經常一住數日不歸，以為常事。

佩蓉去世，內情隱晦不明。一則牽涉大內，二則恐容若傷情，他們不約而同，都絕口不提；本也是一番好心。豈知容若最大的苦楚，便是無處傾訴；君前不敢；親前不能；妻前不忍。如今梁汾一言問出，他反有知己之感，頓覺痛快。

於是，把佩蓉入宮前後，直到臨終相訣。乃至玉格格仗義，拂雲削髮，都一一詳細訴說。直聽得眾人屏息歛氣，動魄驚心！

梁汾連連嗟嘆：

「容若，雖說造化弄人，算來蒼天對你也不薄；夢芙，小時我是常見的，那形容、性情，都非人世所宜有，自然是神仙中人了。那位拂雲姑娘，耳濡目染，也合該成正果。尊夫人溫婉賢德，真非尋常。而玉格格，機警聰明，仗義成全之德，怕你今生也難補報。四人，人難遇其一，而你全遇到了！且對你俱有情有義，有恩有德，人生至此，復有何憾？」

竹垞道：

「我倒覺得皇上癡情可憐。」

「玉格格可愛，可敬！尤其能仗義之外，極力回護。容若，你雖不幸，遭此巨創。想想這番回護之情，真當振作，方不負玉格格一番苦心。」

蓀友也不禁讚嘆。

「容若可憐，另一人才更可憐！」

西溟道。竹垞問：

「誰？」

「寒羽！喪明之痛，誰能慰藉？」

在座，除了容若，全與佩蓉之父是故交。而容若，雖未見過，論親戚，是寒羽內侄，論情誼，寒羽又是佩蓉生身之父，感受更自不同。不由相與嗟嘆。

「江南三布衣」連袂南返後一天，顧梁汾正獨坐借寓的「千佛寺」廂房中讀書，書僮忽報：

「大爺，有客人來！」

他抬起頭來，只見一貴家管事模樣的人，向前請安。並呈上一封信。左下角花押，是「成容若」三字。

梁汾微詫。打開信，只見是一闋〈金縷曲〉，題為〈題側帽投壺圖贈梁汾〉：

德也狂生耳，偶然間，緇塵京國，烏衣門第。有酒惟澆趙州土，誰會成生此意？不信道竟逢知己。青眼高歌俱未老，向尊前拭盡英雄淚。君不見，月如水。

共君此夜須沉醉。且由他蛾眉謠諑，古今同忌。身世悠悠何足問？冷笑置之而已。尋思起重頭翻悔。一日心期千劫在，後身緣恐結他生裡。然諾重，君須記！

顧梁汾為這位相識未久，卻一見如故，熱誠率真的滿洲公子，深深感動了；他說「相識恨晚」，並非泛泛酬應語；他是真心結納。而且，從初識就以「知己」相許的！

只是，他低聲念：

「一日心期千劫在，後身緣恐結他生裡。」

何以出此不祥之語？沉吟一下，他笑向來人：

「管家且稍坐；待我回封信，請管家帶回去，回覆貴上。」

鋪紙拈毫，他略一微吟，步韻和了一闋〈金縷曲〉：

且住為佳耳。任相猜，馳函紫閣，曳裾朱第。不是世人皆欲殺，爭顯憐才真意？容易得一人知己。慚愧王孫圖報薄，只千金當灑平生淚；曾不值，一杯水。

歌殘擊筑心逾醉。憶當年，侯生垂老，始逢無忌。親在許身猶未得，俠烈今生已已。但結托來生休悔。俄頃重投膠在漆，似舊曾相識屠沽裡。名預籍，石函記。

想到自己一生，雖早名動公卿，也曾入仕途。卻一直招人妒嫉猜疑，不能施展抱負。如今，卻有這樣一位以「平原」自期的貴冑公子，傾心結納，梁汾不由深覺溫暖。因此，他也以「信陵」相許，珍惜著這一份情誼。

有了梁汾，加上陸續相識的梁藥亭、陳其年、馬雲翎、張見陽幾位失意仕途的漢人朋友，時相往還，也沖淡了不少西溟他們南歸後的寂寞。

十二月，一個大雪紛飛的日子，他獨自在家，想起了梁汾；已有多日不曾見了，也不知近日情味如何？一念既起，便抑不住渴念。這樣的天氣，既不便折簡相召，就移樽就教吧！袖了一闋新詞，這是十二月十二日，他生日自壽的〈瑞鶴仙〉。起句，他用了梁汾丙午生日自壽的〈金縷曲〉中首句：「馬齒加長矣」，正可帶給梁汾看。

見到容若來訪，梁汾喜出望外。他也為這大雪天，困守室中，正自無聊呢。

容若抖落貂裘上的雪花，笑著向迎出來的梁汾道：

「好大雪！在家無聊，特來與你賞雪閒話！」

梁汾在火盆中加了炭，笑道：

「我也正覺無聊。以詞代信，給在寧古塔的漢槎，寫了兩闋〈金縷曲〉，才放下筆。」

在火盆上，放上一個茶吊子，道：

「在這兒，我就直冷得受不住，漢槎在寧古塔，怎麼過呢？」

容若依稀記得嚴蓀友提過，「江左三鳳凰」之一的吳兆騫、字漢槎，在江南才名甚著，與梁汾是好友。

「可是『江左三鳳凰』之一的吳兆騫先生？」

「可不是他？另兩位是華亭的彭師度，和宜興的陳維崧。一世才名！卻冤枉牽進了科場弊案；你想，以漢槎之才，需要麼？就這樣，含冤莫白，遣戍寧古塔，如今……」

梁汾屈指算了算：

「十八年了！」

十八年！容若心驚；自己才二十二歲呀！人一生，能有幾個十八年呢？

「難道，就無人翻案麼？」

「情節太大，定讞之後，誰敢再提？」

「那，他何以為生呢？」

「原在巴將軍府為西席。如今，巴將軍移鎮兀喇，又失館了。還好，還不乏執經請益的弟子，勉強夠他一家人餬口。」

「家眷也去了？」

「嗯。」

梁汾隨手把案上詞稿遞給容若，道：

「你看看。」

容若接過，只見是〈金縷曲〉：

季子平安否？便歸來，平生萬事，那堪回首。行路悠悠誰慰藉？母老家貧子幼！記不起從前杯酒，魑魅搏人應見慣，總輸他覆雨翻雲手。冰與雪，周旋久。

淚痕莫滴牛衣透，數天涯、依然骨肉，幾家能彀？比似紅顏多命薄，更不如今還有。只絕塞苦寒難受。廿載包胥承一諾，盼烏頭馬角終相救。置此札，兄懷袖。
我亦飄零久，十年來，深恩負盡，死生師友。宿昔齊名非忝竊，只看杜陵窮瘦。曾不減夜郎僝僽，薄命長辭知己別，問人生到此淒涼否？千萬恨，為兄剖。
兄生辛未吾丁丑。共些時，冰霜摧折，早衰蒲柳。詞賦從今應少作，留取心魂相守。但願得河清人壽。歸日急繙行戍稿，把空名料理傳身後。言不盡，觀頓首。

讀著，讀著，容若只覺臉上一片冰涼。用手去摸，才知是淚水凝成的冰珠。

他太感動了！他不認識吳漢槎，但，有顧梁汾這樣的朋友，「廿載包胥承一諾，盼烏頭馬角終相救」！他確信，漢槎受了冤枉！

他沒有笑梁汾自不量力；以這種案子來說，絕不是梁汾之力，可能回天的，但……

緊握梁汾的手，他說：

「梁汾！本來我以為，李陵與蘇武的河梁生別之詩；向秀為嵇康的山陽思舊之賦，這種生死不逾的友情，世上再不會有了！如今，看了你的《金縷曲》，才知道，還有第三對！」

他誠懇而堅決地說：

「我不會坐視你一個人奔走的！給我三千六百日，我一定會設法為你把漢槎救回來！你把這句話放在心裡，不必再提，我不會忘的。」

梁汾感動地流下淚來，道：

「漢槎四十六歲了！已經受了十八年的苦，他還能等十年麼？人，壽命有限呵！」
流著淚，他搖撼著容若的手：
「五年！五年為期，好嗎？」
容若想了一下，重重地點點頭：
「好！五年為期！我答應你！」
窗外風雪依然，梁汾心中，卻一下暖了起來。

八　當時只道是尋常

明珠病了。

為了諸多杆格，關係極為冷淡的明珠夫婦，早已分院而居。相見時，平常尚可以禮相待，遇到意見不合時，覺羅夫人便忍不住冷嘲熱諷，堂堂尚書，面對這樣一位說出話來入情入理，駁不倒，氣不得的夫人，也只有偃旗息鼓，避之則吉。自姨娘周氏生揆敘之後，便長居周氏院中，與覺羅夫人，維持著客氣而冷淡的關係。

自佩蓉入宮，覺羅夫人就大為不諒。佩蓉去世，覺羅夫人更一心認定「舅舅害死外甥女」，形于辭色。

「好好一個孩子，要不是她舅舅狠心。硬送進那不見天日的地方，怎麼會年紀輕輕就……」

明珠能避不見面，周氏卻礙於禮數，不能不到上房請安伺候。覺羅夫人悲泣怨尤的種種，明珠自也有耳聞。又氣、又惱，又實在內疚神明，發作不得。積鬱心中，終於……

周氏見情況不妙，連忙帶著不足兩歲的揆敘，到上房稟報。

「怎麼？老爺病倒了？」

「是。早先就嚷著肝氣痛，如今越發厲害了。」

「哦？」

覺羅夫人皺著眉：

「先前怎麼不說？」

「老爺關照，怕太太擔心，不教說。」

「那，大夫怎說？」

「說是積鬱什麼，悶在心裡，發不出來。問老爺是不是有什麼心事？老爺只說沒有……」

周氏躊躇了一下：

「這幾個月，老爺常心神不寧，睡也睡不安穩……」

覺羅夫人冷笑：

「這是做了虧心事！不都說：日間不做虧心事，夜晚不怕鬼敲門！」

「太太最是聖明不過！老爺也說過，做錯了一件事，致使夫婦反目，父子陌路。太太只怕也知道：老爺嘴裡不說，心裡，對蓉姑娘的事，還是非常難過的。尤其，看到容大爺傷心的樣子，他也後悔。」

深深一嘆，覺羅夫人，到底泯沒不了夫妻之情。道：

「後悔有什麼用？是挽得回蓉妞兒的命，還是補得整容若的心？容若對他阿瑪那只有禮，沒有情的態度，當然我看著也替他阿瑪難過。可是；你也有小哥兒了，多少知道做娘的心；容若的委屈，你也不是不知道。我做娘的，還忍心為這個責備他？」

「太太說得是！豈止是容大爺傷心，知道蓉姑娘沒了，連我也兩夜沒合眼。雖然老爺對不起她，揆敘生了，她還是托玉格格帶了鑲金的玉鎖送揆敘，還有好些補品。這樣為人行事，怎怪得太太心疼，要怨老爺。只是，老爺這一病，多半是心病……」

覺羅夫人搖搖頭，嘆道：

「自作孽，不可追，蓉妞兒不在了，他往哪兒治他的心病去？」

「太太，或許，讓容大爺委屈幾天……」

想了想，覺羅夫人點了頭：

「父親病了，做兒子的侍疾，也是理所當有。這樣吧，你收拾出一間房來，就讓婉君陪著容若過去住幾天。讓他們父子把這個結解了，也是好事。」

說著，見婉君抱著揆敘進來。周氏忙接過，笑道：

「大奶奶，揆敘挺沉的，怕回頭胳臂酸呢！」

拉著揆敘兩隻小手，做拱手作揖的樣子。用兒語道：

「說：謝謝大嫂子呀！」

小揆敘嘻嘻朝著婉君笑，又向著她撲。周氏轉臉向覺羅夫人笑道：

「太太瞧瞧，大奶奶多得小孩緣兒；都說這是有福氣的徵兆呢！」

覺羅夫人微微一笑，道：

「你去吧！大冷天的。怕老爺醒了，找人找不到。」

周氏笑應了，又說了幾句閒話，命丫頭給揆敘戴上斗篷風帽，辭了出去。

婉君捧了碗熱茶，換去冷了的殘茶。覺羅夫人端起，啜了一口，放下，道：

「看你抱揆敘，真不像叔嫂，倒像母子似的；要真有那麼個孫子，你那樣抱著，我真作夢都笑醒了。」

婉君心中又羞又愧，她不是不知婆婆望孫心切，但……

覺羅夫人見她低頭不語，又生不忍之心。使撇開，把方才應允周氏的話告訴她。又問：

「如今，蓉妞兒過去也好幾個月了，容若到底心裡好些沒有？」

婉君默然搖搖頭，久久才道：

「他，還是在『珊瑚閣』的時候多。」

珊瑚閣中，容若親自為佩蓉畫了一幅像。香花供養，未曾假手於人，即使，是婉君。

他不知道，當他入值時，婉君總情不自禁地到『珊瑚閣』來盤桓半日。對那幅畫像，她也稟虔敬之心行禮。然後，在容若的書案前坐下，沉思默想。

嫁為容若婦，已兩年了。她甚至不知道，自己在容若心中，到底有著怎樣的分量。「妻子」；好像，就是妻子了。容若不是不溫柔，不體貼，只是……

她忽然同情起明珠來了；容若不是不孝，但那一份「孝」中，糾結了太多的無奈。對她也是；他不是不喜歡她，她確定。也同樣，有那麼多無奈纏繞其間……

佩蓉在宮中時，容若還有期盼；皇帝屬意佩蓉時，容若還有痛苦。期盼，她可以分享；痛苦，她可以分擔。而佩蓉離開了人世，容若一慟之下，心全灰了。只沉湎在回憶和深痛中。回憶中，沒有她；深痛中，更容不下她。

她從沒有真正擁有容若，卻感覺，他彷彿隨佩蓉去了；她，失落了他。

自覺羅夫人上房出來，她順著腳，又到了「珊瑚閣」。

珊瑚閣中，靜悄悄地。一盆水仙，供在佩蓉畫像前的高几上。在獸爐中，爇了沉水香，她習慣地坐到書案前。案上，攤著一本薄冊，封面上有兩個字。她不知那代的古體，上一個字她辨認不出，下一個是「水」字。

揭開扉頁，卻是容若平日的褚河南體了，寫著「如魚飲水，冷暖自知」八個字。

婉君不知這句話的出處，卻覺得說到了她心底；「冷暖自知」，她一直為往來的閨中少婦、少女們稱羨。又誰曾瞭解：擁有榮華富貴府第，溫柔多才夫婿的她，也「冷暖自知」？

薄冊中，工整抄錄的全是詞。她不能甚解，卻也能了解，其中作品，幾乎全為了佩蓉。

她讀得癡了，幾乎能想見那一幕幕的情節。

他那樣細膩的記載著相處時的一顰一笑；離別後的刻骨銘心；佩蓉去世後的無限悲悼……

她細細咀嚼著他的悲歡離合。字字句句，打動著，也噬齧著她的心。

風絮飄殘已化萍，泥蓮剛倩藕絲縈。珍重別拈香一瓣，記前生。
人到情多情轉薄，而今真箇悔多情。又到斷腸回首處，淚偷零。

林下荒苔道蘊家，生憐玉骨委塵沙。愁向風前無處說，數歸鴉。
半世浮萍隨逝水，一宵冷雨葬名花。魂是柳綿吹欲碎，繞天涯。

「……魂是柳綿吹欲碎……」

婉君讀到了這兩闋〈山花子〉，也不禁淚盈盈。反覆諷誦，不能自已。

「婉妹妹！」

清脆的語音，驚動了她。猛一抬頭，「叭」，一滴淚，落到了詞稿本子上，立刻暈成一個圓點。她慌亂用手絹去印，已來不及了。只得隨手合上。

來的是錫三奶奶，自顧自地笑道：

「哎，叫我好找！上房找不著，『桑榆墅』又不在。幸虧碧梧提起，你常往『珊瑚閣』來，果然在這兒。又怎麼啦？誰欺負你了，快告訴我。可是容若？」

婉君強笑，拭去淚痕：

「三嫂子又說笑話了。是看了容若的詞，悼念蓉姐姐的，寫得真感人！有一天，我沒了，他若有這麼幾闋詞悼念我，死也瞑目了。」

錫三奶奶大驚，連啐了幾口，道：

「我的好奶奶！好妹子！說這話也不嫌個忌諱？死呀，活的！你們是少年夫妻，又那麼和睦！你看，我和你錫三哥，成日家吵吵鬧鬧，要我撇下他走，我還捨不得呢！可不許胡說話！」

婉君輕嘆一聲，默然無語。錫三奶奶看著，也心中疼惜；外人不明就裡，納蘭府中恩怨情仇一本帳，錫三奶奶可是心知肚明的。

自婉君過門，不但沒有拿「正支主子」大奶奶的款兒，爭了她當家奶奶的權利。反而處處抬舉、儘讓著錫三奶奶，尊重、又親熱。真正是和上睦下，事事謙和退讓，不肯讓錫三奶奶心理或實質上受半點委屈。就以月例銀子來說吧，也只肯和錫三奶奶平頭。倒不時為錫三奶奶家的孩子們添這、買那的。

天生心熱腸直的錫三奶奶，一開始，多少有點恐怕容大奶奶進門，就得「退位讓座」的戒懼之情。處了不多時日，見婉君並無此心，且為人寬厚和平，一口一聲「三嫂子」，親熱非常。比起佩蓉的高潔孤傲，更加可親可疼。一片心馬上就全移了過去，倒常為婉君不平了。

她已許久沒有到「珊瑚閣」來了。迴目四顧，一下，就看到佩蓉那幅畫像。眉目神情，宛似生前。雲鬢邊，插戴著一支點翠鳳釵。衣帶風飄，綽約如仙。蛾眉微蹙，秋波帶愁。嘴角，卻又微向上彎，好似淺笑。

婉君也隨著錫三奶奶的目光轉移，落到畫像上。輕吟：

「旋拂輕容寫洛神，須知淺笑是深顰，十分天與可憐春。」

錫三奶奶茫然不解。問道：

「你念什麼？」

「容若的一闋〈浣溪沙〉，就是題這畫像的。」

「唉！婉妹妹！為了蓉妞兒，你受的委屈還不夠麼？難道一點不怨她？」

婉君搖搖頭：

「蓉姐姐夠薄命的了；那樣的才貌人品，便是我，也是愛的，何況容若？我要怨，只怨蒼天不仁，偏教阿瑪狠心，硬生生地，拆散了他們的姻緣。偏讓容若，天生是個癡情種，生離於前，死別於後；怎怪他忘不了，撇不下……」

泣隨聲下，連錫三奶奶也不由鼻酸，掏出襟邊掖的手絹兒揩淚：

「在背後，我們都替你委屈：早知道容若認死扣，認到這個分上，又何必替他成親？換了哪一家的哥兒，得了你這樣的媳婦兒，不夢裡都能笑醒？偏偏他，就能守著蓉妞兒的畫像當真人，把活生生的媳婦兒撇著，沒事人似的！要不是碧梧告訴我，我還不相信。」

婉君嘆道：

「他待我，也不算不好。早先論親的時候，也說了『兩頭大』的。如今，他住珊瑚閣的時候，我也只當他……」

「你也當蓉妞兒活著！你說容若癡情，我看『癡情人』算全到了我們納蘭家了！換了誰能受得了這個？」

錫三奶奶說著，忽然「嗤」地笑了：

「倒不知你那位癡情女婿住『珊瑚閣』的時候，都做些什麼？」

婉君吟道：

「春情只到梨花薄，片片催零落。斜陽何事近黃昏，不道人間猶有未招魂。銀箋別記當時句，密綰同心苣。為伊判作夢中人，索向畫圖影裡喚真真。」

錫三奶奶前面聽不懂，末一句是懂了：

「對著畫像喊蓉妞兒？這個人可是癡得著魔了；可別招了什麼祟來！」

「我聽容若說，至今，連個夢都沒託一回。」

「他想著、念著蓉妞兒，還說給你聽？你真好大器量！」

婉君幽幽地說：

「不大，又怎樣呢？我們中間，可說的本也不多。再不讓他談蓉姐姐，更沒話說了……」

「唉！蓉妞兒要真回來，怕你的日子比現在倒還好過些；人，總有個這長那短的。蓉妞兒就算九十分都比你強，總也有十分比你短吧？還有個比的。如今，她人沒了，再不好，也是好的了；何況她本來就好？更何況，又是沒得到的。偏遇上我們這位癡爺……唉！」

錫三奶奶一嘆咽下了話。婉君卻完全瞭解她未盡之意：活著的她，如何去跟被美化成神仙的佩蓉比？誠如錫三奶奶說的：如果佩蓉真的是容若的另一房妻子，她才貌便比不上，也可以性情柔順溫婉等長處，與佩蓉比肩。而且，容若沒有「情恨」，至少，她可以得到公平的容納；至少，容若看得見她的「存在」。如今，佩蓉去世了，容若一心沉湎在悲悼之中；佩蓉因為「不存在」了，更占據了容若全部的世界。而她，卻因真實的存在，反失去「存在」容若世界的地位了。

她回想與容若成親後的種種，容若是抑鬱時多，歡笑時少。

他們生活中，也有旖旎溫馨的時刻。在容若興致好的時候，會握住她的手，教她臨帖；會在燭光下，為她讀〈紫釵記〉、〈柳氏傳〉那些唐人傳奇。會將就著她熟讀的少數詩集、詞集，與她效李易安、趙明誠賭書；會在花朝月夜，設下小小的酒宴，與她共飲……

這些幸福時刻，她總感激、感動得泫然欲涕。只遺憾，機會太少，而幸福的時間，逝去得又太快。

而且，似乎這些，都不是出於輕憐蜜愛，而是出於……

是「回報」吧？對她一往情深，舉案齊眉之情的回報。

佩蓉在，容若存著希望，她也存著希望。而不幸，佩蓉死了！她在容若的幻滅中，希望也隨之幻滅。

容若遵從了母親的囑附，暫時住到周氏院中為他收拾的廂房，親嘗湯藥地服侍病中的父親。在明珠病情沉重的一段日子，衣不解帶的看護。

對父親，他有著不齒，有著怨抑。但，也有著父子間割不斷的天倫之愛！尤其見父親病臥，盡掃平日威嚴陰鷙的神色，更觸動他天性中的善良仁慈。竟使他陷入掙扎中；他不知該如何安頓這一份錯綜的感情；甚至不知該持一種怎樣的心情和態度，來對待病中的老父。

「只是盡人子之禮！」

在允諾母親時，他如此決定。然則，一旦面對了，並親自照顧了。那一份被怨抑埋藏的親情，就壓抑不住地生發。他本是至情至性的人，欺騙不了自己；他無法只是「盡禮」；他「愛」他的父親……愛這個因貪黷弄權使他不齒，因造成他終天情恨使他怨抑的父親！

對健朗，顧盼自雄的父親，他可以不齒，可以怨抑。可是對眼前這憔悴委頓的病弱老人……對父親的怨與愛，對佩蓉的情與憾交織，使得他的心隱隱作痛。而當他回到房間中，迎上的，卻又是令他歉疚，令他憐惜的盈盈眸光。溫柔中流露著淡淡幽怨，款款深情的眸光。

「蓉妞兒！舅舅對不起你！」

明珠神智不清了！一把攫住了和容若一同前來問安的婉君。婉君慌亂地，掙不出被明珠緊緊握住的手。抬頭望著容若，容若流著淚，啞聲道：

「阿瑪！她不是……」

婉君向他搖搖頭，攔住了他。臉色蒼白，卻力持鎮定。用另一隻手握住明珠，柔聲道：

「舅舅！蓉兒不怪您，您安心養病……」

淚水自明珠半合的眼角流下，喘息不住：

「蓉妞兒……你不怪舅舅……你不是……索命來的……」

婉君學著佩蓉的聲調：

「蓉兒給您老人家送藥來的。您吃了，就好了。」

說完，輕輕抽出手來。推容若上前，自己匆忙離去。

容若心下恍然；原來婉君將錯就錯，藉此開解明珠心中因愧對佩蓉，而造成的鬱結。

真的「心病還須心藥醫」，明珠服藥後，日益清明。經過一段時間調養，春暖後，漸次痊癒。皇帝對他這一病，也甚是關切；認為是辛勤政事所致，慰勉有加。又授「武英殿大學士」，位等相國，在朝的權勢更勝昔日。

容若倒真因心中煎迫之情難宣，侍疾辛苦，瘦了一圈，也黧黑憔悴了不少。使得覺羅夫人心疼不已。

心疼容若之外，更心疼婉君；對她那天隨機應變，竟開解了明珠的心結，固然安慰，卻也因此隱隱不安。尤其錫三奶奶聽慣了各種鬼神怪異之說，對這一件事，另有說法；她真的憂形於色：

「太太！這，可怎麼說呢？冒著個死人的名兒，硬從鬼門關口救人；這可是犯忌諱的呀！二叔和蓉妞兒，算得是前世的冤孽，該怎麼報，是註定的。二叔喊蓉妞兒，真說不定，就是蓉妞兒來算舊帳的。教婉妹妹橫裡一插……」

覺羅夫人聽得脊背發冷：說道：

「這可怎麼好？難道，蓉妞兒還放不過婉君？」

錫三奶奶搖搖頭：

「這，可就不知道了。不都說，受冤死的人，都要解了前世冤孽，才能超生？蓉妞兒年紀輕輕死在宮裡，太太不也說，是她舅舅害的？」

覺羅夫人，愈聽愈寒。強自解譬：

「你別說了！蓉妞兒不會的，婉君待她姐妹似的，而且，都說蓉妞兒神仙小謫，怎麼會害婉君？」

錫三奶奶嘆道：

「但願如此！婉妹妹也真是，好端端，冒個死人的名兒，怎不嫌忌諱呢？」

對這些傳說，婉君也是聽過，並相信的。她冒名去解公公心病，那電光石火的一剎，已做了選擇；既然明珠誤認了她，她就擔起這難分難解的恩怨情仇吧！做了納蘭家的媳婦，總得為納蘭家做些什麼……

她平靜了，坦然了，言行舉止，一如平昔。甚至，更怡悅，更勤謹，剪裁著容若的衣物，細細密密地縫著：縫進的是她的心，她的情，她無限的眷戀；不是對人世，而是對容若……

對這一切，容若毫無所覺；他是不信怪力亂神之說的。父親病癒之後，他銷了假，依然值宿乾清宮，並兼管御馬的訓練。皇上久不見他，知他告假是為父侍疾。見他憔悴黧黑，盛讚他的純孝，特別賞賜金牌一面，以為嘉勉。並惋惜：

「朕前月巡南苑；你知道吧？就是城南二十里的南海子，撒下圍場，行圍射獵。朕知道你騎射工夫最好，還想跟你較量一回呢！如今，馬上到了繁衍期，不宜射獵，得等到秋天才能行圍了。」

「皇上聖明仁慈。成德何德何能，敢與皇上較量？下回行圍，願隨驥尾，以獲其餘。」

容若恭謹作答。皇上道：

「朕正擬挑幾位新進士為庶吉士，入翰林院；你若不是選為侍衛，那些位老先生，此刻該忙著薦你了！以你之文才，入翰林院，自是綽綽有餘。只是，那些事，文人便能做。以你文武兼資，入詞館，食七品俸，豈不可惜了？」

容若心中暗嘆，口中卻不能發一言。只聽皇上又說：

「聽說，你是『往來無白丁，談笑有鴻儒』；京裡那些眼睛長在頭頂上的江南名士，對你都傾心結納，這倒是難得的事。」

皇上語氣轉為鄭重：

「咱們滿人，武功雖盛，論文學，到底比不上漢人幾千年歷史；漢文化的博大精深，夠咱們學的！說真的，咱們入關不久，粗魯不文的又多，怎怪得漢人瞧不起咱們？要人瞧得起，可不是下聖旨就辦得到的，總得自己爭氣！如今，有你這麼個滿族子弟，能讓他們刮目相看，朕心裡高興得很。」

容若遜謝了幾句。皇上笑問：

「你常往來的，有那些人？」

容若報名道：

「吳綺薗次、嚴繩孫蓀友、姜宸英西溟、朱彝尊竹坨、陳維崧其年、梁佩蘭藥亭、張純修見陽、顧貞觀梁汾……」

尚未報完，皇上已喜動顏色。嘆道：

「這些都是朕久欲羅致而不可得的當代名士。納蘭侍衛！朕真羨慕你能與他們詩酒盤桓；那朱、陳二人，不是領袖詞壇的麼？」

「正是！」

「那姜西溟，聽說極為高傲孤僻？」

「西溟性情中人，以孝友聞名。為人耿介而無城府，學貫經史……」

「你不必說，朕亦深知其人才學。所謂名下無虛士，『江南三布衣』之號，豈是浪得的？」

皇上笑著打斷了容若的話。沉思了片刻，嘆道：

「我大清開國以來，羅致賢才，不遺餘力。科考制度，悉從前朝。更為了表我朝納漢人賢才之心，歷來滿人不入鼎甲。只不知，何以這些名動公卿，連朕也聞風景慕的才學之士，卻不肯參加科考？畢竟是朕不能用人，還是人不為朕所用？」

容若憶起當日席間，三布衣所言及的難處，便回奏明白。皇上笑道：

「若非他們與你交好，說了實話，朕再也想不到這些心眼子！納蘭侍衛，你看，倒有什麼辦法，能打開他們這個心結呢？朕實在求才若渴；野有遺才，為君之恥呀！」

「成德以為，不是皇上不能用，也不是他們不願為皇上所用。而是，一則未能建立如唐、宋，士人競以進士及第為榮的風氣。二則，科考於尋常士子，固然是合宜入仕之途。於已名重一時的大家鴻儒……」

皇帝目光一亮，打斷了他的話：

「另開一科！援唐代之例，開『博學鴻儒科』！這些人才學俱富，朕準備下詔，為前明修史。那時加開博學鴻儒科，羅致漢人名家鴻儒，以助修《明史》，豈不恰當！」

容若不禁由衷欽服：「聖明」二字，真當之無愧。

退值回家，才進「桑榆墅」的「鴛鴦社」，便聞到一股子藥香。問道：

「誰病了？」

一個二等丫頭青蓮回答：

「大奶奶。」

他忙掀起裡間的簾子，只見婉君擁衾坐在床上。床邊卻擱著針線笸籮，就著床邊銀燈，婉君正在做活計。

他半心疼，半責備：

「病了，怎麼不歇歇呢？什麼活計，這麼趕？」

婉君放下手中剪刀，道：

「給你做件夾袍子，春、秋天好穿。」

說著，移開笸籮，讓容若床邊坐下。

容若見她臉色蒼白，幾日小別，羸弱了許多。關切問：

「到底怎麼了？大夫怎麼說？」

婉君微微一笑：

「沒什麼。不過是發些寒熱，頭疼，全身沒力氣。」

「那就該多歇歇！我衣裳有的是，又不等穿！」

婉君默然，垂下頭去。容若也感覺自己語調太嚴厲了些。放柔和了聲口：

「婉君，我是怕你累著。做衣服，不是急事，來日方長呀。」

婉君點點頭，又搖搖頭。容若見她氣色灰黯，又軟語安慰了幾句，才轉身出去。婉君知道：他去的是「珊瑚閣」……

袖著那一卷《飲水詞》，他到了千佛寺。見到顧梁汾，敘了幾句寒溫。梁汾笑道：

「你可知道？你的〈題側帽投壺圖〉已傳唱九城了。幾乎茶樓酒肆，無人不知〈側帽〉。還有相熟的朋友，來尋你的詞稿。我找了些不相干的打發了他們，他們竟就開了雕，就叫《側帽詞》呢。」

容若笑道：

「我也聽說了，真是好事之徒！」

說罷，自袖中取出《飲水詞》。道：

「這是才理出來的，你瞧瞧。」

梁汾接過，有時高吟，有時低哦，讚嘆不已。嘆道：

「淒婉處，令人不忍卒讀。知道你的心事，感受更格外不同。不僅你灑淚沾紙，我也於心戚戚。」

容若道：

「灑淚有之，是作的時候。謄錄極為小心，豈能沾紙？」

梁汾奇道：

「我賴你不成？」

說著，翻開末頁。果然一點墨暈，是淚水痕跡。

容若半晌無言。梁汾笑謔：

「恐怕是一時情難自禁吧？你瞧，這一點淚，正落在『而今真箇悔多情』的『情』字上。」
容若恍如未聞，喃喃自語：
「是她！」
「誰？」
「婉君。」
「嫂夫人？」
「正是。」
容若長長一嘆。梁汾道：
「如此看來，嫂夫人也是你的文章知己。」
是嗎？容若許為知己的，一直只有一個佩蓉，婉君……
婉君的形貌，對他一下明晰起來；以前，他似乎從不曾去「想」過婉君。
婉君，彷彿是夜空中的一顆星星，不經意，就找不到了。而佩蓉卻是一輪明月；星光，在月輝之側，如何相比？
「容若；」
梁汾頓了一下，似乎想著如何開口：
「我雖沒有見過嫂夫人，西溟他們是見過的。她的溫柔賢孝，你自己也曾說起。她的美慧，則西溟他們眾口交譽。你可知道？背後，我們都替嫂夫人不平！」

容若無言；回想這幾年種種，他對婉君雖非寡情，冷落，是無法否認的。

「這涉及閨閣之事，原不是朋友所能置喙。但，忝在交末，又承許以知己，我倒要冒不韙說句公平話；你一直對夢芙不能忘情。這原也難怪，以夢芙的人品才貌，加上彼此深情。又兼事不得諧之憾，夢芙早夭的終天情恨，你一直覺得對不起夢芙。我卻覺得此事非你之過；你既未負夢芙，夢芙亦死而無憾。只當委諸天命，以致情深緣淺。你真正對不起的，不是夢芙，而是嫂夫人婉君！」

他指著那一滴淚，一字一句地說：

「你想想吧！此中有多少幽怨！」

在梁汾責備下，容若俯首無言了。

婉君病情，並未因服藥而減，反而加劇了。食欲全無，頭痛如裂。很快，就羸弱不支得無法起床。

「轉成傷寒了。來勢甚凶，只怕……」

原只以為受了風寒而已的微恙，竟轉為難以救治的沉痾。當覺羅夫人聽到大夫沉重的病情報告，一下昏厥了過去。錫三奶奶忙著又掐人中，又捶肩拍背，好一會兒，覺羅夫人才悠悠轉醒。嗚咽流淚不止：

「婉君！苦命的孩子……」

早因婉君冒佩蓉之名，而有不祥成見的覺羅夫人，一直怕婉君會因冒亡者之名，為明珠擋災而遭厄。一聽病情逆轉，而且是傷寒，意必凶多吉少，一陣憂急攻心，因而昏厥。

錫三奶奶也淚流滿面，哽咽勸慰：

「婉妹妹那麼孝順，說不定，菩薩保佑，能逢凶化吉。太太可別太傷心，怕反折了她的福。」

覺羅太太哭道：

「這麼個好孩子！怎麼染上這難纏的病？莫非納蘭家做了什麼傷了陰德的事；要報，也不該報到她身上呀！」

錫三奶奶道：

「那天，她能不顧忌諱，去冒蓉妞兒的名兒。可知，她是甘心替二叔擋災的，不然，也許二叔那時就……如今太太別忙著傷心，倒是得先預備一下……」

覺羅夫人一聽「預備」，更肝腸寸斷，哭道：

「你給我派人到各大廟宇許願去，只要婉君能好，我一定為菩薩重塑金身！而且從此茹齋吃素！」

錫三奶奶應了。覺羅夫人又喚住她：

「叫錫三打發人去給容若送個信！讓他告假，趕快回來；好歹……夫妻一場……」

說著，又泣不成聲。

容若聞訊趕回，婉君已病在垂危。顧不得大夫「會過人的」警告，容若坐在婉君床邊，守著病危的妻子。心中九轉回折，哀傷難已。

離佩蓉去世還不及一年呀！上天何其不仁，又要奪去他的妻子！

他的妻子！他心中絞痛起來；三年來，他何嘗把她真正當過妻子？三年來，他心目中的妻子，一直是佩蓉，而不是婉君。

婉君，婉君只是他父母的媳婦，他身邊一個照顧飲食起居的人。他高興時，一個知情解意的伴侶。

到底，是誰誤了誰呢？他一直感覺，婉君侵占了佩蓉的身分地位，回想起梁汾的話，他才有了新的感覺；也許，被侵占了地位的，不是佩蓉，而是婉君！佩蓉，侵占了婉君做為他的妻子，應該擁有的地位和感情。

原本，他也不是不喜歡婉君的。此時，面對著雙目緊閉，鬢髮蓬鬆，面如金紙，紅唇褪色的婉君時，他才發現：其實，婉君對他也是那麼重要！那麼不能失去！

緊握著婉君的手，觸指如冰。她腕上戴的翡翠鐲子，寬褪了一大圈。她的手腕，曾豐腴白皙如雪藕。襯著碧綠的鐲子，更粉白水嫩；那原是婉君還是少女時就戴上，長大便褪不下來的鐲子。而如今，寬鬆得他隨手一抹，便落到錦被上。

輕輕為她再戴上，他淚如泉湧。哽咽低喚：

「婉君……婉君……」

昏睡著，在覺羅夫人，和錫三奶奶呼喚中，眼皮也不曾動一下的婉君，如今有了奇跡般的回應；大概，只有她一心深愛的容若的聲音，才是她生死一線間唯一的盼望吧。因此，也只有容若的聲音，才能穿透死亡的重重幃幕，直達她靈魂深處。

「婉君……」

「容若……」

她疲倦地微睜著雙眼，漾出一絲笑意。

「婉君……」

「我……不能陪……你了……」

「不！不會的！婉君……」

「你，聽我……」

她吃力地合了一下眼，似乎氣緩了一下。臉上有著一些不自然的紅暈。容若知道：這就是大夫所說的「迴光返照」了。心痛如絞，只緊執著婉君的手，彷彿怕他手一鬆，婉君就去了。

「你，不要傷……心……不要……傷了身子。我……福薄，不能……不能與你……偕老。願來生……來生……」

兩行淚，緩緩自她眼角流下。容若真心誠意地接口：

「來生，我們仍然做夫妻……」

婉君慘白的臉上，有了笑意：

「我……和蓉……姐姐……娥……皇……女英……」

此言入耳，容若心腑俱碎；她是至死也以他為一切的！她甚至不敢獨占他，即使是來生！他真的虧負太多，而她，為什麼至死無悔？

「婉君……」

「容……若，珍重……珍……」

「婉君！」

他不顧一切地摟抱住她，她滿足地在他懷中合上了眼；永遠合上了……

「桑榆墅」中觸目一片素白。納蘭府中，也找不到一張不由衷悲戚的臉。明珠親自為婉君挑選棺木，不惜代價。覺羅夫人昏厥了幾次，親友更是異口同聲，盛讚婉君賢孝。連平日是非口舌最多的下人，也沒有不悲傷感恩懷德的；只因平素「大奶奶」為人實在寬厚仁慈。

佩蓉去世，容若是悲而怨；他怨上天不仁，怨父親不慈。甚至，暗怨皇上；為什麼偏偏看中佩蓉，起意封妃？若非如此，佩蓉何至於含恨而歿？

而婉君去世了，留給他的是悲傷，更是悔恨。尤其，碧梧送上了婉君抱病為他裁製的那件夾衣時，錫三奶奶正在旁邊。對他哭著，數落婉君生前種種委屈幽怨。婉君的溫慧賢淑，他是知道的；婉君的深情體貼，他也是知道的。但，他真的不曾去想過：婉君溫厚寬容的背後，有多少委屈，更有多少幽怨。

對愛慕佩蓉的皇上，他豈不是怨懟的？對被皇上愛慕的佩蓉，他豈不是憂疑的？那婉君……

錫三奶奶哭道：

「那天，在『珊瑚閣』，她捧著你給蓉妞兒寫的詞本子，感動得落淚。無緣無故說起：如果她死了，你也為她寫那樣的詞，她死也瞑目。我聽著心裡就不對。到她冒蓉妞兒的名兒，救你阿瑪，心裡更拴著老大的疙瘩……容若！不是做嫂子說你；你到哪兒去找婉妹妹這樣的媳婦兒？蓉妞兒沒進納蘭家的門，沒法比，真進了，難道真能比婉妹妹更好？別的，自然蓉妞兒是頂尖兒的，沒法比。但比性情，可未必比得上婉妹妹；敬上睦下，事事依著你。你成日家，心裡、嘴裡擱不下蓉妞兒，她不但不嫉不妒，不酸不醋，還儘著為你分憂解愁，就怕你不高興。換了誰，做得到？」

錫三奶奶抹著淚，哽咽著說：

「當真她是前輩子該了你，欠了你，這輩子來還的？我是女人，可知道女人的心；她這麼做，是為了一片心全給了你，寧可自己委屈，可不是當真沒心沒肺，沒有知覺，不難過！」

容若淚下如雨，把手中捧的衣服，濕了一大片。

青衫濕遍，憑伊慰我，忍便相忘？半月前頭扶病，剪刀聲猶共銀釭。憶生來小膽怯空房。

到而今，獨伴梨花影，冷冥冥盡意淒涼。願指魂兮識路，教尋夢也回廊。

咫尺玉鉤斜路，一般消受，蔓草斜陽。判把長眠滴醒，和清淚攪入椒漿。怕幽泉還為我神傷，道書生薄命宜將息，再休耽怨粉愁香。料得重圓密誓，難禁寸裂柔腸。

沒有推敲，沒有依譜，容若只順著自己的傷慟，披肝瀝膽地向婉君剖訴。直到寫成，讀之再三，才想到，應為這一新詞，安上一個名字。略一沉吟，想到那一件沾滿了眼淚的新衣，提筆寫上了與本意相副的調名：〈青衫濕〉。

容若有悼亡之痛。吳薗次、梁藥亭、張見陽、陳其年都紛紛來慰問。唯獨顧梁汾沒有聞訊即來。一直到諸事稍定，弔唁的人少了些，他才到靈堂行禮。容若依禮謝後，引他到「桑榆墅」中的廂房「繡佛齋」。

繡佛齋中，並未供佛。倒懸著一幅畫像，卻是婉君的。亦如「珊瑚閣」中佩蓉畫像一般，案上有花瓶、香爐清供。瓶中，是一枝梨花。

畫像中婉君盈盈含笑，脈脈含情。容若垂淚道：

「那日你勸我的話，全是實情！我負的人，不是佩蓉，是她！不料旦夕禍起，我連補過的機會都沒有……」

又告訴梁汾，婉君在明珠病中冒佩蓉之名的事。道：

「他們都道不祥，我總以為語涉荒誕，未曾在意。豈知……」

「容若！豈不聞『杯弓蛇影』故事？只怕，嫂夫人有一半是死在自分必死的想法上！蓉芙何等人，豈能成厲鬼？更何況，嫂夫人於她有德無仇。只可惜，沒有早為她開解。若無必死之念，便有求生之心；也許病不至於如此。傷寒雖險，倒不一定不能治。」

梁汾素來通達，見解便又不同於一般人了。

由於明珠對媳婦心存歉疚感激，不便明說病中故事，托言：婉君神前許願，願以身代。因此公公得痊，媳婦卻病故。因此來慰唁者，都在這方面著墨。容若明知這是明珠托詞，卻不便說破。對千篇一律頌揚「孝婦」的言辭，只覺聒耳。當然，婉君冒名之舉，亦無非是孝。但情節不同，在悲痛之中，對並非實情的言辭，便感不耐。

如今，梁汾一席話，卻深深打動他，也更悔恨；若非自己輕忽，何致於此？

「為她想想，為婦三年，委屈幽怨，不知多少。梁汾，可笑，我一向所見，卻只有喜容。在畫此像時，欲畫出她幽怨之情，竟畫不出來。毀了幾張，最後，還是喜容。」

梁汾讀著畫像上的題詞——〈南鄉子〉：

「淚咽更無聲，止向從前悔薄情。憑仗丹青重省識，盈盈，一片傷心畫不成。別語忒分明，午夜鶼鶼夢早醒。卿自早醒儂自夢，更更，泣盡風前夜雨鈴。」

讀罷，深深嘆息：

「或許，她希望你想起的，就是喜容。容若！只此一端，你就該知道，天公未曾薄你，是你把自己原有的福氣辜負了！」

紅日西沉，又是一天過去了。晚風陣陣襲來，容若感覺著幾分寒意。

窗外黃葉旋舞，他驀然驚覺：是秋天了！是秋意襲人的時候了。

往年的秋天，也是這樣寒冽的嗎？好像沒有。不，不是天氣不寒，是他，早換上了夾衣；不待他感覺秋意，婉君早替他準備好了，也換上了。

她從不說什麼，她只是做，默然地做。使他根本沒有感覺，彷彿，一切全是理所當然。

誰會注意「理所當然」？這存在於每一個「理所當然」中的幸福，就這樣在他習慣接受，視為理所當然，視為尋常中，被輕忽了，遺忘了。

他沒有珍惜。他不知道，幸福的面貌，原來是這樣平凡，這樣尋常；他不知道，這樣尋常的幸福，也並不是永遠都存在的。也是短暫、易碎、會失落的！

是佩蓉太懾人了，更因他和佩蓉的一段情緣，充滿了波折，恰如飛瀑疊泉，吸引了他全副心神，無暇及他。而婉君，只是條潺湲清瀅的小溪。在日常相處，無虞失落的安心中，被他冷落忽略了。

婉君何嘗不可人？不可愛？他記憶中的婉君，幾乎無法連續成篇。而那一些片段，如今想來，也足縈心迴腸……

他的雙眼濡濕了，低吟：

「誰念西風獨自涼，蕭蕭黃葉閉疏窗，沉思往事立殘陽。被酒莫驚春睡重，賭書消得潑茶香。當時……只道是……尋常……」

哽咽中，婉君的笑靨，在他腦海中擴大、擴大。隨著夜幕，籠罩了整個世界……

九　絕域生還吳季子

開「博學鴻儒」科的詔旨下了！這一科的考試，不像考「進士」，必須具備「舉人」的資格。而是由朝中及地方官吏，舉薦確具實學的碩彥鴻才參加應考。試期訂在己未年，而在戊午年，就開始了「徵詔舉才」的籌備工作。同時，下了為前明修《明史》的旨意；這正是漢人文士最關心的！所以詔旨下達不久，各地具備資格，並被舉薦的名家，都紛紛進了京。

而令納蘭容若最欣慰的是：他的忘年好友，「江南三布衣」也先後到京了在「花間草堂」重聚，想起別後，發生了多少變故，彼此都有太多的話哽在喉間。尤其是性情中人姜西溟，看見分別才兩年不到的容若，眉宇間失去了當年的那一份軒朗、自信；顯得那麼黯然神傷；甚至，佩蓉去世後，他都沒有像現在這樣落寞憔悴！心中不由一酸，就忍不住淚往下掉。

嚴蓀友自然也並非無所覺，只是不願再增添容若感傷。便強笑斥責道：

「就你煞風景！盼了兩年，好容易才又見了，該歡歡喜喜才是；沒見個大男人，娘們似的！」

西溟舉袖拭淚，道：

「你沒見容若，這不到兩年工夫，給摧折成這樣……」

容若倒笑著安慰他們：

「我的職分麼！皇上出巡，我身為『侍衛』總得扈從車駕。倒真經歷了不少風霜；以前，我是從沒離過京。如今，南苑、沙河、湯泉……都去過了。一路上少不得鞍馬勞頓，可也真長了不少見聞。」

蓀友有意改變話題：

「你的《經解序》寫得怎麼樣了？」

「這倒是幸不辱命！各家的序都撰成了。如今，只等健庵先生的總序；近來他也忙，一時無暇及此。」

梁汾道：

「各位倒真該看看容若的《經解序》，真難為他！」

容若笑指西溟：

「只要能入西溟的法眼，就不擔心成禍棗災梨了。」

朱竹垞道：

「我倒聽說，容若刊了一部詞集，還是蓀次、梁汾訂定的。」

梁汾道：

「因為都下盛傳《側帽詞》，舛誤甚多，頗有遺珠之憾；所遺，還多是容若佳作，十分可惜。而且側帽簪花，風流倜儻。容若早年，或許相當。如今……」

他看了容若一眼，驀然收住。容若一嘆：

「如今，歷經生離死別，無復少年情懷。故取『如魚飲水，冷暖自知』之意，改名《飲水》。」

西溟道：

「你若不自言『生離死別』，他們是不肯讓我說的；嫂夫人仙逝之時，我們遠在南方，未能親臨弔唁。心中念及往日來到府中，嫂夫人親自張羅酒菜款待的盛情，每覺心中不安；總該靈前致祭以表寸心才是。」

蓀友道：

「唉！西溟，嫂夫人仙逝一年多了，容若的『服』也完了，你何必又勾起容若傷心呢？而且，於情雖是，於禮不合呀。」

梁汾打圓場：

「彼此至交，論情不論禮。」

回頭向容若道：

「倒不如到『繡佛齋』去一趟吧！」

「繡佛齋」中，婉君畫像前的花瓶，換上了當令的拒霜。西溟等先淨了手，向靈前拈香行禮。容若側立一旁答了禮，幾人圍看婉君的畫像。梁汾詫道：

「你換過了？」

的確是換過了。如今畫中，是淡妝素服，眉際斂愁，目中盈淚的婉君，不是前次所見的喜容了。

容若點頭道：

「你記得我的《沁園春》。」

梁汾點頭，竹垞卻先吟了出來：

「瞬息浮生，薄命如斯，低徊怎忘？記繡榻倚遍，並吹紅雨，雕闌曲處，同送斜陽……」

西溟奇道：

「且慢！異乎我所聞！」

也吟了起來：

「……低徊怎忘。自那番摧折，無衫不淚，幾年恩愛，有夢何妨？最苦啼鵑，頻催別鵠，贏得更闌哭一場……」

竹垞道：

「不對！是：夢好難留，詩殘莫續，贏得更深哭一場。」

蓀友見他們各執一詞，不由笑了：

「到底誰對、誰不對，倒是讓作的人說呀，你們爭什麼？」

西溟、竹垞也不覺好笑。容若嘆了一聲，道：

「都沒錯，時間先後而已。」

蓀友道：

「那，我猜：西溟所吟，應是先作。」

竹垞：

「何以見得？」

「至情無文，直剖胸臆，未曾雕琢修飾，自是先作了。」

容若點頭道：

「一點不錯。梁汾，你可注意了？不僅畫換了，題句也換了。」

梁汾道：

「還沒看到題句，就叫他們打斷了，沒注意。」

走近細看，果然，題句換了兩句七言：

銜恨願為天上月，年年猶得向郎圓。

嘆息一聲，道：

「原該如此。」

西溟不依了。嚷：

「打什麼啞謎？這兩句詩，是誰作的？不似容若筆墨。」

容若黯然道：

「在婉君亡故後，重陽的前三天，忽然夢見她；就是這般裝束，這等神情。夢中，似乎說了不少話，醒了卻全不記得。只記得臨別前，她握著我的手，語聲哽咽，念出這兩句詩來。」

他停了一下，目光凝注在畫像上。低緩地說：

「婉君雖識字知書，卻不工詩。也不知，這兩句詩從何處來。一夢既覺，心中感傷，便寫了西溟所吟的……」

竹垞問：

「那，我所聞的呢？」

容若搖頭不語。梁汾道：

「我倒覺得，那不像悼嫂夫人，想是把與夢芙之情也借題寫入了。」

西溟不滿。道：

「嫂夫人委屈一生，你未免太……」

梁汾攔住：

「西溟！容若至情人，對夢芙如此，對嫂夫人亦然。其中軒輊，只怕他自己也弄不清。或者說，如今，若不刻意去分，二者已合而為一了。」

竹垞道：

「二詞一深秀，一典麗，實不分軒輊，故而二者並傳。容若，這一詞風靡江南呀！本來這一類『悼亡』之作，最為歌樓所忌。但你這一詞，卻是人人喜愛，傳唱不絕。實在是情致之深，詞句之美，堪稱雙絕，才能如此呢。」

容若苦笑：這「雙絕」，付的代價太大……

鴻儒科開榜了，嚴蓀友、朱竹坨、陳其年、和另一位也來自無錫，曾在順治朝中過進士，入過國史院。卻因故罷官，這回又被薦選與試的秦留仙都上榜了，唯獨失意的，是姜西溟。倒並不是落第，而是根本沒有參加考試。

原來，推薦他的，是翰林院侍讀學士葉方藹。葉方藹約了侍講韓菼聯名，韓菼也同意了。到了該報吏部的時候，葉方藹臨時被召入宮中，一去一個月。韓菼原定是副署，只得等他。直到截止日，才獨自具名送到吏部，卻已來不及了。

待葉方藹出宮，二人見面，相互埋怨，才知是納蘭府安總管弄了鬼。原來，葉方藹應詔入宮時，恐怕誤事。正巧遇到安總管，心想：納蘭容若與西溟交厚，託付容若將已署名的名牒送韓菼連署，最是妥當！便將名牒交安總管轉容若。

不料，因西溟性情倨傲，雖然知安三是明珠身邊的「紅人」，因不齒其人，對他也倨不為禮，態度傲慢。安總管在納蘭府氣焰高張，連容若都不放在他的眼裡，受慣了身邊的人阿諛奉承，因而銜恨入骨。既然有此機會，還不報復？

他故意隱匿了名牒，以致西溟眼睜睜失落了參加考試的機會。事後，不待容若追問，安總管先向明珠以「悔恨萬端」的唱作，自責遺失名牒誤事。又親赴葉府請罪。西溟明知他弄鬼，卻也無可奈何。容若雖然氣惱，卻已無法挽回。

嚴、朱、陳、秦，都授了「翰林院檢討」，從七品官，助修《明史》。唯有姜西溟失意無聊。容若原有意請他住「花間草堂」，他不肯。搬到千佛寺，與梁汾比鄰而居。

當初，納蘭家唯容若獨子，男丁單弱。為廣後嗣計，婉君在日，已為容若納一接顏氏。倒是有「宜男之相」，為他生了長子富格。

婉君去世三年之後，在父母做主下，容若續娶了一房妻子：官氏，系出「滿族八大姓」之一的「瓜爾佳氏」。祖父為名臣圖賴，乃是清初名將，因忤多爾袞，死後奪爵。至順治親政，追封為一等公。自是滿族名門閨秀。容若於此，早已放棄了徒勞的抗拒。官氏，尚稱美慧，為明珠夫婦中意。平淡的夫婦生活，對官氏這樣粗識字，卻不甚懂情致的人來說，倒也甘之如飴，彼此相安無事。

夏日，什剎海荷花盛開，容若正值無事，於是柬邀了朱、陳、嚴、姜，和顧梁汾集「淥水亭」賞荷。

「江南可採蓮，蓮葉何田田……」

望著堆錦翻霞般的荷花，姜西溟倚杜漫吟。

「怎麼？又動了江南之思？」

梁汾笑問。西溟道：

「北京，也就只有這兒，有些江南風致。」

「很是！君自江南來。借問：西湖無恙否？」

久未歸省的梁汾問。西溟道：

「無恙西湖有恙人！去年，也是差不多這時候，我到杭州去看寒羽……」

他看了另一端的容若一眼，驀然住口。梁汾會意，壓低了聲音：

「怎樣？」

「對明大人頗為不諒。」

「原也難怪，夢芙……唉！」

西溟道：

「他索性連官也辭了，心灰得很，往來靈隱、天竺各叢林間，潛心佛理。」

梁汾點頭：

「妻喪、女亡，還有什麼牽掛眷戀？但不知他對容若……」

「倒是愛屋及烏了。我把這些年容若對夢芙始終不渝的深情，細細地向他說了。他有點把容若當成女婿的意思，希望能在有生之年，能見容若一面。」

「那除非皇上南巡！容若如今身不由己。」

「他也明白。我們到了西湖，也到了夢芙的墓上。到底是太皇太后懿旨，地方官巴不得巴結差使，修得很好，竟頗有些園林風致，十分清幽。」

「原該如此。」

忽然目光凝注，喚道：

「容若！看！真是一朵並蒂蓮！」

眾人都圍了過來，果然，一莖二花，花開並蒂。

容若似悲似喜，竟是癡了。梁汾吟道：

「水榭同攜喚莫愁，一天涼雨晚來收。戲將蓮菂拋池裡，種出花枝是並頭！」

吟罷，向眾人解釋道：

「這是容若的一首『無題』詩。」

西溟問：

「莫愁，敢是夢芙？」

「是。還是她未入宮前，思念故鄉，我特意帶她遊湖。那時，還沒有『淥水亭』呢，倒在湖岸邊，有一座『藕香榭』，舊了，樣式也俗氣。所以建『淥水亭』之後，便拆了它。」

容若指著不遠處，道：

「那時，我們就在那兒剝蓮子吃。」

那時……他記得，佩蓉穿著一件淡淡的紫羅衫，清逸之中，還有幾分嬌稚。真是「莫愁」啊！而如今，玉人何在？

見他又生感傷，竹垞笑道：

「我方才和其年商議作詩呢。依我看，也別拘定一個形式，各盡所長才好；既然花開並蒂，也湊成雙數吧；我和其年喜長調，我們便抽個長調的詞牌來，同調、同題；其年，要不要限韻？」

陳其年笑：

「我可不受那拘束！」

「好。那，你抽詞牌，我訂題目。」

其年走到桌前，一個三層屜子的小盒，分別標著《長調》、《中調》、《小令》，他抽開長調那一個抽屜，順手抽出一張，卻是《臺城路》。

竹垞笑：

「好！臺城路，題目便是即景：『淥水亭觀荷』。」

嚴蓀友道：

「我和西溟在你們跟前填詞，沒的現眼！倒不如作詩吧。西溟，你說，作什麼呢？」

「五律！四首五律。」

蓀友笑：

「你倒雅興不淺，一動四首！題目？」

西溟指指紅喧碧亂，在和風中搖曳的荷花，道：

「不就『即景』麼；人坐在這兒，還能離了這題目？」

梁汾笑道：

「容若，該咱們了。小令太短，長調，非你我所長，就中調吧？」

容若點頭，抽出的卻是《一叢花令》。問：

「也即景？」

梁汾笑：

「即景是即景，卻是『景中景』：並蒂蓮！」

各自作了，大家回到花間草堂。他們興致仍高，一邊喝酒，一邊品評方才作成的新詞、新詩。

忽然一聲長笑：

「諸位好雅興！可許俗客湊興？」

眾人不由同時回頭。進來的，竟是明珠。容若肅立，斂手行禮：

「阿瑪吉祥！」

眾人也站起問好。明珠滿臉堆笑：

「才聽說，你們在淥水亭賞花作詩呢。待我趕去，卻又說才散，回『花間草堂』了。想必頗有佳叶。」

眾人少不得謙遜了幾句。竹垞道：

「大人來得正好，我們正要個未參與其事的人，來評定甲乙呢。」

明珠笑道：

「我才疏學淺，那夠資格定甲乙？何況各位高才，必難分軒輊；倒是看我自己的偏好，是真的。」

竹垞笑問：

「若取中了，可有獎賞？」

明珠朗聲宣稱：

「有什麼獎賞，能入各位的眼？這麼吧，我偏好，自是有緣。隨便要什麼，只要我能辦到，無不從命，如之何？」

眾人擊掌稱好。於是明珠逐篇看去，又各篇比較。指著一闋詞，問：

「這一闋，是那位的？」

原來，謄錄時並未署名。眾人看時，原來是一闋〈一叢花令〉。容若道：

「阿瑪，是梁汾的！」

珠朗朗誦讀著這一闋〈一叢花令〉：

「一篙輕碧眾香浮，月豔淡於秋。雙成本是無雙伴，漢皋佩、知倩誰收？浴罷孤鴛，背花飛去，花外卻回頭。

合歡消息並蘭舟，生未識離愁。相憐相妒渾多事，料團扇、不耐颼颼。金粉飄殘，野塘清露，各自悔風流。」

讀罷，笑問：

「梁汾，方才有言在先；但不知，你要什麼？」

梁汾向前，躬身行禮：

「大人，梁汾別無他願！唯一願望，容若已允盡力；只怕，他力猶未逮，還得請明大人惠允鼎助。」

明珠一楞，面容也轉為嚴肅。問：

「何事？」

「救吳漢槎！」

明珠萬不料是這個難題，略一猶豫，方道：

「梁汾……」

梁汾已雙膝落地，雙目含淚：

「大人！只要漢槎生入山海關，梁汾粉身碎骨，不忘大德。」

明珠感動了，連忙扶起：

「我答應！我答應幫你救漢槎。」

姜西溟終於入翰林院，當了纂修官；官不入品，如庶吉士，吃七品俸。這是因葉方藹受命總裁《明史》，特別薦姜西溟於「刑法」有獨到研究，應召入助修《明史》。康熙早聞姜西溟之名，又兼容若奏明陰錯陽差，不及應博學鴻儒考試，並非才學不足。於是皇上特准召入翰林院，撰《刑法志》。

事成後，姜西溟自然喜出望外，即日走馬上任去了。顧梁汾，因曾中順天「南元」，也授了「內閣中書」之職。

朋友們，雖未飛黃騰達，但，總都有了能一展所學的安置，容若欣喜自不待言。生活，卻也因之冷清起來；各人都有自己一份職務，雖同在禁中，卻各有範圍，很少往來的機會，也沒有了過去的暇豫悠閒。

官氏懷了孕，納蘭明珠夫婦喜心翻倒。容若，自也有一份將為人父的奇妙喜悅，另一份喜悅卻是：他可以順理成章的搬入「珊瑚閣」；在迎娶官氏之時，覺羅夫人以婉君為前車之鑒，嚴命不許他留宿珊瑚閣。

又是秋天！仲夏暮秋，他總是感傷特多；佩蓉深秋去世，婉君仲夏去世。

他為佩蓉供上了一枝菊花，燒化著紙錢，低吟：

「鳳髻拋殘秋草生，高梧濕月冷無聲，當時七夕有深盟。信得羽衣傳鈿盒，悔教羅襪葬傾城，人間空唱雨霖鈴。」

他把自己一腔幽情，全藏入了唐明皇、楊貴妃的故事之後了。

三年了！三年！佩蓉竟就吝於入他夢中！

秋風，搖著鐵馬，玎玲作響。簷雨，滴落的節奏緩了，終於停了。穿簾而入的秋風，捲起了殘灰……

「蓉兒！」

他一下理解了「悠悠生死別經年，魂魄不曾來入夢」，那一份悲楚，原來是這樣重，這樣深。就彷彿，把唯一可以想望的連繫，硬生生地割斷了，一切的想望，全沒有回應，沒有……

他不肯相信佩蓉無情；佩蓉為他，甚至不辭一死！可是……

「此恨何時已……」

他喃喃向著佩蓉的畫像問。

佩蓉無語。

拈起墨，他磨著墨，墨磨著他的心。提起筆，寫下：

〈金縷曲〉

此恨何時已？滴空階，寒更雨歇，葬花天氣。三載悠悠魂夢杳，是夢久應醒矣。料也覺人間無味，不及夜臺塵土隔，冷清清一片埋愁地，釵鈿約，竟拋棄！

重泉如有雙魚寄，好知他、年來苦樂，與誰相倚？我自終宵成轉側，忍聽湘絃重理。待結箇他生知己，還恐兩人俱薄命，再緣慳賸月零風裡。清淚盡，紙灰起。

略一沉吟，他加上一個小題「亡婦忌日有感」。

著人把詞送給梁汾。轉回時，帶回一封信，和一卷文稿。

信，不是信，是一闋詞；步韻和他的〈金縷曲〉，也有一個小題：「悼亡」。

容若笑了，梁汾是如己！梁汾完全瞭解他所謂「亡婦」指的是誰！天下，沒人和人家「悼亡婦」之作的。因梁汾知道，他悼的不是婉君，不必避忌，因此才步韻相和。而且以「悼亡」為題，以避人耳目！

梁汾寫的是：

好夢而今已，被東風，猛教吹斷，藥爐煙氣。縱使傾城還再得，宿昔風流盡矣。須轉憶半生愁味，十二樓寒雙鬢薄，遍人間無此傷心地。釵鈿約，悔輕棄。

茫茫碧落音誰寄？更何年、香階剗襪，夜闌同倚。珍重韋郎多病後，百感消除無計。那只為個人知己，依約竹聲新月下，舊江山一片啼鵑裡。雞塞杳，玉笙起。

梁汾有心地做了一些掩飾，但他完全瞭解，梁汾真正是知己！

那一卷文稿，卻原來是吳漢槎的詞和賦，其中，最使他心折的，是《長白山賦》。洋洋灑灑千餘言，極其瑰麗，一定能邀宸賞。

他深思熟慮，如何用最自然合理的方式，讓皇上看到這一篇賦？

他自己不宜呈送；那反而會令皇上動疑。最好是他置身事外，讓皇上先看到賦，起了憐才之心，再從旁進言。而不要讓皇上認為是他蓄意在先，心存成見；畢竟，漢槎還是待罪之身。

他細細考慮，邀了梁汾到「桑榆墅」中的小樓上。小樓，樓梯是活動的，上樓後，抽去樓梯，再上第三層樓，就絕不怕洩漏了。他拉梁汾上了樓，道：

「梁汾，漢槎的救命符，就是《長白山賦》，只要皇上能看到；皇上一憐才，漢槎就有救了。」

梁汾喜動顏色，央求他送呈。他說明了顧慮，梁汾神色頓黯。容若道：

「我已想到了。辛酉，是皇上御極二十一年，也是改元康熙第二十年。依例必遣使祭『長白山』，使者必然路過寧古塔。那時，務必要漢槎請托使者代為呈賦；這長白山，乃是我大清發源地，又從未有人作過《長白山賦》，使者必不會推辭。只要他把這篇賦呈給了皇上，我包准把漢槎送到你面前。」

辛酉！如今才己未呀，梁汾嘆口氣，卻也不能不滿意了，只要有把握，兩年；漢槎二十年都等了。

己未、庚申……

漢槎尚未歸來，西溟倒走了。他丁內艱，返慈溪奔母喪。容若知道他家境寒素，除了親唁之外，派人送了極厚的賻恤，並助他買舟南返。西溟至孝，聞耗之後，已六神無主，唯以痛哭涕零，表達謝意，倉皇奔喪去了。

辛酉，總算盼到了。然而，祭長白山的使者，一去一回，至少得一個多月，梁汾強自按捺著耐心等！等！等！

「絕域生還吳季子，算眼前，此外皆閒事！知我者，梁汾耳！」

他攤開容若扈從皇上巡畿甸前，寄給他的詞。把詞末的幾句，一讀再讀。他早已把全闋背下了，但忍不住，總要展箋看著、讀著，心裡才覺踏實。容若那筆秀逸的褚河南，彷彿具有什麼魔力。他要看著，那麼具體，不容置疑地攤在眼前看著容若懇摯的保證，他才能再燃起希望，才有信念等下去！

使者回京了！容若不動聲色地等待，等待皇上先開口；皇上遇到「奇文」，邀他「共賞」，已是多年來的慣例了：在侍衛群中，武功，他不是最好的。文才，卻沒有誰能勝過他！時間，忽然慢了，在等待中慢了。是吳漢槎沒有獻賦，還是……

錯過了皇上御極二十一年，隆重祭長白的機會，那得再等到何時？

「納蘭侍衛！」

走進御書房，在書案前坐下，皇上清朗的語音響起。

「成德在！」

皇上笑著遞給他一卷紙：

「讀一遍給朕聽！」

容若接過展開，心的跳動加快了！是《長白山賦》！漢槎賴以救命的《長白山賦》！

他抖擻精神，朗聲先讀序文：

「長白山者，蓋東方之喬嶽山。晉臣袁宏有言曰：東方，萬物之所始，山嶽，神靈之所宅。我國家肇基震域，誕撫乾圖，景曆萬年，鴻規四表。則茲山者，所以昭應皇輿，合祥帝室，與有巢之石樓，少典之軒臺，同焜耀于方載者也。皇上聖文臨宁，神武膺符，慶洽人祇，化隆海嶽，仰欽祖德，報禮神邱……」

皇上含笑聽著對他的頌揚。

「……夫南山薦馨，班固以小臣作頌；西嶽展禮，杜甫以布衣獻賦，草莽微臣，竊附斯義，乃作賦曰：」

讀完序文，容若暗自點頭：漢槎果然聰明，加上這一序文，再行獻呈，分量就格外不同了。

接著是正文：

「猗茲山之峻極，眇群嶽而獨尊。體青琱以出震，標皓靈而燭坤。揭龍荒而作鎮，瀕鵬溟以為門，參二儀兮永峙，表三成兮莫倫……」

漢槎以古奧瑰奇的詞藻，形容著長白山的雄奇，遼闊，高峻、美麗：

「亙喬基於千里，造曾椒於九天。赫兮無儔，峭兮回拔……峰千仞兮縞曜，壁萬尋兮瓊潔……」

描寫長白山中的異獸珍禽、大清發跡的天池奇景……

異獸珍禽；

「……乃有黑鵰青鷂，蒼鷹素鶻，皎鵲碧鸛，迅鸇俊鴇，風騰猛腦，霜披勁翮，哢吭軥輈，奮翰獝狘，或命儔於杪顛，或接巢於枝格，瞵金眸兮高睇，厲青骹兮下擊……伏虤長嘯，豪豨振亍，麢麚昏髟於積岨，熊彪睒瞲于叢木。豺貘齗齗以猛噬，豜豵驚透而紛逐。般首勁角，圜題從目，昏嗥晨趹，風馳雷蹤。慄林振壑，殷岩駴谷。至乃青鯉黃鮋，華貂文豽，挺修毫之溫潤，含雕采之偉烈。豆目暘睒，麥髯狎獵。棲跡曾冰，胥蹤盛雪……」

美麗、高峻：

「……群巒結瑤以峻起，千岩削玉以攢立，頳砠含皓以卷垣，崾崦繚素而叢襲。簉五色以相煥，綿千里而環冪。類瑤臺之偃蹇，宛瓊山之崱屴；仰重霄兮可捫，俯下方兮無極。互陰晴於膚寸，攬星辰於盈尺。伏岑巖而返眺，訝雷雨之下黑。爰有千齡之冰，太始之雪，嵌空峭窅，並淩摩巴；六尺皚皚，袤丈㠑㠑。迎素秋而競飛，涉朱炎而自洌……」

接著，他寫到了大清發跡的天池奇景：

「……混同之本，鴨綠之源，冊為神池，以宅乎其間。曾闌廣潒，靈液淪漣，振以曲碕之巉崪，繚以襄岸之駢田。含靚如拭，積明若空，乍風披以瀲灩，倏霞蒸而潰洫。鏊翠啟鱣湍之徑，躡雲構鮫人之宮……颯沓雨集，潎列熛飛。挂流層碧之表，淪波空翠之隈。倒銀潢而半瀉，矯皓胳而回飛。於是澹濘安翔，蚃蟺四會；漾漾混濤，滮滮振瀨。抑魚龍之餘怒，集大坻而為匯。潤兮永指，晶兮徐邁。出乎松花之陬，注乎烏龍之外。所以宣天綱之含布，壯朔野之襟帶。若考其環奇之所窟宅，珍瑋之所景彰，則夜珠流照於素波，赬玉攄采於青岡；人蕿抗莖于椵陰，良楛挺奇于松陽……」

最後，在對大清基業的頌禱中結束：

「踞蒼門而表神宅，並青岱而辟仙閭，赫彤雲之晝聚，焯紫氣之晨敷。孕造夏之玉字，識臨代之寶符。啟潛躍於聖祖，臻景鑠於皇圖；蔽瑤牒兮可竢，湧金精兮詎誣。端我清兮億載，永作固兮不渝。」

康熙與容若君臣，讀的人目眩神迷，聽的人心往魂馳。讀罷，康熙皇帝讚不絕口：

「好文章！好才華！朕要重重賞他！」

這才問起作者：

「這吳兆騫，名字彷彿聽過。」

容若道：

「江左三鳳凰之一。」

「是了！何以流落寧古塔那苦寒之地呢？」

「他，涉入順治十四年的科場弊案，遣戍至寧古塔。」

「順治十四年……」

皇帝想了一下：

「是江南鄉試，案情很大，牽連了不少人。」

「是，吳兆騫十五年被捕，十六年遣戍。至今，二十三年了。」

「二十三年！」

皇帝也震動了。嘆息：

「人生，能有幾個二十三年？照理，以他不該涉及弊案；江左三鳳凰之名，豈是浪得的？」

容若斂手道：

「皇上聖明，當初由於案情太大，不免株連……」

皇上看了看他，笑了：

「納蘭侍衛！那時，你才三、四歲呀！何以知道得如此清楚？」
容若一凜，決意從實奏明：
「成德與無錫顧貞觀友善。兆騫與貞觀是總角之交，所以，曾聽說過當年情事。」
「白頭獻賦……唉，也夠悲涼的，他是希望赦還嗎？」
容若道：
「胡馬依北風，越鳥巢南枝；落葉歸根之志，也是人之常情。」
皇帝點點頭，道：
「即便當日確實涉及弊案，這二十三年受的罪，也該抵得過了。這樣吧，你傳刑部當值的人來，我問問。」
刑部官員來了兩位，恰是一滿一漢。
聽到皇帝問起是否有適用於赦還吳兆騫的律法，滿官立刻答：
「依律，吳兆騫案情重大，不在大赦之列。否則，往年大赦，便已赦還了。」
皇帝不由皺眉，問：
「若其中有冤抑呢？」
「啟稟皇上，當日此案已經刑部定讞。事隔二十三年，人事全非，縱有冤抑，恐怕也難翻案了。而且，事關朝廷威信！」
皇上默然，容若聞言，神色立變。皇上看看他，嘆口氣：

「納蘭侍衛，律法之前，朕亦無能為力……」一揮手：

「你陪他們出去吧！」

二位官員，知道容若是皇上愛重的侍衛，都謙讓道：

「不敢勞步。」

滿員在前，漢官在後，走了幾步，那漢人官員走近容若，低聲道：

「此事另有蹊徑，明大人歷任各部，必然知曉。侍衛不妨向令尊請教……」

容若把種種經過，一字不漏，向顧梁汾說明。直到說出那位刑部漢官的話，已面色如灰的梁汾，才彷彿在陰霾中見到一絲希望。立起身：

「容若，陪我謁令尊去！」

到達相府，明珠正在宴客。梁汾情急，直趨席間，淚淋如雨。明珠詫道：

「什麼事？什麼事傷心成這樣？」

梁汾顧不得他人側目，將始末說明。明珠聽到漢官之言，似乎一詫。略一沉吟，便似胸有成竹。揚聲喊：

「取大杯來！」

僮僕送上了一個大杯，乃是竹根雕的，此尋常酒杯，大了十倍。明珠命人注滿了酒，指著酒杯，笑道：

「我知道你素不飲酒，宴席之間，只以茶代。梁汾！你喝下這一杯酒，我為你救漢槎！」

容若才喊了一聲：

「阿瑪……」

梁汾已捧住了酒杯，仰頭就灌，一氣就灌下大半杯，嗆住了喉，嗆咳不已。手捧不穩，潑灑了一身，還待再喝，明珠連忙攔住，笑嘆道：

「夠了！我不過與你作耍，你真不喝，難道我就真不救漢槎了？」

明珠說出了辦法，卻極簡單：

「皇上已同意讓他回來，這是頂要緊的。依律，刑部說的沒錯，此類案件，不在大赦之列。但不赦，能贖。你到工部去，問清了行情，咱們代他湊一筆錢，輔少府佐匠作。拿了收據，再到刑部。這也是律法上訂的，刑部絕不能留難，一紙公文送寧古塔，漢槎就回來了。」

梁汾恍然：

「這就像徐健庵當年依例捐復原職？」

「正是！」

像作夢一樣，吳漢槎不敢相信，自己進了關，又踏上了北京城的土地。

梁汾和他的弟弟兆宜，直迎出幾十里。相見之際，恍如隔世，抱頭痛哭；吳漢槎二十三年的委屈，此刻才得渲瀉。

兆宜照顧安頓家小，漢槎等不及洗去風塵，入京第一件事，就是到納蘭府叩謝。

一路上，梁汾已把容若「絕域生還吳季子，算眼前，此外皆閒事」的種種；從見〈金縷曲〉許以五年為期，到為他捐金贖還，都詳盡說明了。漢槎：二十三年艱苦歲月，早已磨平了少年疏狂激動的漢槎，仍忍不住幾度感激涕零。梁汾這位總角至交，為他盡心盡力，猶有可說。容若！陌生、素不相識的滿清貴胄、相國公子，竟也為他這羈寓荒寒的遣戍罪囚，如此義無反顧，傾心竭力！甚至不惜代價地伸手救援，怎不叫他萌生肝腦塗地，亦難回報的感戴之心呢？

容若聞訊迎出，漢槎一見他，未及開口，早已嗚咽了。雙膝便向下落，容若連忙也跪下扶起：

「漢槎，千萬不可！」

漢槎老淚縱橫：

「若非公子仗義，我，吳兆騫，今生只有埋骨異域了。如此天高地厚之德，此生難報，來生便為犬馬，也當結草銜環……」

又要叩謝明珠。容若道：

「家父外出未歸，來日方長。我有一弟，名叫揆敘，今年七歲，正當啟蒙。有意屈駕為揆敘西席，不知能蒙惠允否？」

漢槎知道，分明是怕自己一無所有的回京，無以為生，設館安置。更感動得說不出話來。

久久，才道：

「兆騫何德？蒙公子救援於先，給養於後……」

容若莊容道：

「請跟我來。」

引至花間草堂小書齋，只見壁上大書：

「顧梁汾為吳漢槎屈膝處。」

漢槎一見，慟倒在地，放聲大哭……

十　萬里西風瀚海沙

容若又要出塞了。

這一次出塞，和往常不同，不是扈從；那常有著遊歷、狩獵的性質。這一次，雖也以獵鹿為名，卻負著極艱險的任務。

只因，散居在黑龍江到興安嶺的打虎兒族和梭龍族，一向遊牧塞外，逐水草而居。民風剽悍善戰，反覆不定；有時輸款內附，有時騷擾滋事。近年來，由於吳三桂叛清的西南軍務緊急，無暇及他。梭龍諸羌，便受北方羅剎國煽動，不時製造爭端。康熙早就有意出兵敉平，只是一來不僅西南戰事未了。東南對占據臺灣抗清的鄭氏，也在用兵。而且，塞外窮山惡水，地理形勢不熟。若輕易用兵，深恐反而因此受制於人。所以隱忍至今；一直採安撫的方式，不願輕啟戰端。

而如今，雲南之亂已平，東南亦不足憂，不必再委屈求全。唯一顧慮，只是地理形勢。故而決定派遣副都統郎談，率三百勁卒，以「獵鹿」為名，前往黑龍江，打虎兒及梭龍族聚居之地，覘其形勢。因為最大的禍患，實際上是羅剎人。因此，此行最終目的，要迫近雅克薩城。再勘察黑龍江至額蘇里、寧古塔的水行路程，以為日後用兵參考。

只是，郎談一介武夫，只善作戰。若要他詳細畫下地理形勢，說明行徑要領，那就非他所能了。

能吃苦、能耐勞，能經得起鞍馬勞頓，能遇敵克敵制勝，遇難隨機應變，具備了武將應有的驍勇，又具有最精細的觀察力。且能畫、能寫、能完成這一項任務，那……

只有一個納蘭成德！才剛由「三等侍衛」升為「二等」的納蘭成德！

「納蘭侍衛！」

「成德在！」

皇帝省視著這一位文武全才的近衛侍臣，是這麼英挺秀逸，才華出眾！多年來，他不斷暗中考察；發現容若進退有常，卻不卑屈阿諛；正直，而不傲慢；謙和，而不柔佞。最令皇帝欣賞的是他感情真摯，尚義輕財，不輕許人；一經相許，生死與之。近乎出於天性的純良高潔，更是自古忠臣烈士必有的素質。

幾乎在他第一次看到容若時，就有著這樣的肯定和期許：這將是國家棟樑柱石！

那時，容若夾在一群滿族子弟間，作例行的較射。他不是最魁梧高大的，不是最相貌俊美的，也不是箭法最高超的。但，他就有著一種特殊俊朗又儒雅的風采，使他在滿場顧盼自雄、飛揚浮躁的青年子弟中，顯得秀異、卓落不群。

當時，他問了主持考較的官員，這是誰家子弟？才知道，是納蘭明珠的獨子成德。

他沒有想到，再次見到名叫「成德」的容若，是在另一個迥然不同的場合：新進士殿試！隔了相當時日不見的容若，消褪了初見的未泯稚氣，舉止在沉穩安詳中，透著英挺秀發。比起其他那些過於文弱，乃至迂腐的新進士，便如鶴立雞群，格外令人矚目！尤其，新進士，大多是「皓首窮經」的宿儒，或頭髮斑白，被寒窗歲月，磨盡朝氣的中年士子。容若，卻那麼年輕！那麼俊逸！

他看著容若的履歷：二十二歲！比他自己只小幾個月呢！而且，他的履歷中注明：他是三年前考上進士的，卻因病沒有參加殿試。那，他考中進士時，才十九歲呀！

皇帝幾乎遺憾了；為什麼他那一年要生病？為什麼要有滿人不入「鼎甲」的制度？不然，十九歲以「鼎甲進士及第」的滿族子弟，將是何等光彩！也讓漢人瞧瞧：滿族中，也有文采斐然的優秀人才！比漢人士子，並不遑多讓！且更有過之！

不是嗎？文才相彷彿；同樣參加科考登進士榜，高下相距有限。而武才呢？有哪一位進士能騎馬彎弓，百步穿楊？

他當時就做了決定：要親自培養、琢磨這一朵奇葩，這一塊璞玉！他不要這一位足以成為滿族驕傲的秀異子弟，循著一步一階的品級，在翰林院裡磨掉了青春銳氣。他要把他帶在身邊，讓他在最短的時日中，大放異彩！而且……

皇帝微笑著想：

「欲速則不達！真破格拔擢，反而可能引人疑忌。要慢慢地琢之、磨之，慢慢培育成器。

讓他能大放異采。那時，才能讓滿朝文武，心服口服地看著他平步青雲！」

沒有人知道，他實在是以對待手足的心情，對待容若的！

「成德！」

皇帝換了親切的稱呼：

「眼下，有一件極為艱難、辛苦，而且十分危險的工作，需要你去；你可願意為朕達成任務？」

「皇上吩咐，成德勉力而為！」

容若神色平靜，不亢不卑。

皇帝想起平日文武大臣，每每說些什麼「肝腦塗地」、「萬死不辭」之類誇大的話，來表達忠誠，卻往往言行不副。到頭來，有功則爭，有過則諉，倒不如容若平實誠懇了。

皇帝詳細向他說明了這一項任務的要點和重要性。

「此行目的，旨在勘察形勢，探明虛實，和山川路徑；水路如何？陸路遠近？儘可能避免衝突；梭龍剽悍，羅剎尤其詭詐。萬一遭遇，寧可引退，千萬不要正面交鋒。」

「是！」

「此行由郎談領隊，你的任務是記錄地理形勢，務必詳盡確實，以為來日用兵參考。」

「成德領旨。」

皇帝殷殷囑咐：

「這一趟，必然極其卒苦；道路險阻遙遠，諸羌敵友不明。如今時序入秋，北地苦寒，霜雪凌厲，一路之上，自己多加小心；務必以安全為要……」

叮囑至此，竟覺眼眶微熱。忍了一下，才道：

「願你一路平安，早日回京；那時，朕可要為你換頂戴了！」

容若謝了恩，皇帝賜了雕鞍駿馬，弓箭佩刀。又親自擇了宜長行的吉日，命他回家預備。為恐父母掛慮，且此行本是隱祕之事，容若只稟告父母將有遠行，並未說明此行的艱危。由於容若扈從皇帝巡狩，已是尋常事。明珠夫婦也不過如平常一般，囑咐幾句而已。

揆敘也正在上房陪侍嫡母。容若對這一弟弟，甚是鍾愛，平日在家，常親自送他上書房，時時考較功課進度。揆敘出門時，更必派自己身邊最穩重可靠的僮僕護送。回來，也一定要親自看過，平安無恙，才放心。雖是兄弟，因年齡差距較大，情猶父子。

「揆敘！這次大哥出門，時間比較長，你在家，好好跟著兆騫先生念書，要聽阿瑪、額娘教訓，知道吧？」

揆敘道：

「知道。大哥幾時回來？」

容若含混道：

「這可不一定，得看路上好不好走。」

「兆騫先生方才回了阿瑪，想回南邊去省親，請兆宜先生代呢。」

容若道：

「兆宜先生也是飽學之士，你可好好念書，不許淘氣！」

揆敘天資甚好，性情卻浮躁好動，因此容若特別叮囑。覺羅夫人笑道：

「要淘氣，讓兆宜先生捶你！」

揆敘笑：

「先生捶，是不疼的；他們漢人，文弱得很！」

容若正色道：

「不疼，可知恥？難道人必要因懼夏楚之威，方知自重嗎？往後，福格還要以你為榜樣呢；若不自重，何以正人？」

揆敘這才低頭無語。

容若繼顏氏所生的長子福格後，又得一子、一女。男名福爾敦，女滿文名字叫舒瑠，是珊瑚之意。才一歲，極受容若鍾愛，昵稱「妞妞」。

回到「桑榆墅」，福爾敦奔著出迎，稚嫩的童音，清脆如裂帛。

「阿瑪！阿瑪！」

官氏隨後喚道：

「福爾敦，小心點，看摔著。」

容若進了堂屋，才坐下。丫頭手中抱的妞妞，已伸手欲撲。容若接過，逗弄了一會兒，道：

「你幫我把大毛兒衣裳都找出來。」

官氏訝問：

「這會兒？可又要出遠門去？」

「嗯。這一趟，可不比往常，真夠遠的。」

「比長白山還遠？」

春天，容若曾扈從聖駕東巡；為了雲南之亂平定，鄭重祭告永陵、福陵、昭陵，並祀長白山。一個多月才回京，是以官氏有此一問。

「比長白山還遠。」

他沒有告訴官氏，不但遠，還危險。

福格與福爾敦都偎到他膝旁，福格仰著小臉：

「阿瑪！我也去！」

「等你長大了，能騎射了，你阿瑪就帶你去！」

官氏哄著福格。回頭問容若：

「那，要去多久？」

「怕到年前才能回來呢。」

「那麼久？這才八月呀！」

官氏驚愕了。容若無法多解釋什麼，只笑笑：

「可不是？所以大毛兒衣裳全得帶著。塞外，比京裡還冷十倍！」

時攀禦柳拂華簪，水檻行開玉一函，幾日烏龍江上去，回看北斗是天南！

由於此行任務隱密，他甚至沒有向蓀友、漢槎、兆宜他們辭行，只在臨行前，留了封信給漢槎，放了一張銀票，助他南下省親之用。並鄭重托兆宜照顧揆敘。給蓀友留的是和蓀友〈西苑侍直〉的二十首雜詠。在第十五首中，透露了些許端倪；告訴蓀友：自己是往烏龍江去了。

「回看北斗是天南！」

目前，朋友們大多都往南邊去了；西溟母喪孝服未滿，梁汾之母王太夫人又亡故了，梁汾也奔喪回了原籍。竹垞奉命典江南鄉試。漢槎，也要回吳江省親去了。最令他感傷的，是陳其年；陳其年去世了。臨終，猶念念江南風物，留下七言斷句：「山鳥山花是故人」……

出了關，離了他們就更遠了。

荒涼遼闊的浩瀚沙漠；層疊無盡的窮山惡水；凜冽入骨的厲雪嚴霜；顛沛跋涉的舟車鞍馬……

行行重行行，經常是四野彌望，不見人跡。偶然遇見遊牧的馬隊羊群，竟也能油生親切之感。

就是這樣一塊土地，千百年來，你爭我奪，血流盈野，白骨錯落。勝利者耀武揚威，自以為擁有了土地，劃入版圖。

然則，那些一代代「擁有」這片土地的統治者，如今安在？他們爭奪著，連爭奪到這塊土地有什麼用，都不知道呵！除了遊牧的過客，幾曾有人在這塊土地上生根？

壓低了風帽，和同行的人一樣，他默默騎在馬上，頂著風沙前進。驀然，一片殷紅，閃入眼瞼；路旁，一株老楓樹正在西風中嘆息；所剩無多憔悴殘敗的紅葉，淒豔得讓人心悸。在凝目一顧中，他心境似乎也蒼老了；蒼老得像被西風染醉又吹老的一樹丹楓。

「看！那兒就是『青塚』了！」

嚮導遙指向西方蒼茫黃沙中的一抹蒼翠。

他早聽說：塞外一片黃沙白草，唯有王昭君墓上草色獨青。昭君，該以金屋貯之的漢宮絕色，萬里投荒，嫁與不堪匹配的匈奴單于為閼氏。那一腔無以抒發的幽怨與深情，只能寄託在如杜鵑啼血的琵琶弦聲中。那墳上獨青的草色，想也是芳魂不泯的精誠所致吧！

以他一介七尺昂藏，猶不耐塞外荒寒呵！昭君以一漢宮中的弱女子，是什麼力量，讓她義無反顧地承擔這關乎天下安危的重責大任？

或許，就是「情」字吧？那誤盡蒼生，也令人九死無悔的「情」，像幽邃深山中的夕照，像綿密悠長的秋雨，無止無盡的深情……

他想起了佩蓉，想起了婉君，也想起了官氏和他的「小妞妞」。下意識地回頭向南天，鋪陳在眼前的，是無盡黃沙滾滾，黃雲漠漠……

道路更艱險了，時序入冬，塞外更是天寒地凍。登山涉水，行路極為艱難。重裘裹身，猶覺寒冽的容若，對以往讀到的戍卒悲歌，就有了更深的體會和同情。

晚上，帳幕中空氣像都凝凍住了，連熊熊爐火，都失去了應有的溫暖。靠近爐火，他呵手取爐上茶吊子中融化的雪水研墨。硯，是抄手形的，右側刻著「天有日，人有心，蕺山硯，淚涔涔」十二個字，是他的珍藏之一。

他在羊皮紙上，細細寫下了梭龍部族分布的情形，和附近的地理形勢；這是他此行任務的重點。

寫完，仔細藏好。隨手取了一本《花間集》在燈下諷誦。

一個人，掀開帳幕進來。

「容若，還沒睡？」

「巖叔，你也還沒睡。」

容若站起肅客；「巖叔」姓經名綸，是一位著名的畫家，尤以「人物」為世所重。性情率真狂放，與他交好。此番也奉命同行。經巖叔的主要任務，是搭配容若的文字敘述，畫出地理山川，以供日後用兵參考。

「冷得受不了！鋪蓋裡一點暖和氣都沒有。聽見你這邊有響動，找你喝幾口酒，喝了暖暖身子，才好睡。」

寒夜漫漫，有酒共飲，有人對敘，未嘗不是樂事。容若欣然燙酒款客。

「真沒想到有這種冷法，好像牙都結冰了。」

灌下一大口熱酒，本性好飲的經巖叔笑著說。

「可不是？不到邊關來，真不知何謂『苦寒』。方才，我到帳外，看到月亮，冷白冷白的，像一點生氣都沒有。」

「你還不錯，左手雕弓，右手書史。說真的，看你寫字作詩，不相信你能騎射；看你跨刀扈駕，又不相信你能屬文。難怪皇上人前人後地誇你。這十年，你可真長進不少。就我以前認識的你，真不敢相信你能吃這種苦，耐這等勞！」

容若嘆道：

「想起兒時行徑，真至今汗顏！比起我們平日在北京的日子，這自然算得是苦了；但總是剋日可歸。想到長年戍邊的士卒，才不知他們怎麼熬！」

「說得是！這才到梭龍，再往烏龍江去……好了，這燒刀子還真有點用，我睡去了。你也睡吧，明天還得趲路呢！」

翻過與安嶺，越過烏龍江，避開羅剎騎兵。率著少數精兵，他們輕騎簡從抵達雅克薩城，勘明了形勢。甚至把行軍、布陣的路線和計畫都擬好了；何處紮營，如何奇襲。他的主張是「擒賊擒王」，與其跟打虎兒、梭龍糾纏，不如直接攻羅剎。只要攻下雅克薩城，便可立威，諸羌自然不敢犯境。否則，大軍在雪原和當地土著追逐，事倍功半不說，反予羅剎可趁之機，造成腹背受敵。

再者，梭龍、打虎兒，與大清夙來亦有淵源。縱使敉平一時，總不能終年屯兵駐防，以防再叛；他實在也不希望增兵戍邊，再添思婦勞人了。事實上，也不能盡逐諸羌，不許他們安身立命；情勢基本上不可改，雖然懾服於一時，終難期久遠。徒然結仇，得不償失。不如釜底抽薪，才是根本之計。

召見了睽隔四個月的容若，皇帝看他滿臉的風霜，不問亦知此行的辛苦。溫語慰勉有加。及至看到數千言沿途文字記錄，和他擬的破敵計畫，不出脫口贊道：

「成德！你此行之功，可比當年博望侯、定遠侯了！尤其存心仁厚，以全梭龍諸羌性命，更令朕心喜！以這等功勞、苦勞，朕便破格拔擢，料也無人能加議論。」

隨即再晉一級，升為一等侍衛。官居三品；不僅官氏封為「淑人」，婉君亦追贈「淑人」了。

對這種榮寵，容若不是不感激，卻未必由衷欣喜；這距離他自己的心性，似乎愈來愈遠了……

十一 雁貼寒雲次第飛

納蘭府大張盛宴，為了容若連擢二級，錦上添花。

賀客盈門，使夙不喜無謂應酬，尤其討厭軟熟之輩的容若，無處可逃。

也是湊巧，他出塞前，擅畫人物的禹之鼎隨嚴蓀友來，他正讀趙松雪自寫照詩有感，便央禹之鼎仿趙松雪衣冠，為他畫了一幅小照。後來，禹之鼎聽說他出塞去了，又為他畫了一幅「楞伽出塞圖」；因為，他曾以「楞伽山人」為別號。正巧，今天送了來。加銜太子太傅的明珠，更是高興，不由分說，便命人掛起，供賀客鑒賞品評。

二圖衣冠，正巧是一文一武，那些趨奉的賀客嘖嘖稱嘆之餘，紛紛恭維：

「明太傅！令郎公子，莫非是周公瑾後身？如此文武兼資，日後只怕富貴榮華還在太傅之上呢。」

「這叫『有跨灶之子』呀！」

一位的語音才落，另一位又接了口：

「周公瑾赤壁破曹兵，固然見於史籍，可未見過他有甚著述流傳。這文才，只有才高八斗的曹子建可堪比擬吧？」

「哎，容若公子以詞名世，應擬之秦少游才對！」

「周公瑾何嘗出塞？還是班定遠差似。」

七嘴八舌，明珠聞之，口中謙遜，心中喜不自勝。容若則暗自皺眉，只覺庸俗之輩，言過其實，甚是逆耳。

若不是因恩師徐健庵在座，他早忍不住拂袖而去了。

卻聽素來為他所敬服的徐健庵道：

「容若，我倒覺得你像一個人。」

「是那位？」

「王逸少！」

逸少，是晉代名書法家王羲之的字，雖也是「王謝子弟」，卻矯然於功名富貴之外，操履識見，冠於群倫，卻不與王氏諸郎一般趨俗媚世，營群結黨。雖識見過人，終不見用於世。後世唯以「右軍書法」著稱。

而這一位以「袒腹東床」傳為佳話的王逸少，操履之高潔，識見之卓越，為人之灑脫，和那「飄若浮雲，矯若驚龍」的翰墨風流，正是容若傾折神往的。

徐健庵以他比王逸少，使他不僅驚喜，更是感激了。

萬壽節，舉國歡騰的日子。皇帝依例接受百官朝賀後，退回禁苑，把容若傳到南書房，當著選為內廷供奉的翰林耆宿，笑道：

「賞你一件特別的東西！」

自隨侍太監手中，取過一卷卷軸，親自賜給容若。容若依例謝了恩，接過來。卻聽皇上笑道：

「何不打開看看？」

容若遵旨展開。原來是一首七律——唐朝賈至的〈早朝〉詩，這一首詩，在當時便極為有名；岑參、王維、杜甫等名家，都有和詩。

詩，猶在其次，令容若及諸詞臣驚愕的是：這卷〈早朝〉詩，出於康熙御筆！這份榮寵，可不比平時過年賜的御筆「福」字了。那些字，一則是依粉本描摹，二則是否御筆，只有天曉得；也許根本是交給小太監描的。只是出自皇帝頒賜，受者便明知不是御筆，也只能當御筆供奉；反正主要是個體面，誰深究其他？

而皇上選了這首詩，又御筆親書，並選在萬壽節頒賜，意義就非同小可了。朝中立時盛傳：容若不會長久在「侍衛」行列中了，皇上以〈早朝〉詩賜之，等於明白顯示：將要重用容若，付以政事。

政事未付，出入扈從，卻更頻繁了；不管是出巡或避暑，容若總在「扈從」之列，幾乎無役不與！恩遇如此，容若只有以「士為知己者死」的心情，勉力盡忠職守。連在酷熱嚴寒之際，也不敢乞休沐；唯恐辜負一番知遇。這番勤慎，看在康熙眼中，更加愛重。

悠閒歲月，更難得了。癸亥年間，徐健庵遷了翰林院侍講，朱竹垞入直南書房，嚴蓀友、秦留仙又充《平定三逆方略》的纂修官，幾乎沒一人閒暇。西溟居喪未歸，梁汾又到了閩中，藥亭也返南海故鄉去了。在別人眼中，煊赫一時的容若，卻有著無比的寂寞寥落。他入值歸來，兩歲的妞妞，就成了他的影子。

涼風昨夜至，枕簟已瑟瑟，小女笑吹燈，床頭捉蟋蟀。

他含笑寫下稚女的嬌憨；也唯有小妞妞，能排解他的寥落情懷。

甲子開春，朝中就有了傳言：皇帝計畫南巡，要到江南察看關乎千萬百姓身家性命的海塘。時間，訂在九月。

江南！容若悸動了，他自幼嚮慕的地方；他朋友們的故鄉……佩蓉埋骨的所在……

偷閒讀宋詞，便有意編一本《詞選》，目前，能與他共同從事的人，只有一個梁藥亭了。他寫信邀梁藥亭北上：

「……處此雀喧鴉鬧之場，而肯為此冷淡生活，亦韻事也。望之！望之！」

信才寄出，藥亭未到，令他驚喜意外的是：顧梁汾來了！

話不完的衷腸，訴不盡的契闊。梁汾聽說：他可能在暮秋扈從南巡，沉吟了一下，道：

「一直沒跟你說；你若不是扈從到江南，說了也只徒亂人意；有一個人想見你。」

「誰？」

「夢芙的父親，你的姑父：謝寒羽！」

容若驚愕而茫然了：

「他要見我……」

梁汾嘆息：

「他膝下唯有夢芙一女，夢芙……唉……他心中，視你為婿！自闖北行，路經杭州曾與他相見。他說，這是他唯一的未了塵緣。我也是聽說皇上將南巡的消息，才特意北上，當面交代；這些，信上不好寫。」

梁汾以風義著稱，又豈是偶然？

「我一定去拜見他！梁汾，你知道，我從未忘過佩蓉。」

他頓了一下：

「前幾天，『珊瑚閣』夜讀，回憶佩蓉初來……如今，十一年了，真是不堪回首！那時，朝夕相處，兩無嫌猜……填了一闋〈采桑子〉，我拿給你看。」

一幅蘭箋上，寫著：

謝家庭院殘更立。燕宿雕梁，月度銀牆，不辨花叢那辨香？
此情已自成追憶。零落鴛鴦，雨歇微涼，十一年前夢一場。

梁汾讀罷，半晌無言，拿起另一幅花箋，道：

「我和一闋吧！」

寫下：

分明抹麗開時候。琴靜東廂，天樣紅牆，只隔花枝不隔香。
檀痕約枕雙心字。睡損鴛鴦，孤負新涼，淡月疏欞夢一場。

南巡，行程訂了：去程由濟南南下，到高郵、金山、蘇州；然後北返，經無錫、江寧、曲阜、兗州回京。

沒有杭州！已經到蘇州了，距杭州已不遠了啊！何以聖駕竟過門不入？

容若百思莫解，只決定：到了蘇州，再稟明皇上，往杭州探親；謝寒羽是他的姑父啊！皇上一向通情達理，萬無不允的。

即使到九月暮秋了，江南景色依然如畫，山川之秀麗清奇，實非北方可比，建築、園林的精緻，更令人嘆為觀止。一路行來，他詩囊中，又添了不少佳叶。

抵達蘇州，陪侍宸遊兩日後，他正準備稟告皇上，往杭州探親。卻不意，皇上召見，摒人密語。

「成德！此次南行，及蘇州而止，未能往杭州去，實是朕平生一大憾事！」

容若茫然；既然以此為憾，為何不去呢？皇上彷彿看出他的疑惑，苦笑：

「太皇太后懿旨：不許赴杭！容若，朕雖貴為天子，慈命亦不能違呀！」

康熙黯然一嘆：

「太皇太后洞悉朕意；若到杭州，朕必然會到謝大家墓前一祭。太皇太后以為此舉失禮失儀，萬萬不可。故有此嚴命！」

容若這才恍然！多情天子，竟是如自己一般，至今猶未忘情於佩蓉！他不禁同情皇上了；比起自己，皇上豈不是更癡、更苦？自己與佩蓉，畢竟是兩情相悅，密誓深盟的。而皇上，卻是枉拋一片癡心呀！

心中能這麼想，口中卻不能明說什麼。只能道：

「太皇太后懿旨，也是一番苦心。」

「正是！」

皇上搖搖頭：

「若非……朕本有意微服前往，只是，一來陽奉陰違，豈是表率？再則，恐傷太皇太后之心，朕心不安。成德！」

皇上雙目淚光隱隱：

「你是朕唯一可托此心的人！朕暫駐蘇州，你為朕到杭州走一趟。謝大家與你中表，你代朕前往致祭，於情於理都最合宜。你……」

他自懷中取出一封密封的信函：

「替朕將朕這一片心，燒化在她墓前！」

容若只能接過，恭謹應：

「是！」

皇上平息了一下起伏的心情，問道：

「謝大家家中尚有何人？」

「唯有老父。」

「居何官職？」

「已辭官歸隱，潛心佛理，不預外務。」

「如此，朕欲加恩，也無恩可加了。」

嘆息一聲，揮手道：

「去吧！朕駐蘇州，等你回來！」

十月小陽春，江南真陽和如春，景色怡人。容若卻失去了賞玩的興致，懷中藏著的密函，常烙得他的心隱隱作痛；他達成了訪姑父，祭佩蓉的願望。而達成經過，卻如此離奇，離奇得令他啼笑皆非。

依照梁汾告訴他的地址，他找到了謝家。

強捺忐忑，他舉手扣環。出來應門的是一位中年管家。容若說明身分：

「請稟主人，自北京來的內侄，納蘭成德來拜！」

「是侄少爺！」

管家忙引他入了大廳。道：

「我去請老爺，侄少爺請寬坐。」

不多時，寒羽未至，一位少婦先出來了。容若還未看清，她早屈膝請安，口中稱：

「邀月請容大爺安！」

邀月！容若一時激動，顧不得身分，向前扶起；凝目細看：可不是邀月！當時在珊瑚閣，嬌憨稚氣，雙鬟垂肩的邀月！

「邀月……」

扶住邀月的肩，他千言萬語，哽在喉間。兩行熱淚，卻遏不住奔流而下。

佩蓉逝後，拂雲削了髮，邀月則隨佩蓉的靈柩南歸。自那一別；他屈指細數，八年了啊！

未及訴別後，中年管家來報：

「老爺到！」

容若忙拭去淚，只見一位清癯老者，跨入廳來。容若心知是姑父了，向前跪下：

「侄兒成德，叩見姑父。」

忍不住又雙目迸淚。寒羽彎身扶起，神色間，有些微瀾，卻還算安詳：

「孩子，起來吧。」

待容若起身，他端詳了半晌，嘆道：

「這等人品！難怪西溟、梁汾讚不絕口。難怪蓉兒『之死矢靡他』。」

「姑父，是侄兒害了蓉妹妹……」

寒羽搖頭一嘆：

「是她前生未修，福薄緣慳。你大概也聽說她學名夢芙，小名佩蓉的緣由。這一夢，當時不解，如今才知緣故；想是她前生情緣糾纏未解，以致如此。」

相對嘆息，不勝唏噓。寒羽問：

「你扈從聖駕，聖駕未到杭州，你可是告假來的？」

容若覺得不宜告知實情，再添老人困擾，便唯唯稱是。寒羽欣慰點頭：

「果然至情人！不枉蓉兒一片深情。如此，你也不能多留。今日尚早，不如你先去看看蓉兒，晚上就在家裡住宿一宵。我陪你去。」

佩蓉葬於謝氏墳塋，亡母之側。由於懿旨賜葬，墓園修得十分考究，連帶謝夫人之墓也重修過了。四周種了梅花、梨花，蒼松、翠柏，並假山亭榭。清幽中，頗見雅致。

依禮，容若先向姑媽致祭。然後到了佩蓉墓前。寒羽命隨行僮僕，先在兩座墓前燒化錫帛紙錢。見他默然立於墓前垂淚，藉詞道：

「我老了，往亭子裡歇歇。你……唉……」

容若恍如未聞，目光凝注那一坯土，萬恨千愁，全兜上了心頭。

佩蓉！就這樣一坯土，埋葬了花容月貌，吞噬了輕顰淺笑，分判了天上人間！成了永難跨越的阻隔。

花樣年華，錦樣才情！如果不是為了自己，她怎會觸阿瑪之怒，送入宮禁，受盡心靈的煎熬磨折？如果不是為了自己，她何至於寧願一死，也不願受皇上冊封？如果不是為了自己呵！她怎會冷冷清清地，在這西湖畔瘞玉埋香！

他曾幾度往佛寺為她誦經，以懺前情，恨不能就此削去三千煩惱絲。如今，雖然有髮，就心境而言，也似寒灰了。只是，活著：在大限未至前，為活著而活著。

一身情孽難贖！佩蓉，為他而死；在飽受摧折，自知今世鴛夢難圓後，選擇了死；只為痛苦的活，不如死吧？

默默地，在佩蓉墓前，他就著方才燒化紙錢的餘火，燒化了皇帝密密封緘的那封信。火勢由熊熊，逐漸轉弱。一陣風吹來，一紙殘片，落在他腳邊。他跪下拾起，只見，依稀是個「情」

字……

他不知如何描述自己的心情；佩蓉，佩蓉又將何以為情？

謝寒羽走到他身邊，扶起了他。他將殘片收入懷中，默默地跟著謝寒羽向回走。他到過了西湖，他嚮往已久的西湖。西湖卻沒有得到他迴目一顧……

晚上，謝寒羽把他安置在佩蓉未到北京前的閨房中。他有著感激涕零的心情；誠如梁汾所說：姑父是視他為婿的；否則，絕不會如此。

邀月告訴他：這房間的擺設，都是舊觀。只是常撣塵打掃，而未移動。衾枕依時令洗滌曝晒更換，平時用布單蒙蓋，以防塵土。平時，謝寒羽絕不許任何人妄動室中一紙一線。

「這是姑娘走了之後，第一次點燈。」

邀月為他點上燈後，說罷，便退了出去。

燈影，塗染著四壁。室中陳設，與「珊瑚閣」的淡雅，約略相彷彿。只是書架空落些；想是佩蓉北行時，帶走了。

枕帳衾褥，質地花樣，不見富貴，唯覺素雅，正是佩蓉的風格。几案婷婷，點綴著一盆黃菊。筆架、文房，一一羅列。妝臺上，冷黛殘脂，綠黯紅褪的乾在犀盒裡；繡架上，一幅輕紗，覆蓋著尚未完工的泥金繡件……

推窗望去，窗外有幾竿竹。檻外庭間，有一株梨樹；正和「珊瑚閣」不謀而合。往年花朝月夜，梨花如雪時，佩蓉徜徉花下的楚楚風致，又彷彿在眼前。

更鼓沉沉。容若擁著昔日佩蓉的香衾，情思輾轉。直到近三更，才朦朧睡去……

「容若！」

耳畔依稀有人低喚。他驀然回首，帳前綽綽約約的身影，不是佩蓉，卻是誰？隔著紗帳，縹緲如仙。

「蓉兒！」

他欲向前，佩蓉纖影飄然，在月色如銀，梨花似雪的花園中，失去了蹤影。

「蓉兒！」

他高聲呼喚，卻在呼喚中醒了過來。哪有如銀月色，哪有似雪梨花，哪有……佩蓉……

等了八年，佩蓉終於入夢了！這夢，卻又短暫如此，飄忽如此，迷離如此……

他不肯相信，他和佩蓉緣慳到一夢也難；他寧可相信，他和她，只是一時阻隔，終將完聚。

他竭力摹想適才夢中佩蓉的容顏。她，怎麼瘦了，憔悴了？她是瘦，是憔悴呀！他憶起她臨終的病骨支離……

披衣起身，他在案前，和淚寫出了沉埋已久的椎心之痛；為了判別不是悼亡妻，他標上題目：〈代悼亡〉；不是代人之作，是無異悼亡之意。詞牌，選了「沁園春」。

夢冷蘅蕪，卻望姍姍，是耶非耶？悵蘭膏漬粉，尚留犀盒，金泥蹙繡，空掩蟬紗。影弱難持，緣深暫隔，只當離愁滯海涯。歸來也，趁星前月底，魂在梨花。
鸞膠縱續琵琶，問可及當年萼綠華！但無端摧折，惡經風浪；不如零落，判委塵沙。最憶相看，嬌訛道字，手翦銀燈自潑茶。今已矣，便帳中重見，那似伊家。

回到蘇州復了命，皇帝啟駕無錫。

無錫，嚴蓀友、秦留仙、顧梁汾，都是無錫人哪！他對無錫，便油生一種特殊的親切。到了無錫，不到惠山品茗，便如入寶山空手而回；惠山泉，被茶聖陸羽品題為「天下第二泉」，石上刻著趙孟頫「天下第二泉」五個字。

惠山名勝甚多，像以明代〈竹壚詩畫卷〉聞名的「聽松庵」；白石塢下的「漪瀾堂」；山陽的「貫華閣」。容若都是久慕其名，這番才能有緣一遊的。

到了貫華閣，應主人之邀，為題「貫華閣」額。主人大喜，為他畫了一幅畫像，一併珍藏于貫華閣中。

「品名泉於蕭寺，歌鳥語於花溪。昔人所云：茂林修竹，清流急湍者，向於圖牒見之，今日耳目親之矣⋯⋯金閶錫嶺，蘭檝可通。侍絳帳於昆崗，結芳鄰於吾子。平生師友，盡在是邦；左挹洪厓，右拍浮丘，此僕平生之夙願，昔夢所常依者也……倘異日者，脫屣宦途，拂衣委巷。漁莊蟹舍，足我生涯；藥臼茶鐺，銷茲歲月。恆抱影于林泉，遂忘情於軒冕。然而，不敢必也，悠悠之心，惟子知之，故為子言之……」

在給梁汾的信中，他盡吐心愫；如有可能，他真願意終老江南了。

抵達江寧，駐驊將軍署。故江寧織造曹璽之子曹寅，也是風雅俊逸的人物，比容若小四歲，是容若的故交。

曹寅，字子清，出身正白旗漢軍包衣，也是八旗子弟中的秀異人才。他曾以「藍翎侍衛」與容若共事；當年，容若曾主持「天子十二閑」的牧政，為皇帝馴養良馬。曹寅則入值於「養狗處」。因為二人都喜文，又是鄉試「同年」，傾心相交。閒暇時，彼此常以「馬曹」、「狗監」互相嘲謔。在閒談時，曹寅往往談起江南風物，如數家珍，常令容若為之神往。

後來曹寅丁父憂，返回江南守制；接替其父「織造」之職的，是桑格。

織造，屬「內務府」，掌管皇家衣物、布帛的製作。官無常品，由於多由皇帝親信擔任，因而深受地方官員禮遇。但出身「包衣」，身分地位並不高。

事實上，曹家的聲望，完全因康熙念舊；因在他幼時，曹璽之妻孫氏，在宮中當婦差。以「保母」的身分，照顧過他起居，關係十分親近密切。他深知曹璽夫婦忠誠可靠，親政之後，便將曹璽外放為「江寧織造」。此時，曹璽已卒於任上。

在曹寅心底，多少總有「包衣」身分低微的自卑。而容若，以正黃旗貴冑，相國公子，目前又是御前一等侍衛。而且才名已動江南，卻毫無驕矜之色。久別重逢，一見他，就喜動顏色。依然視他如友，誠意結納，怎不使曹寅衷心傾服？

康熙看到他二人重逢時「相見歡」的神色，也是欣喜。連道：

「你們都喜文，好好親近才是！」

曹寅領著容若到織造署庭園中遊賞；此時，他父親雖卒於任上，但庭園卻建於曹璽任內，對曹寅而言，格外親切。

他指著一棵枝繁葉茂的楝樹，對容若道：

「這是先父手植的。先父極為喜愛，所以築一亭於其間，題為『楝亭』。我也以此為號，以表孺慕之忱。」

容若道：

「孝思不匱，令人可敬。」

「先父在日，也欽仰侍中詩文。承侍中不棄下交，才敢有不情之請：」

曹寅指著楝亭，懇切說道：

「為楝亭題詞一闋，以為永念！」

容若頷首，繞著楝樹，仰首觀玩。略一吟哦，笑道：

「〈滿江紅〉吧！」

曹寅大喜，立命僮僕捧上文房四寶，安放於「楝亭」中。容若在楝亭中坐下，提筆便寫：

藉甚平陽，羨奕葉、流傳芳譽。君不見，山龍補袞，昔時蘭署。飲罷石頭城下水，移來燕子磯邊樹，倩一莖黃楝作三槐，趨庭處。

延夕月，承晨露；看手澤，深餘慕。更鳳毛才思，登高能賦。入夢憑將圖繪寫，留題合遣紗籠護。正綠蔭青子盼烏衣，來非暮！

曹寅正待稱謝。忽見一名小校，捧著一封信，呈給容若。觸目便是一個大大的「訃」字，容若心中一顫。拆開，頓時淚流滿面。拭淚抬頭向曹寅道：

「漢槎；吳兆騫病故了！」

「是『季子平安否』的兆騫先生？」

「正是！他辛酉冬才返京。前年，歸吳江省親。去年底，攜家入燕，館舍下教授舍弟。我扈從南巡時，他正在病中。原以為不過下泄，吃兩服藥就好了。不意……了清！漢槎一生偃蹇，在龍荒異域，就熬了他二十三年！好容易才重見天日……」

說著，泣不成聲。曹寅也不由陪淚：

「我聽說過，還是仰侍中大力，他才能生還的。」

「我雖出了力，但不能以此掩梁汾之美；梁汾，堪稱漢槎死友，我是受他感動……漢槎母老家貧子幼，何以度日？殯葬之事，也需料理。子清，請借筆硯一用！」

他取過紙筆，振筆疾書；一函致兆宜弔唁。一函寄錫珠，請他幫助治喪，並恤存孤稚，莫惜花費。

曹寅敬愛更甚，對朋友「生館死殯」惠念孤兒，真堪稱仁至義盡了。

臨別江寧，曹寅頗為依依，贈容若一幅卷軸，道：

「多蒙題詞，無以為報。侍中曾遊無錫，道是深愛斯土。或許此物在侍中回京之後，可以聊慰渴念一二吧！」

容若稱謝接過。臨行在即，也來不及展看，收入行囊。道：

「若有緣至京，務必到舍下小作盤桓！」

曹寅滿口答應，道：

「早聽說納蘭府中，鴻儒高士盡為座上客，一直嚮慕之至；屆時還要請侍中引見，以慰平生想望呢！」

聖駕自江寧北上，在曲阜祀了孔廟，經兗州返京。

回到京中，他首先慰唁吳兆騫之弟吳兆宜，並吳兆騫遺眷，並妥為安置。又親往靈前哭祭，祭文字字出於肺腑，聞者無不動容。吳兆宜及兆騫家人，更是感激涕零。

等到他哀感稍遏，顧梁汾才和姜西溟雙雙來到「花間草堂」。花間草堂古玩字畫甚多，平日他們聚在一起，鑒賞書畫，或品評詩文，習以為常。梁汾、西溟來到，容若想起曹寅贈的卷軸，便取出交梁汾展開共賞。梁汾乍見，大驚：

「這幅畫哪來的？」

容若笑道：

「江寧舊交曹子清送的，說是你們無錫景物；我還沒空看呢，見到你們來，才想起。」

梁汾喜動顏色：

「你知道這是什麼？無錫『聽松庵』的故物：『竹壚詩畫卷』呀！我以往到聽松庵，總惋惜這詩畫卷不知流落何方，竹壚也已損壞了。今秋，仿製了一個竹壚，放在『積書巖』家中。還約了幾位朋友作了詩，才上京來的。竟有這等巧事！居然這詩畫卷，就落到你手裡！」

容若道：

「拿詩來看！」

「在行囊中，我先寫出我的給你看吧。」

回鄉守制，秋後才抵京的西溟笑道：

「你念，我寫！」

梁汾便念，西溟振筆疾書：

竹壚清韻忽依然，位置仍宜水石邊。書訊有僧來穀雨，鬢絲如鶴伴茶煙。
家山夢去忘為客，故國詩成感紀年。冷煖此君須自覺，無勞更試洗心泉。

「好！好詩，這可算是〈竹壚新詠〉了！」

容若道。西溟笑讚：

「好個〈竹壚新詠〉，這題目好！」

梁汾道：

「我索性就把積書巖那棟房子，命名『新詠堂』吧。」

「有趣！有趣！無錫故物，還是該歸還無錫才是！這詩畫卷，竟就送你，掛在新詠堂中，可也算一段佳話！」

「這怎敢當？曹子清特意送你。」

「曹子清不是世俗之輩，必然贊成！我日後往無錫，過積書巖『新詠堂』，觀畫、品茗，重話今日因緣，該何等有趣！把你和朋友們作的詩，合成一卷，豈不又是一幅佳作？」

容若興致勃勃。想想。笑道：

「我竟和你一首詩吧，另加一小序，敘述始末，豈不更妙？」

西溟道：

「序，等你日後再寫。詩，限你一炷香，即席作來。」

容若略一沉吟，朗朗唸道：

壚成卷得事天然，乞與幽居置坐邊。恰映芙蓉亭下月，重披斑竹嶺頭煙。

畫如董巨真高士，詩在成宏極盛年。相約過君重展看，淡交終始似山泉！

西溟連聲贊好。忽然話鋒一轉，問：

「此次南行，想必佳叶盈篋？」

容若撿出詩詞諸作，給他們看。一一讀畢，西溟眉頭一皺：

「你沒去杭州？梁汾特為此趕來，你……」

容若神色頓然黯淡：

「去了！拜了姑父，祭了佩蓉。」

「何以無一詩言及杭州西湖？」

「西湖……心無旁騖，至而未見！」

「好！好個至而未見！不枉夢芙一片癡情！」

西溟哈哈大笑。容若默然取出一片燒殘紙角，放到案上。在西溟、梁汾驚愕中，他艱澀地說出兩個字：

「御筆！」

這正是那日殘灰中拾起，依稀可辨是「情」字的殘片。

「皇上，也去了？」

梁汾驚訝地問。

「沒有……」

容若把當日皇帝託他往杭州祭奠佩蓉的經過，一一向至友傾訴。聽得二人，瞠目結舌。

西溟連連搖頭：

「不意皇上癡情如此！那密函，你就沒有好奇之心，不想拆開一看？」

容若低低一嘆：

「我何須看？不過各盡其心罷了！」

梁汾嘆息：

「夢芙，竟是黃泉之下，也不得安寧！所謂『既生瑜，何生亮』，為何你與皇上同生此世，又共眷一人？」

西溟、容若，都默然無語：這問題，又有誰能回答呢？

「人生聚散真如夢，好容易西溟、梁汾回來，你又要走了。」

嚴蓀友要返回江南了，特意到「花間草堂」辭行。容若不勝離情，依依地說：

蓀友強笑：

「這不就是那年我們暮春時節，同往西山踏青，聯句吟〈浣溪沙〉。你末一句說的：『人生別易會常難』麼？」

容若想起了那一年，聯句的順序是：陳其年、秦留仙、嚴蓀友、姜西溟、朱竹垞，他是最後結句的。那一闋詞極平淡，不過即情、即景而已：

出郭尋春春已闌，東風吹面不成寒，青村幾曲到西山。
並馬未須愁路遠，看花且莫放杯閒，人生別易會常難。

如今：其年去世了，留仙因主持順天鄉試疏誤，被勘落職南歸了。蓀友，也來辭行。人，也像候鳥一樣，來來去去。那時，他遺憾少了梁汾、藥亭。如今，梁汾、藥亭倒是回來了，當時吟上片的三人，卻又死的死，走的走……

走的，還可期於來日。死的……這些年，凋零了多少他的朋友呀，馬雲翎、陳其年、吳漢槎……黃泉路上無老少：馬雲翎，才三十歲就去世了。其年五十二歲，漢槎五十四歲……

蓀友，蓀友已年過六十了。這一別……

「或許，下一回皇上再南巡，我們就在無錫見了。」

蓀友安慰道。容若一嘆：

「誰知道皇上何時再南巡呢？」

蓀友急欲岔開話題，笑道：

「剛才，我去辭太傅。太傅自三逆平定，耿精忠、曾養性伏誅之後，聖眷更隆，直如麗日中天呢！」

容若卻苦笑：

「位高而不知臨深履薄，終難久遠。蓀友！我父子目前人人稱羨。我卻時時憂懼，阿瑪他……」

明珠在朝中的跋扈、貪瀆、弄權，蓀友焉有不知之理？他們也時常在容若背後談論：何以父子二人如此不相似？明珠對他們，固然也相當禮遇。但，絕不似容若純真懇摯。他結交他們時，他們都在落魄侘傺之中。感情的溫慰，金錢的濟助，生活的關懷……他就像一把大傘，為失意京師的文士，擋風蔽雨，從無吝色。不管識與不識，只要他知道了，就毫不遲疑地義伸援手。沒有條件，不惜代價。他敬重他們的才學風骨，惋惜他們的坎坷失志。更重要的是：他真心當他們是知己、是朋友，尊重、敬愛他們，而不是「施恩」！

那樣一個心機城府深沉的父親，怎會有這樣率真懇摯，素心皎皎，不染點塵的兒子？

他瞭解容若對他父親種種作為不以為然，又無以勸諫的隱痛；父子竟是背道而馳。他們誰不知道：明珠對倖僕安三的信任，遠超過兒子容若之上！他對逢迎者的冷淡，對當朝權貴的排斥，又何嘗不是他發洩痛苦的方式？

只是……畢竟關乎父子，朋友又何以置詞？

一直到送他出門，容若再三欲言又止，終於廢然一嘆，似乎心事重重，卻沒有再說什麼。

五月下旬，天氣轉為燠熱。相國府中，夜合花盛放。趁著將扈從往熱河避暑尚未成行的空暇，容若柬邀了梁藥亭、顧梁汾、吳薗次、姜西溟賞花、詠花。

「可惜，少了蓀友！」

西溟繞花閒行，對梁汾說。

「又豈止蓀友？竹垞有事不能來，留仙還鄉，怕一時也不會北來。見陽也不在，還有……」

他本想說其年、漢槎，見容若走了過來，忙咽住。

「可惜，少了蓀友！」

西溟、梁汾不由笑了。梁汾道：

「這句話，西溟才說過；一字不易！」

「前年，蓀友入值宮中，作了二十首七言的《雜詠》，我一一盡和。最後一首，有：『憑君莫作煙波夢，曾是煙波夢早朝』兩句，這煙波，早朝，總是難得兩全！」

容若感慨系之。

西溟笑道：

「人，不就是這樣？鄉野之人，居於茅屋，總想著住深庭大院，玉宇瓊樓，不知多美、多好呢！你倒是住巍峨府第的，卻巴巴地建『桑榆墅』。還嫌不夠，又為梁汾一句話，築三楹茅屋：這不也是一樣心情？」

梁汾隨口吟道：

「三年此離別，作客滯何方？隨意一樽酒，殷勤看夕陽。世誰容皎潔，天特任疏狂。聚首羨麋鹿，為君構草堂！」

吟罷，笑道：

「接到你這首詩時，我正在闈中，為他鄉異客。一見此詩，恨不能夠插翅飛還！」

容若道：

「鳥生雙翼，是令人生羨的。但若處籠中，也是有翅難展。我，總恨『空將雲路翼，緘恨在雕籠』！」

「你的雲路，與一般『金馬玉堂』的青雲之路有異；在他們看來，你根本在雲路中了！」

梁汾道。

容若一嘆：

「總是梁汾知我！」

正說話間，藺次偕藥亭走了過來，笑道：

「花也賞了，酒也喝了，總該作詩了吧？」

一旁伺候筆硯的文秀笑道：

「文房早備妥了。容大爺吩咐，今日在『蕊香幢』，這就請吧？」

隨即在前引路。

「蕊香幢」，是容若為所構茅屋中小書齋命的名。

「聯句，還是各作各的？」

西溟問。藘次道：

「還是各自作吧，咱們正好五個人，就作五言。」

西溟笑道：

「不通！要是竹垞來了，作六言麼？」

眾人一笑，各自推敲起來。容若最先完稿。只見他寫的是：

庭前雙夜合，枝葉敷華榮，疏密共晴雨，卷舒因晦明。
影隨筠箔亂，香雜沉水生。對此能銷忿，旋移近小楹。

那天，直到夜闌，花合月上，才盡興而散。不料，次日，容若就病倒了……

十二　夢裡雲歸何處尋

快馬加鞭，專使趕到熱河行宮，呈上了明珠「請御方」的奏章。康熙大驚失色：

「已病到這田地了？」

立刻親自處方，並焚香默禱片刻，命專使立刻趕回納蘭府。

御方到時，容若已近於彌留，神智倒清楚。徐健庵在前，顧梁汾、梁藥亭、姜西溟、吳薗次等圍在床邊。

容若拉住徐健庵的手垂淚：

「十四年……承先……生不棄……教誨，本冀有成……以報深……恩，只為……性好填……詞……難以自禁……以致學……業未……成，如今……悔之不……及，修短有命……只是……只是……有負明……誨……死有餘……恨……」

徐健庵哭道：

「容若！你……不要這麼說……」

容若轉目向梁汾：

「孩子……托你教……導……你……答應過……」

梁汾想起容若曾特地把福格、福爾敦，叫到他面前，叫梁汾視為己子教導的往事，悲痛難禁；難道，容若當時已有了預感，會留下孩子，先他而去？

此時，只能強自忍淚，點頭道：

「我答應，我會視他們如親生！」

「阿瑪！……額娘……」

明珠夫婦早哭得肝腸寸斷。尤其覺羅夫人，撲在床邊，口中不絕聲地喊：

「容若！孩子……我的孩子……你怎能丟下……娘……」

容若哽咽：

「孩兒……不孝……，阿瑪……額娘……要節哀……保重……」

語聲未盡，他的愛女舒璐哭喊著，掙脫了錫三奶奶的手，奔了過來：

「阿瑪！我要阿瑪！……」

「妞妞……」

容若嘴角現出笑意：

「乖……不……哭。阿瑪……疼……你……」

在場的人，聞言無不心酸，覺羅夫人更一把摟住妞妞，放聲大哭：

「容若——」

「容若……」

官氏牽著福格、福爾敦向前。福格似已知阿瑪不久人世，不斷啼哭。福爾敦稚幼，全不懂事。東張西望，見到母親、哥哥都哭，「哇——」地一聲，也哭了起來。

「你……好好照應……孩子……，不要傷……心。」

容若叮囑。官氏一邊點頭，一邊流淚。

戀戀不捨地，他吃力地把逐漸渙散的目光，向一個個他所眷念的人輪流望去。最後，目光凝向一個未知的焦點，彷彿看見什麼，嘴角浮起了笑意，雙唇微動，無聲地，似向空中呼喚。然後，慢慢合上了眼……

捧著剛煎好，皇上親處方的藥。文秀才進門，就聽見室內一片悲聲，夾著淒厲的哭喊。她也垂下淚來；她知道，這藥，已來不及吃了……

康熙二十四年乙丑，五月三十日，恰正是婉君去世的日子，滿洲的文曲星殞落。

梭龍、打虎兒，黑龍江附近，不時侵擾邊境的剽悍部族，在清軍攻占雅克薩城，大敗羅剎之後，都派使臣向清朝進貢稱臣，不敢再妄動。

康熙亦喜亦悲：他想起奠定了這一勝利的功臣：納蘭成德。

只要多等一個月，成德就能親眼看到自己辛勞的成果了，可是……

康熙嘆口氣，強抑住欲淚的酸楚。派了宮使，下令：

「到納蘭侍衛靈前，哭告梭龍輸款之功！」

出塞同都護，論功過貳師。華堂屬纊日，絕域受降時。悽惻傳天語，艱難定月氏。斂魂猶未散，消息九京知。

朱竹垞在輓容若的六首詩中，特別記下這件身後哀榮。只是，再大的榮寵、功勳，也喚不回已渺英魂……

到底，上天對容若是厚、是薄呢？給予他一切為人所羨的榮華富貴，卻又無情地在他純淨的理想世界中，安置那麼多令他痛心疾首的人與事；給予他驚世的才華，卻又將他置於身不由己的武職中；給予他高潔的性情，卻又讓他眼睜睜看著仕途的黑暗和不平，無能為力；給予他深摯近癡的感情，卻又一再地摧折斲傷……

而這一切，在他可羨的表相下，誰知？誰解？

梁汾含淚寫下他對摯友的悲悼，傾訴著容若一生難言的苦悶：

「……吾哥所欲試之才，百不一展，所欲建之業，百不一副；所欲遂之願，百不一酬；所欲言之情，百不一吐！」

他不能明言所以，只能含蓄地表達：

「實造物之靳乎斯人，而無由達之君父者也！」

容若如何能將一腔委屈達于君父？他的委屈，正是他那望子成龍的父，倚如股肱的君造成的呀！

梁汾記起容若贈他的〈金縷曲〉，那曾令他隱覺不祥的詞句：

一日心期千劫在，後身緣，恐結他生裡。然諾重，君須記！

仰首向天，他嘶聲長嘯：

「容若！他生重續今世緣，然諾重！君須記！君須記……」

【附錄二】

一往情深深幾許

——自《納蘭詞》看納蘭容若的感情世界

在文學史上，清代，是「詞」的中興時代。名家輩出，佳叶紛陳。其中，最為人矚目的，除了領袖一時的朱彝尊（竹垞）、陳維崧（其年）二家，首推納蘭容若（性德，又名成德）。究其原因，大略有下列幾點：

一、當時滿清入主中原不久，文風薈萃於江南。納蘭容若是唯一在滿人中出類拔萃，而使江南名士傾心結納的一代俊彥，使滿人深以為榮。

二、納蘭容若出身顯貴，而無紈袴膏粱惡習。文武兼資，就「文」而言，除了詞名鼎盛之外，古文、賦、詩、雜識，均有可觀。而且，治學嚴謹，並捐貲開雕《通志堂經解》。可知墓誌銘所謂「肆力經濟之學，熟讀通鑑，及古人文辭」並非虛譽。十八歲中舉人、十九歲舉進士。雖因病未「廷對」，至二十二歲殿試二甲七名，才欽賜進士出身。為聖祖康熙侍衛，嘗扈蹕西登五臺，北出榆關，南抵三吳。並奉使覘梭龍，終有梭龍諸羌輸款的收穫。納蘭雖未及親見，這一番功勞苦勞，由康熙「遣宮使拊其几筵，哭而告之，重憫其勞也」可知一二。有此文名，而兼此武功，不能不稱奇特。前人雖不乏武功而兼能能文的，如范仲淹、岳飛都有詞傳世。但在詞壇卓然成家的，卻只納蘭一人而已。

三、納蘭容若《側帽》、《飲水》詞集，未刊之前，已都下競相傳寫，教坊歌曲無不知者。在當時、後世，都有很高的評價。如：

陳其年曰：「飲水詞哀感頑艷，得南唐二主之遺。」

顧梁汾曰：「容若詞一種悽婉處，令人不忍卒讀，人言愁我始欲愁。」

丁藥園曰，「讀之如名葩美錦，郁然而新。又如太液波澄，明星皎潔。」

王靜安更稱許：「納蘭容若以自然之眼觀物，自然之舌言情。此由初入中原，未染漢人風氣，故能真切如此。北宋以來，一人而已。」

納蘭詞作，幾乎可以一「情」字概括，而其「情」的真切、悽婉、哀感頑艷，足移人之情。以一位出身顯貴，仕途順利的貴冑公子，何以哀感悽婉如此？而且以三十一歲的盛年就去世了。不禁令人同情之餘，有一探究竟的好奇。

四、《紅樓夢》一書，震古鑠今。在傳聞中，主人翁賈寶玉身上，有納蘭容若的影子。而對照《納蘭詞》，又實有若干蛛絲馬跡可循，更引人臆測。

五、誠如梁藥亭祭文云：「黃金如土，惟義是赴。見才必憐、見賢必慕。」納蘭全情至性，篤於友誼。尤其對侘傺失意、落魄坎坷的江南文士，竭至誠、傾肺腑的虛己納交。不以富貴驕人，自奉如寒素，待人則不恤千金，以風義著稱。尤其以「絕塞生還吳季子」，使吳兆騫（漢槎）生入山海關一事，更為士林稱道。在為人處世方面，可以說是非常成功的。

縱觀納蘭容若一生，堪稱是第一等「有情人」。而納蘭之「情」，又多抒發於《側帽》、《飲水》（統稱《納蘭詞》）詞中。茲就《納蘭詞》（兼及於詩）來探索納蘭容若的感情世界，應該是合宜的途徑吧？

不是人間富貴花

納蘭性德（容若），滿洲正黃旗人。（按：納蘭，或作納喇或那拉；皆為音譯漢字）。原屬正白旗，或因「抬旗」之制，入正黃。初名成德，曾因避東宮（保成）嫌名，改名性德。

納蘭氏，先世是蒙古人，姓土默特。在金代，是三十一姓之一。屬呼倫（或作扈倫）國，後滅呼倫國所居之地「納喇」部，占有其地，遂以「納喇」為姓。後遷葉赫河崖建國，號「葉赫納喇」。至明初，內附中國，為明朝外捍。曾與滿清前身「後金」對抗。清太祖（努爾哈赤）率兵圍城，城破，降清。

容若的先人，與滿清皇室，有相當密切的關係：他的曾祖姑母，為清太祖之后，太宗生母。曾祖父金臺什雖曾與清對敵，並自焚而死。但葉赫一支降清之後，並未受排斥。祖父倪迓韓在滿清定鼎燕京時，著有勞績。父親明珠，更是康熙朝的權相。容若是明珠長子，所受到的優偓寵愛，自不在言下。明珠傾心竭力培植愛子，也是理所當然。

容若自幼天資英絕，過目成誦。據徐乾學祭文：十三歲，已通六藝。另一方面，滿人尚武。世家子弟，騎射是「必修」項目。以他雖然中進士，仍選為三等侍衛來看，他的「武藝」，應也是相當出色的。

若讓容若自擇一途，或許他會選「文」棄「武」。雖然，各家〈墓誌銘〉上，一再表揚他「出入扈從，服勞惟謹」；「容若數歲，即善騎射。自在環衛，益便習，發無不中」；「其在上前，進退曲折有常度。性耐勞苦，嚴寒酷熱，直廬頓次，不敢乞休沐。」但，這只能視為他忠於職責，勉力以赴，而不能認為他「樂」於武職。

就他的天性而言，即使是好「文」，也並不是汲汲於仕宦功名的。他多愁善感，閒雅淡泊。也許，做個名士，更能符合他的天性。這一種情懷，常流露在他的詩詞中：

煌煌古京洛，昭代盛文治。曰余餐霞人，簪紱忽如寄。

——〈擬古之一〉

忽佩紫金魚，予心何夢夢。不如葺茅屋，種竹栽梧桐。

——〈擬古之十八〉

何處金衣客，棲棲翠幙中，有心驚曉夢。無計識春風。漫逐梁間燕，誰巢井上桐，空將雲路翼，緘恨在雕籠。

——〈詠籠鶯〉

他的「雲路」，恐怕不是一般的朱紫青雲，而是無拘檢的自由吧！而，哪裡還有比「宮禁」更華美的「雕籠」呢？

烏衣門第的出身，出入宮禁的寵遇，對他來說，是一道掙不脫的鎖鍊。他傾心於江南布衣文士，多少也有點心理補償的作用吧？因此，他一方面憐他們的不遇，卻也不禁羨他們的逍遙。

廿載江湖猶落拓，嘆一人知己終難覓。君須愛酒能詩，鑑湖無恙，一蓑一笠。

——〈瀟湘雨〉

不如罨畫清上，蓑笠扁舟一隻。人不識，且笑煮鱸魚，趁著蓴絲碧。

——〈摸魚兒〉

這固是對失意者的慰語。但以〈墓誌銘〉記載他日常生活：「閉門掃軌，蕭然若寒素。客或詣者，即避匿。擁書數千卷，彈琴詠詩自怡悅而已。」又如前引〈擬古詩〉：「曰余餐霞人，簪紱忽如寄」，他的確是嚮往丘壑山林，漁樵田園，而視富貴功名如敝屣的。

處於宮禁、相府，他看到太多的不公平；一些庸碌之輩，平步青雲。才學之士，困阨潦倒。於是，他把激烈的不滿，化作諷刺，在詞章中抒發：

金殿寒鴉，玉階春草，就中冷暖誰知道？小樓明月鎮長閒，人生何事緇塵老。

——〈踏莎行〉

未得長無謂，竟須將，銀河親挽，普天一洗。麟閣才教留粉本，大笑拂衣歸矣。如斯者，古今有幾？有限春光無限恨，沒來由，短盡英雄氣。暫覓個，柔鄉避。

——〈金縷曲〉

高才自古難通顯，枉教他、堵牆落筆，凌雲書扁（同匾）。入洛遊梁重到處，駭看村莊吠犬。獨憔悴、斯人不免。衮衮門前題鳳客，竟居然潤色朝家典。憑觸忌，舌難翦。

——〈金縷曲〉

憑君料理花間課，莫負當初我。眼看雞犬上天梯，黃九自招秦七共泥犁。

瘦狂那似癡肥好，判任癡肥笑。笑他多病與長貧，不及諸公衮衮向風塵。

——〈虞美人〉

這些鬱勃激烈的詞句，出於落魄失意的文士之口，是可以理解的。出於納蘭容若這樣「天之驕子」筆下，就極不尋常了。這一心情，也有類於杜工部「安得廣廈千萬間，人庇天下寒士俱歡顏」吧！

在容若的詩、詞中，另有一點使人不解：他幾乎沒有對他官高爵顯的父親，有片言隻句的頌揚。對自己的顯赫家世，也不過淡淡帶過：「偶然間，緇塵京國，烏衣門第。」雖然徐乾學言之鑿鑿：「容若性至孝，太傅（按：明珠官武英殿大學士、累加太子太傅）嘗偶恙，日侍左右，衣不解帶，顏色黝黑。及愈，乃復。」似乎也如盡忠職守，以盡「人子之禮」。否則，在詩詞中片言不及其父，便無法解釋；至少「壽」詞也該點綴一二。就歷史記載，明珠並不是賢相，而是貪瀆弄權的權相，以致後來為郭琇疏劾削官。以容若天性的高潔，可能於此頗有難言之痛。在《飲水詩集》中，有這樣一首：

乘險嘆王陽，叱馭來王尊；委身置岐路，忠孝難並論。有客齎黃金，誤投關西門。凜然四知言，清白貽子孫。

——〈擬古之三〉

又焉知其中沒有對其父幾諫之意呢？韓菼神道碑：

「君性至孝，未闓明入直，必之宮傅夫人所問安否。晚歸，亦如之。燠寒之節、寢膳之宜，日候視以為常。而其志尤在於守身不辱，保家亢宗，不僅以承顏色、娛口體為孝也。」

其言外之意，亦啟人疑竇。若果然如此，則烏衣子弟的身分，竟是容若一生隱痛了。

有酒惟澆趙州土

容若一生愛才好客，隱以「平原君」自許，卻有他固守的原則。徐乾學在神道碑中云：「客來上謁，非其願交，屏不肯一見，尤不喜接軟熟人。」

韓菼神道碑則言：

君雖履盛處豐，抑然不自多。於世無所紛華，若戚戚於富貴，而以貧賤為可安者。身在高門廣廈，常有山澤魚鳥之思。達官貴人，相接如平常。而結分義輸情愫，率單寒羈孤，侘傺困鬱，守志不肯悅俗之士。其翕熱趨和者，輒謝弗為通。或未一造門，而聞聲相思，必致之乃已。以故，海內風雅知名之士，樂得君為歸。

容若結交的友人，大多數年齡比他大許多。順治十二年乙未，容若一歲時，吳綺（薗次）三十六歲；丁澎（藥園）三十三歲；嚴繩蓀（蓀友）三十二歲；陳維崧（其年）三十歲；姜宸英（西溟）二十七歲；朱彝尊（竹垞）二十六歲；梁佩蘭（藥亭）二十五歲；徐乾學（健庵）二十四歲；顧貞觀（梁汾）、韓菼（慕廬）、秦松齡（留仙）均十八歲；吳雯（天章）十一歲；最小的張純修（見陽）也已九歲了。

在當時，滿、漢之間，成見仍深，這些明朝遺民，又多「一肚皮不合時宜」，獨對容若青眼相待。最主要的原因，就在於容若憐才好客，出於至誠。真正是推心置腹，披肝瀝膽，以最真摯坦率的態度相待。且不論他們如何困頓、失意、坎坷、艱窘，他不僅「生館死殯」，於貲財無所吝惜。而且始終敬重、愛慕、寬容、支持不渝。

姜西溟，性格孤傲，落落寡合。在祭容若文中，自言交誼：兄一見我，怪我落落。轉亦以此，賞我標格……數兄知我，其端非一。我常箕踞，對客欠伸。兄不余傲，知我任真。我時嫚罵，無問高爵，兄不余狂，知余疾惡。激昂論事，眼瞪舌撟，兄為抵掌，助之叫號。有時對酒，零涕悲歌，謂余失志，孤憤則那。彼何人斯，實應且憎，余色拒之，兄門固扃……

這等相待之情，怎不令人心感？而在姜西溟最失意時，他又贈之以詞，為他排解：

金縷曲

何事添悽咽？但由他，天公簸弄，莫教磨涅。失意每多如意少，終古幾人稱屈？須知道福因才折。獨臥藜床看北斗，背高城玉笛吹成血。聽譙鼓，二更徹。

丈夫未肯因人熱，且乘閑，五湖料理，扁舟一葉。淚似秋霖揮不盡，灑向野田黃蝶。須不羨承明班列。馬跡車塵忙未了，任西風、吹冷長安月。又蕭寺，花如雪。

其他如寄南海梁藥亭的〈點絳唇〉：「一帽征塵，留君不住從君去。」；寄嚴蓀友的〈浣溪沙〉：「藕蕩橋邊理釣筩，苧蘿西去五湖東，筆床茶灶太從容。」；為陳其年題照的〈菩薩蠻〉：「烏絲曲倩紅兒譜，蕭然半壁驚秋雨。」；送張見陽令江華的〈菊花新〉：「愁絕行人天易暮，行向鷓鴣聲裡住。」；送徐藝初（徐健庵之子，名樹穀）歸崑山的〈雨中花〉：「天外孤帆雲外樹，看又是、春隨人去。水驛燈昏，關城月落，不算淒涼處。」；送別德清蔡夫子（名啟僔，字石公，號昆陽）的〈摸魚兒〉：「英雄輩，事業東西南北。臨風因甚成泣？酬知有願頻揮手，零雨淒其此日。休太息，須信道：袞袞諸公皆虛擲。年來蹤跡，有多少雄心，幾番噩夢，淚點霜華織。」在在表現了他對友人「象憂亦憂，象喜亦喜」的關心。

在詩集中，酬贈、送別、悲悼、題照的作品，亦復不少。總也是一例地或思、或憶、或勸、或慰，一派真摯之情，溢於言外。他撫平了他們失意的創傷，而且不矜不伐。適宜的，為他們不遇之才找出路，抑鬱之情尋寄託。更對困頓京師，有鄉難歸的遊子，多方籌劃，助其還鄉。對姜西溟如此，對其他人，也莫不如此。因此，徐乾學所謂：「坎軻失職之士，走京師，生館死殯，於貲財無所計惜。以故，君之喪，哭之者皆出涕。為哀輓之詞者，數十百人。有生平未識面者。」當是有事實根據的。

在他所有朋友中，最「知己」的是顧貞觀。在他的詩詞中，贈給「梁汾」（貞觀號梁汾）的，不下二十首之多。其他未指明，疑是為梁汾作的（如詩集中「為友人賦六首」，在梁汾《彈指集》中，頗有若合符節處。）還不算在內。

容若與梁汾的交誼，近於傳奇。

顧梁汾，江蘇無錫人，美丰儀，高才調，為人儁爽，尚友好義。二十餘歲時，即以蕭寺題壁詩：「落葉滿天聲似雨，關卿何事不成眠」為龔鼎孳稱賞，而聲譽鵲起，名動公卿。至康熙十五年，容若登進士，與梁汾相識。一見傾折，如遇故交。即為題〈側帽投壺圖〉，以為訂交之始：

金縷曲

德也狂生耳。偶然間、緇塵京國，烏衣門第。有酒惟澆趙州土，誰會成生此意。不信道遂成知己。青眼高歌俱未老，向樽前拭盡英雄淚。君不見，月如水。

共君此夜須沉醉。且由他、蛾眉謠諑，古今同忌。身世悠悠何足問，冷笑置之而已。尋思起重頭翻悔。一日心期千劫在，後身緣恐結他生裡。然諾重，君須記。

梁汾亦和韻作答：

金縷曲

且住為佳耳。任相猜、馳函紫閣，曳裾朱第。不是世人皆欲殺，爭顯憐才真意。容易得一人知己。慚愧王孫圖報薄，只千金當灑平生淚。曾不值、一杯水。

歌殘擊筑心逾醉。憶當年、侯生垂老，始逢無忌。親在許身猶未得，俠烈今生已已，但結託來生休悔。俄頃重投膠在漆，似舊曾相識屠沽裡。名預籍，石函記。

在容若逝後，梁汾在詞後附注當時的感覺：

「歲丙辰，容若年二十二，乃一見即恨識余之晚。閱數日，填此闋為余題照。極感其意，而私訝『他生再結』殊不祥。何意為乙丑五月之讖也！傷哉。」（按：容若於乙丑五月三十日去世。）

二詞對照，容若固然以「平原君」自期，梁汾亦以「信陵君」相許。且梁汾當時似處於一種無以自明的嫌疑中，才有「不是世人皆欲殺」之句。而容若相待之厚，不免使梁汾生「侯生垂老，始逢無忌」的知遇之感了。

在那時，梁汾心中第一大事，就是救援涉入考場弊案，蒙冤流放寧古塔的吳兆騫（漢槎）。吳漢槎於順治十五年被捕、十六年謫戍。至康熙十五年，容若與顧梁汾訂交，已有十八年了。然而此案情節太大，無人敢輕易涉入。

是年冬，天氣嚴寒，梁汾寓京師「千佛寺」中。思及流放於在苦寒之地寧古塔（按：今吉林寧安）受罪的吳漢槎，寄〈金縷曲〉二闋：

金縷曲

季子平安否？便歸來、平生萬事，那堪回首。行路悠悠誰慰藉，母老家貧子幼。記不起從前杯酒。魑魅搏人應見慣，總輸他覆雨翻雲手。冰與雪，周旋久。

淚痕莫滴牛衣透。數天涯、依然骨肉，幾家能彀？比似紅顏多命薄，更不如今還有。只絕塞苦寒難受。廿載包胥承一諾，盼烏頭馬角終相救。置此札，兄懷袖。

我亦飄零久。十年來、深恩負盡，死生師友。宿昔齊名非忝竊，只看杜陵窮瘦。曾不減夜郎僝僽，薄命長辭知己別，問人生到此淒涼否？千萬恨，為兄剖。

兄生辛未吾丁丑。共些時、冰霜摧折，早衰蒲柳。詞賦從今須少作，留取心魂相守。但願得河清人壽。歸日急繙行戍稿，把空名料理傳身後。言不盡，觀頓首。

吳漢槎於冰雪中接到此詞，感受如何，當可想見。梁汾在此二詞後，附註了當時容若的反應：

「二詞成，容若見之，為泣下數行。曰：『河梁生別之詩（李陵與蘇武作生別之詩），山陽死友之傳（向秀為嵇康作〈思舊〉之賦），得此而三。此事，三千六百日中，弟當以身任之，不俟兄再囑也。』余曰：『人壽幾何？請以五載為期。』懇之太傅，亦蒙見許。而漢槎果以辛酉入關矣。附書志感，兼志痛云。」（所以志痛，因附註寫於容若歿後。）

以容若兼其父相國明珠之力，還費了五年時間，才得將漢槎贖歸；亦可知其艱難了。若非遇見容若這樣古道熱腸、悲天憫人，重才愛友的奇男子，恐怕梁汾「廿載包胥承一諾」的「然諾」，終究還是「虛話」。因此，顧、吳的交誼，固然可感。容容的義伸援手，更是值得大書特書。在當時，他並不認識吳漢槎，完全只為了受梁汾風義的感動。吳漢槎入關後，無以為生。容若又延為西席，教其弟揆敘。二年後，漢槎病歿，為之治喪，並卹存孤稚。此又「生館死殯」一例。

漢槎生還之事，哄動海內，傳說甚多，均足感人：

梁汾素不飲酒，一日，過相府。明珠正宴客，持巨觥道：

「你盡此一觥，我為你救漢槎。」

梁汾聞言，接過酒觥，一飲而盡。明珠為之感動，忙道：

「你便不飲，難道我就不肯救漢槎了？」

漢槎返京，往相府謝恩。見容若書齋牆上，大書一行字：「顧梁汾為吳漢槎屈膝處！」為之大慟。

容若為漢槎用的心力，可由另一闋寄梁汾的〈金縷曲〉看出：「……絕塞生還吳季子，算眼前、此外皆閒事。知我者，梁汾耳。」漢槎歿時，容若正扈從南巡。驚聞噩耗，祭之以文，有「青溪落月，臺城衰柳，哀訃驚聞，未知是否」句，又云：「自我昔年，邂逅梁溪。了有死友，非此而誰？金縷一章，聲與泣隨。我誓返子，實由此詞。」並不肯自居功勞，仍推重梁汾，亦可見其敦厚。

康熙二十四年乙丑，五月三十，容若以「七日不汗症」（疑是傷寒）死，病前一日，猶邀集顧梁汾、姜西溟、梁藥亭、吳天章共詠夜合花。其一生友愛風雅，可說是至死未改了。

一片幽情冷處濃

容若的詞中，以小令最受稱許。而最為人稱美的，是他寫「情」的真摯、悽婉。無論是傷春、悲秋、相思、賦別、悼亡……都以近於純白描之筆，直抒胸臆。其感人，恰如顧貞觀所說：「一種悽婉處，令人不忍卒讀。」

在容若作品中，悼亡之作，分量很重，也真合該「令人不忍卒讀」。但其他作品的悽婉之情，又何由而生呢？向來《納蘭詞》為人推重，在於一「真」字。這些自胸臆中流出的悽婉，曾有近人將之歸因於入直宮禁，扈從出巡。或銜命塞外，與夫人盧氏會少離多。少年夫妻，不勝別苦，吐為悲音。可是，只要稍為核對年譜，便知此語不確。容若悼亡詞中，唯有〈沁園春〉一闋，前綴小序：

丁巳重陽前三日，夢亡婦澹妝素服，執手哽咽，語多不復能記。但臨別有云：『銜恨願為天上月，年年猶得向郎圓。』婦素未工詩，不知何以得此也。覺後感賦長調。」這就是極有名，且有不同版本的「瞬息浮生」一闋。

由此詞可確證：丁巳年，容若已賦悼亡。若對照另一闋「亡婦忌日有感」的〈金縷曲〉，則悼亡之年，還得前移三年；因其中有句：「三載悠悠魂夢杳」，正是有三年未曾入夢之恨。可是，若把時間推前三年，則容若方二十歲，與盧氏正當新婚，顯然不符事實。

因此，〈金縷曲〉雖題目確鑿，但因與顧貞觀集中「悼亡」詞，同題、同意、同韻。頗令人存疑：是否「借題」發揮，以掩人耳目？歷來一詞出，和韻累百（如秋水軒之〈金縷曲〉便是一例），並非異事。但，和人「悼亡」之作，似悖於常理。即不論〈金縷曲〉，容若於丙辰授三等侍衛，至確定已賦悼亡的丁巳，一年間，並沒有扈從出巡的記錄。若以尋常入直，便悲哽如此，恐怕非但不容於清議，亦不容於家法了。

容若、盧氏，固然伉儷相得，恩愛繾綣。既結連理，於兒女之情，便算得一種「圓滿」。除非不容於姑舅，或真關山遠隔，尚有可說。尋常家居，且容若不過入直宮禁，或早出晚歸，或數日小別。舊禮法中，男兒本應志在四方。豈有飽學如容若者，因此而出呢呢兒女之態，不耐須臾之別呢？於盧氏之情，寫於悼亡後，極為合理，寫於悼亡前，卻未必合情。這也正是容若詞中所謂：「當時只道是尋常」〈浣溪沙〉、「止向從前悔薄情」〈南鄉子〉；在「當時」，並未極加珍惜，更難說出以悽婉之詞了。也正因如此，回憶當年，格外不勝其情。因二人感情實在是好。只以日常居處，未免尋常視之。這也是容若「悼亡」之作多，且悽婉感人的原因。

再者，容若愛才好客已如前述。便不入直，又豈能與盧氏終日廝守？可知以悽婉小令俱歸盧氏，並不能使人信服。反倒是一些歡愉的「閨情」，如：「飛絮晚悠颺，斜日波紋映畫梁」——〈南鄉子〉、「春雲吹散湘簾雨，絮黏蝴蝶飛還住」——〈菩薩蠻〉、「昨夜濃香分外宜，天將妍暖護雙棲」（山花子）等，較近於兩情相悅的少年夫妻閨中唱隨的寫照。

顧梁為容若許為知己，對容若的了解，自不待言。梁汾在祭容若文中，除述交誼外，亦有「知己之言」：

「吾哥所欲試之才，百不一展；所欲建之業，百不一副。所欲遂之願，百不一酬；所欲言之情，百不一吐……」

如此心境，絕不是自容若表面所為人稱羨的天子近臣、相國公子，乃至少年如花美眷所應有、宜有。出於梁汾筆下，更可知其中深痛，非尋常人所能了解。前二者，容若文才武用。肆力經濟，無由一展抱負（不是利祿功名），多少還有蹤跡可尋。至於「欲遂之願，百不一酬；欲言之情，百不一吐」，其中委屈便極難明。揆諸下文：「實造物之靳乎斯人，而並無由達之君父者也。」所以「無由達之君父」，有幾種可能：一是拘於禮法，或其他外在因素，不宜向君父道。二是君嚴父峻，難以溝通。三是根本「委屈」之源，便是君父；莫說「達之君父」，甚且諱之不及。心境委屈如此，就無怪容若詞以悽婉悲哽名世了。所謂「容若，古之傷心人也」，又豈是自表相的安富尊榮所能臆測？

容若難酬之願，是什麼呢？是「銀漢難通，穩耐風波『願』始從」；是「但是有情皆滿

『願』，更從何處著淒涼」。而須耐風波，終未滿全的「願」何指？當然是「願天下有情人都成為眷屬」了。容若並非沒有「如花美眷」，而作此語，那就無怪他作〈擬古決絕詞〉了「……驪山語罷清宵半，淚雨霖鈴終不怨，如何薄倖錦衣郎，比翼連枝當日願。」其中明顯地含有愧疚自責的意味；「比翼連枝」之願，終成虛話。又別婚盧氏，真箇「願」難酬了。

更曲折難解的是「欲言之情，百不一吐」。就一男子而言，用「情」的對象，很少有「難吐」的；於妻、於妾、於姬、於婢，乃至於名妓、孌童，無不可說。在男性的社會，男性原有「一生風月，到處煙花」的特權。何以容若之「情」難吐？不免引人猜疑。以容若兩闋言「情」的詞，相互對照，也可體會出二者間微妙的差異。一是前引的〈南鄉子〉，題為「為亡婦題照」：

> 淚咽更無聲，止向從前悔薄情。憑仗丹青重省識，盈盈，一片傷心畫不成。
> 別語忒分明，午夜鶼鶼夢早醒。卿自早醒儂自夢，更更，泣盡風前夜雨鈴。

另一闋是〈攤破浣溪沙〉（或作〈山花子〉）。未標題，但依詞意，應也是悼亡之作。「悼亡」作廣義看，不必指「亡婦」，但應是在心目中，具有不減於亡婦分量的女子。

風絮飄殘已化萍，泥蓮剛倩藕絲縈。珍重別拈香一瓣，記前生。
人到情多情轉薄，而今真箇悔多情。又到斷腸回首處，淚偷零。

二詞俱「悔情」，然則一悔「薄情」，一悔「多情」。為便於分判，姑借《紅樓夢》為說。若二詞皆出於寶玉，而假設寶釵婚後亦故去。則此二「悼亡」，何者悼釵？何者悼黛？無疑，於釵是「悔薄情」，因兩情雖好，畢竟此心別有所屬。而若非「多情」，黛不致癡苦至死，自己亦不至於抱恨終天。「悔多情」，正是這種心境下，因痛極而作的決絕之語。

若容若所傾心愛慕的女子是單純的「未嫁而死」，還不至於「難言」。就《納蘭詞》中的蛛絲馬跡，並稗官野史之說，容若所眷愛的女子，竟是選入宮禁。依舊家傳說，這正是《紅樓夢》中，黛玉未婚，而號「瀟湘『妃子』」的原因。那就無怪「欲言之情，百不一吐」了，更何況「達之君父」！

關於這一點，前人早已議論紛紛。而容若詞中，令人「不能無疑」的詞，亦復不少。最常為人舉為例證的，如：

昭君怨

深禁好春誰惜，薄暮瑤階竚立。別院管絃聲，不分明。

又是梨花欲謝，繡被春寒今夜。寂寂鎖朱門，夢承恩。

近代學者張任政提出疑問：「所謂鎖朱門，何地也？夢承恩，何事也？除宮闈之外，更何有承恩之事！」本來「宮詞」也是詩的一體。問題是：容若從不肯作「宮詞」的。而且，此詞也不似一般「宮詞」的語氣。分明「其中有人，呼之欲出。」

其他如：

采桑子

彤雲（或作霞）久絕飛瓊字。人在誰邊？人在誰邊？今夜玉清眠不眠？
香銷被冷殘燈滅。靜數秋天，靜數秋天，又誤心期到下弦。

海天誰放冰輪滿？惆悵離情，莫說離情，但值涼宵總淚零。
祇應碧落重相見。那是今生，可奈今生，剛作愁時又憶卿。

減字木蘭花

燭花搖影，冷透疏衾剛欲醒。待不思量，不許孤眠不斷腸。
茫茫碧落，天上人間情一諾。銀漢難通，穩耐風波願始從。

晚妝欲罷，更把纖眉臨鏡畫。準待分明，和雨和煙兩不勝。
莫教星替，守取團圓終必遂。此夜紅樓，天上人間一樣愁。

清平樂

塞鴻去矣，錦字何時寄？記得燈前佯忍淚，卻問明朝行未？
別來幾度如珪，飄零落葉成堆。一種曉寒殘夢，淒涼畢竟因誰？

臨江仙

綠葉成陰春盡也，守宮偏護星星。留將顏色慰多情，分明千點淚，貯作玉壺冰。
獨臥文園方病渴，強拈紅豆酬卿。感卿珍重報流鶯，惜花須自愛，休只為花疼。

畫堂春

一生一代一雙人，爭教兩處銷魂？相思相望不相親，天為誰春？
漿向藍橋易乞，藥成碧海難奔。若容相訪飲牛津，相對忘貧。

試就所舉數詞看：「飛瓊」是仙女，「碧落」是大上（若死後，則可解為黃泉。）「天上」、「人間」的對照，正可解為宮禁與民間。宮禁為「天子」所居處，比之「天上」，誰云不宜？如此，宮中妃嬪、宮女，自當以仙女擬之了（這是李義山故技，並非始於容若）。於是藍橋的雲英、碧海的嫦娥、飲牛津的織女，一一出現。更明顯的是〈清平樂〉、〈臨江仙〉。「塞鴻」之名，見於唐人小說〈無雙傳〉。劉無雙是沒入宮禁的妃嬪，塞鴻為老僕名。經塞鴻傳書，古押衙仗義，終為王仙客救出了無雙。而〈臨江仙〉中，所謂「守宮」，是宮中驗取女子貞節所用以點臂的蜥蜴，並非泛典。

若說，這些還不足為證。那，請看：

減字木蘭花

花叢冷眼，自惜尋春來較晚。知道今生，知道今生那見卿。

天然絕代，不信相思渾不解。若解相思，定與韓憑共一枝。

金縷曲

酒涴青衫卷，儘從前、風流京兆，閒情未遣。江左知名今廿載，枯樹淚痕休泫。搖落盡玉蛾冰繭。多少殷勤紅葉句，御溝深，不似天河淺。空省識，畫圖展。

高才自古難通顯。枉教他，堵牆落筆，凌雲書扁。入洛遊梁重到處，駭看村莊吠犬。獨憔悴斯人不免。袞袞門前題鳳客，竟居然潤色朝家典。憑觸忌，舌難翦。

前一闋，提出了「韓憑」和「相思」。韓憑的故事發生在戰國時代，韓憑為宋大夫，娶妻何氏，是一絕色美女。康王下韓憑於獄，奪其妻。其妻暗中傳書信給韓憑，表明以死明志的決心，於是韓憑自殺。何氏設法使身上的衣服腐化，與康王登高臺時，趁康王不備，縱身跳下。康王連忙拉住她的衣服，因衣服早經腐化，衣裂人墜而死。她留遺書於衣帶上，求與韓憑合葬。康王又恨又惱，故意把他們分葬兩處，遙遙相望。不料，一夜之間，兩座墳上各長出一棵梓木，根連於下，枝連於上。有二鳥如鴛鴦，棲於枝上，旦暮悲鳴。這樹，就被稱為相思樹或連理枝。容若用「韓憑」之典，分明指所愛為康熙所奪（雖然康熙未必知情），入了宮禁。

而後一闋，既用了「流紅記」，宮中女子，紅葉題詩，流出宮牆，為士子所得，終於竟成夫婦的典。又逕出「御溝深，不似天河淺」的怨嘆，顯然結局並不圓滿。確鑿如此，再無疑義。〈金縷曲〉是寄梁汾的，想也只有對他這位第一知己，才能傾吐。由此可知，梁汾所謂「欲言之情，百不一吐」，實在是有難言的苦衷的。

確定了容若所眷女子入宮，納蘭詞中許多悽婉迷離，深情款款，又不似伉儷之情的作品，就可以得到了解答。如：「近來怕說當時事，結遍蘭襟，月淺燈深，夢裡雲歸何處尋。」〈采桑子〉。「遠信不歸空悵望，幽期細數卻參差，更兼何事耐尋思。」「別後心期如夢杳，年來憔悴與愁并，夕陽依舊小窗明。」「記綰長條欲別難，盈盈自此隔銀灣，便無風雪也摧殘。」「容易濃香近畫屏，繁枝影著半窗橫，風波狹路倍憐卿。」（以上〈浣溪沙〉）。「惆悵玉顏成間阻，何事東風，不作繁華主。」「若得尋春終遂約，不成長負東君諾。」「重到舊時明月路，袖口香寒，心比秋蓮苦，休說生生花裡住，惜花人去花無主。」（以上〈蝶戀花〉）。「愁中看，好天良夜，知道盡成悲咽。隻影而今，那堪重對，舊時明月。」〈琵琶仙〉。「新恨暗隨新月長，不辨眉尖上。」「別來幾度如珪，飄零落葉成堆，一種曉寒殘夢，淒涼畢竟因誰。」（以上〈清平樂〉）「銀箋別記當時句，密綰同心苣。為伊判作夢中人，長向畫圖影裡喚真真。」「淒涼別後兩應同，最是不勝清怨月明中。」「回廊一寸相思地，落月成孤倚。背燈和月就花陰，已是十年蹤跡十年心。」（以上〈虞美人〉）。「摘得一雙紅豆子，低頭，說著分攜淚暗流……別自有人桃葉渡，扁舟，一種煙波各自愁。」〈南鄉子〉。「怕見人去樓空，柳枝無恙，猶掃窗間月。無分暗香深處住，悔把蘭襟親結。」〈念奴嬌〉。「將息報飛瓊，蠻箋署小名。鑒淒涼、片月三星。待寄芙蓉心上露，且道是，解朝酲。」〈南樓令〉；「一雙蓮影藕絲斷」〈齊天樂〉……

信手拈來，這些深婉、淒楚，濃得化不開，又無奈難解的相思相憶、離愁離恨，是那麼百迴千折，又堅定不移地盤據著容若易感的心。這一雙情侶的拆散，似乎出自尊親。看「何事東風，不作繁華主」，多麼相似陸放翁「東風惡，歡情薄」的情境。

在容若心中，始終忘不了他們之間的盟約。他們似曾私訂終身，也許正因如此，才不見容於尊親。一番海誓山盟，竟成虛話。對若容，因此更刻骨銘心：

紅窗月

夢闌酒醒，早因循過了清明。是一般心事，兩樣愁情。猶記回廊影裡誓生生。
金釵鈿盒當時贈，歷歷春星。道休孤密約，鑒取深盟。語罷一絲清露濕銀屏。

鵲橋仙

乞巧樓空，影娥池冷，說著淒涼無算。丁寧休曝舊羅衣，憶素手為余縫綻。

蓮粉飄紅，菱花掩碧，瘦了當初一半。今生鈿盒表余心，祝天上人間相見。

就「一般心事，兩樣愁情」；「祝天上人間相見」來看，與容若共盟的女子，必不是「花好月圓」的盧氏。作此二詞時，彼姝應已入宮。但容若仍存「守取團圓終必遂」的心情，冀望「穩耐風波願始從」。因入宮女子，未經皇帝臨幸，及齡是有放歸的希望的。也因此，容若常心懷憂懼，不時試探、打聽消息。如前引「深禁好春誰惜」〈昭君怨〉，「守宮偏護星星」〈臨江仙〉，都源於這種心情。

容若常以「芙蓉」隱喻彼姝，如：「不及芙蓉，一片幽情冷處濃」〈采桑子〉；「相逢不語，一朵芙蓉著秋雨」〈減字木蘭花〉。有兩闋詞也可能與這種憂懼心情有關：一是〈清平樂〉：「愔愔鏡閣飛蛾，誰傳錦字秋河？蓮子依然隱霧，菱花偷惜橫波。」一是〈滿宮花〉：「麝煙銷，蘭燼滅，多少怨眉愁睫。芙蓉蓮子待分明，莫向暗中磨折。」前一闋「蓮子」二字出現得十分突兀，令人費解。及至見到次一闋「芙蓉蓮子待分明」，始恍然有悟。蓮子者，「露冷蓮房墜粉紅」也。因為，容若急欲明白彼姝仍是「芙蓉」，或已是「蓮子」，故有「蓮子」一問。

然而，誠如他在「寄梁汾」的〈金縷曲〉中云：「情深我自拚憔悴，轉丁寧、香憐易爇，玉憐輕碎。」彼姝竟未待及放歸，在宮中抑鬱而死。容若痛悼之情，可以想見，吐為哀音：

浣溪沙

鳳髻抛殘秋草生，高梧濕月冷無聲，當時七夕有深盟。
信得羽衣傳鈿盒，悔教羅襪葬傾城，人間空唱雨霖鈴。

（通篇用楊妃故事。但對照前引〈鵲橋仙〉，便知並非詠史。所謂「羽衣傳鈿盒」，或真有其事；可能彼姝將鈿盒遺贈容若為紀念。）

攤破浣溪沙

林下荒苔道韞家，生憐玉骨委塵沙。愁向風前無處說，數歸鴉。
半世浮萍隨逝水，一宵冷雨葬名花。魂是柳綿吹欲碎，繞天涯。

（悼念亡妻，理所當然，豈有「無處說」之理？顯非指盧氏。且「名花」當出於「名花傾國兩相歡」，擬盧氏，亦非所宜。）

憶江南

心灰盡，有髮未全僧。風雨消磨生死別，似曾相似只孤檠，情在不能醒。
搖落後，清吹那堪聽。淅瀝暗飄金井葉，乍聞風定又鐘聲，薄福薦傾城。

蝶戀花

辛苦最憐天上月，一昔如環，昔昔長如玦。若似月輪終皎潔，不辭冰雪為卿熱。
無奈鍾情容易絕，燕子依然，軟踏簾鉤說。唱罷秋墳愁未歇，春叢認取雙棲蝶。

（「一昔如環，昔昔成玦」，不似「幾年恩愛」夫婦間的恨語。「若似月輪終皎潔，不辭冰雪為君熱」，真正是悽婉欲絕，令人不忍卒讀。）

眼兒媚

林下閨房世罕儔，偕隱足風流。今來忍見，鶴孤華表，人遠羅浮。
中年定不禁哀樂，其奈憶曾遊。浣花微雨，采菱斜日，欲去還留。

（林下閨房，用「謝道蘊有林下風」之說。蘇雪林女士，因容若詞中屢用「謝娘」、「道蘊」、「林下」等入詞，斷定彼姝姓「謝」。「今來」二字，亦顯非日常相處夫妻。）

這些小令，容若似乎無法寫盡心中傷痛。必長調，才能盡情一哭。於是，有兩闋疑為彼姝而作的「悼亡詞」出現。一闋為〈沁園春〉，題為「代悼亡」，然而其中情深詞苦，絕不是「代」言所能有；此「代」當非「替代」之「代」，只以示別於盧氏悼亡而已。另一闋，如前所提〈金縷曲〉「此恨何時已」，題為「亡婦忌日有感」。這闋詞，有題，本不應有疑義。但因與顧梁汾的一闋「悼亡」，同題同韻，不免令人詫異。試將這一闋詞，並梁汾與之同韻的兩闋，一一列出，並加比較。

沁園春

夢冷蘅蕪，卻望姍姍，是耶非耶？悵蘭膏漬粉，尚留犀盒，金泥蹙繡，空掩蟬紗。影弱難持，緣深暫隔，只當離愁滯海涯。歸來也，趁星前月底，魂在梨花。

鸞膠縱續琵琶，問可及當年萼綠華？但無端摧折，惡經風浪，不如零落，判委塵沙。最憶相看，嬌訛道字，手翦銀燈自潑茶。今已矣，便帳中重見，那似伊家。

通篇全是悼亡口氣。一開始，先用漢武帝與李夫人故事。所謂「犀盒」，或就是「信得羽衣傳鈿盒」的「鈿盒」。「影弱難持」三句，寫當日入宮，以為終久當相聚，只視為「暫隔」，羈於海涯，不久當歸。不意玉人薄命，歸來者，竟是芳魂一縷。二人雖未結合，在容若心中，彼姝的地位，與妻子無異；盧氏在禮法中，是妻了。於容若心中，是續絃。故用「鸞膠」的典來形容。萼綠華，又是仙女名。在容若看來，彼姝是仙女小謫。又以入宮故，往往用仙女名隱喻。此詞中最沉痛的，是「但無端摧折，惡經風浪，不如零落，判委塵沙」四句。摧折，本可形容死亡。容若悼亡妻亦用「自那番摧折」，所謂「玉折蘭摧」。但「惡經風浪」四字一出，便知此「摧折」不僅死亡而已，而是寫彼姝身受的身心折磨、慘痛。睽隔愛侶，深處宮禁，其所受的種種心靈的折磨摧傷，是無法想像的。無端二字，表示其無故、無辜而不容於尊親，以致飽受非人的苦楚。「惡經風浪」，更吐出了容若滿腔悲憤。風波、風浪可互通，此二詞屢見於容若詞中。如：「穩耐風波願始從」〈減字木蘭花〉；「風波狹路倍憐卿」〈浣溪沙〉；「想幾年蹤跡，過頭風浪，只消受一段橫波花底」〈秋水〉，都是指一種痛苦、不堪承受的境遇。這絕不是「繡床倚遍，並吹紅雨，雕闌曲處，同送斜陽」（〈沁園春〉：容若悼亡之作。有兩種版本，所引是其一。）的盧氏所曾經的境遇。「不如零落，判委塵沙」，更是痛極語。非至情人，不能出此。既然生命痛苦如此，寧可對方死了。只是死者已矣，生者何堪？能出此語，絕非「代」言可致！甚至，悼亡盧氏諸作，也不能逾此痛切。除了容若至愛而抱恨終天的彼姝，誰也不堪當此！

金縷曲

此恨何時已？滴空階，殘更雨歇，葬花天氣。三載悠悠魂夢杳，是夢久應醒矣。料也覺人間無味，不及夜臺塵土隔，冷清清一片埋愁地。釵鈿約，竟拋棄。

重泉如有雙魚寄，好知他，年來苦樂，與誰相倚？我自終宵成轉側，忍聽湘絃重理。待結箇他生知己，還恐兩人俱薄命，再緣慳賸月零風裡。清淚盡，紙灰起。

「人間無味」，似不是容若「幾年恩愛」的妻子會有的心情。「釵鈿約，竟拋棄」，用於盧氏，更是牽強；今生已偕連理，何謂「拋棄」？雖然以青春早逝，也是已踐鴛盟，無論如何，算不得「拋棄」了。且如前引諸詞，「驪山語罷清宵半」正是明皇、楊妃訂「釵鈿約」之時。而容若的結句是「如何薄倖錦衣郎，比翼連枝當日願」。並沒有圓滿的結局，自不是指配偶盧氏。「金釵鈿盒當時贈」〈紅窗月〉、「今生鈿盒表余心」〈鵲橋仙〉、「信得羽衣傳鈿盒」〈浣溪沙〉，顯然都不是為盧氏而作。雖容若悼盧氏詞中，亦有「重圓密誓」字樣，卻不似言「釵鈿約」如此出以鄭重。「還恐兩人俱薄命，再緣慳賸月零風裡。」若論緣短，猶可說。既成佳耦，緣亦不「慳」矣！比之彼姝，硬生生被送入宮禁，拆散鴛盟，盧氏豈能稱得「緣慳」二字！「還恐兩人俱薄命」，用之於容若與彼姝妥貼，用之於盧氏，雖然青春早喪算是「薄命」，卻難以與「幾年恩愛」聯想。至少，在他們兩人的感情生活，是談不上「兩人俱薄命」的。而且，就「知己」二字來看，容若詞有：「知己一人是誰，已矣，贏得誤他生。多情終古似無情，莫問醉耶醒。」〈荷葉盃〉，為容若所許為唯一紅顏知己的，只有彼姝謝氏女。就「贏得誤他生」、「多情自古似無情」來看，也非盧氏。

金縷曲（顧梁汾悼亡）

好夢而今已。被東風，猛教吹斷，藥爐煙氣。縱使傾城還再得，宿昔風流盡矣！須轉憶半生愁味。十二樓寒雙鬢薄，遍人間無此傷心地。釵鈿約，悔輕棄。

茫茫碧落音誰寄？更何年、香階剗襪，夜闌同倚。珍重韋郎多病後，百感消除無計。那只為個人知己。依約竹聲新月下，舊江山一片啼鵑裏。雞塞遠，玉笙起。

梁汾詞中，除了「傾城」，又用了神仙居處「十二樓」的典。而「釵鈿約」未免巧合過甚。且，亦如前述：已偕鴛盟，何棄之有？而且「悔輕棄」，似乎並非言對方棄世（以此解釋，勉強可通），而是自己背盟棄約，更令人難解；「結髮為夫妻」且顯然兩情歡洽，這一「棄」字，究竟從何說起？而，「香階剗襪」四字，出於李後主〈菩薩蠻〉：「剗襪步香階，手提金縷鞋」；而這闋詞，是為當時與他還屬「情人」關係的「小周后」寫的。正因此，以鞋行走，深恐發出聲響，為人所知。才需脫下鞋子，提鞋剗襪而行；這又豈是夫妻之間需有的行徑？

也因此，筆者大膽假設。或是「借題」：在容若心中，彼姝無異為「婦」。題為「亡婦」，就容若而言，是認為「理之雖無，情之必有」的。梁汾顯然了解其中曲折，賦「悼亡」，與容若心照不宣。梁汾詞中「依稀竹聲新月下」，亦可在容若詞中，尋得端倪：「依舊回廊新月在，不定竹聲撩亂。」這些，雖不足確證「借題」之說，或也不為全無依據吧。

將容若、梁汾二人同韻的〈采桑子〉並錄於後：

采桑子（容若）

謝家庭院殘更立。燕宿雕梁，月度銀牆，不辨花叢那辨香。

此情已自成追憶。零落鴛鴦，雨歇微涼，十一年前夢一場。

采桑子（梁汾）

分明抹麗開時候。琴靜東廂，天樣紅牆，只隔花枝不隔香。

檀痕約枕雙心字。睡損鴛鴦，孤負新涼，淡月疏欞夢一場。

這兩闋詞，實在都不像和韻。當筆者在《彈指集》中，看到「無題十首」之二，有「月轉雕梁宜宿燕」之句，幾疑是容若為梁汾作。

梁汾長容若十八歲，「無題十首」似寫少年時代一段情恨，與「無題八首」如出一轍。因其中有「女校書」、「神女」、「壓牆花」、「十索」等字樣，又有「為郎拚削神仙籍」、「平陽宅裡」、「散華人」等字句。疑是原為王侯家歌姬舞妓，後淪落風塵者。容若「為友人賦六首」，似源於此。但仔細推敲〈采桑子〉，雖「燕宿雕梁，月轉銀牆」，與「月轉雕梁宜宿燕」字句雷同。但感情真摯，「此情已自成追憶」、「十一年前夢一場」更非泛泛代寄語。且與「謝」有關字句。屢見於納蘭詞中，如蘇雪林教授所言：均為特指對象；即容若所眷愛的彼姝。想來此詞為容若追憶當年種種而作；因為刻骨銘心，所以連年分也記得清楚，確指是「十一年前」。

近人張政任《飲水詞叢錄》對此存疑，提到容若的〈采桑子〉：「後之讀此詞者，無不疑及與『悼亡』有關。并引以推證其悼亡年月。余近讀梁汾《彈指詞》有和前韻一首，詞云（見前）。觀上二首（容若及梁汾的〈采桑子〉）詠事則一，句意又多相似。如謂容若詞為悼亡妻作，則閨閣中事，豈梁汾所得言之？」

〈采桑子〉並無明確題目，已被人如此質疑。更何況〈金縷曲〉有明確的題目；顧梁汾竟「公然」的和人「悼亡」之作？

細查納蘭年譜：盧氏於康熙十三年，容若二十歲時嫁入納蘭府。亡故於康熙十六年丁巳；容若時年二十三歲。而就詞中「此情已自成追憶。零落鴛鴦，雨歇微涼」等句來看，此詞若是為盧氏，則必寫於盧氏亡故之後；才「此情已自成追憶」，也才用得上「零落鴛鴦」之句。但從容若二十三歲，盧氏去世，到以他自己以三十一歲盛年去世，怎麼數，也數不出「十一年」來！自然不是為盧氏。

另一個世人所知，也為他所愛的人：應是他晚年納為「簉室」（家門都沒進，連正式「妾」的名分都沒有的「外室」；地位比「妾」還不如）的沈宛。容若寫給顧梁汾提到「琴川女子」的信，是康熙二十二年冬至二十三年春之間。她「來歸」必在此後。而且，即使連門都沒進，還是不為納蘭家所容，不久就被迫仳離；可知，納蘭家給容若的壓力之大！從她「來歸」，至容若去世，都不到一年；真正「同居」的日子，當僅數月而已。

從時間推算，盧氏與沈宛這兩位被「公認」曾為容若所「愛」的女子，都無法讓〈采桑子〉詞中的「十一年」有著落。而這「十一年」的深痛，又無可忽略的確鑿如此！容若有一闋〈虞美人〉：「背燈和月就花陰，已是十年蹤跡十年心。」另有一闋〈鵲橋仙〉：「一宵燈下，連朝鏡裡，瘦盡十年花骨。」〈少年遊〉：「十年青鳥音塵斷，往事不勝思。」也都是確記年分的；可見傷痛之深，真可說是「刻骨銘心」。那，除了這一位入宮且亡於宮中，造成他終天難釋情恨的「謝孃」，又有誰當得起呢？

至於梁汾〈金縷曲〉之作，是和容若韻，言容若事（此事梁汾應極清楚。如係容若悼亡妻之詞，梁汾自不宜置詞。若是此「一生恨事」，倒是可以寄戚戚之情的。）還是梁汾借韻，自澆塊壘，寫自己的「往日情懷」，倒是不得而知了。

「一生一代一雙人，爭教兩處銷魂。相思相望不相親，天為誰春！」〈畫堂春〉。既「兩處銷魂」，又「相思相望不相親」，也絕不會是已成佳偶的盧氏。

容若與彼姝，訂釵鈿之約，共結蘭襟，只望「休孤密約，鑒取深盟」。不意遭摧折、歷風波，生離於前，死別於後。乃知所謂「哀感頑艷」，所謂「悽婉處，令人不忍卒讀」，所謂「古之傷心人，別有懷抱」，都是容若一生恨事的寫照。是至情流露，而非僅「為賦新詞」而已。

當時只道是尋常

容若的元配，是盧氏。盧氏之父，曾任兩廣總督、兵部尚書、都察院右都御史，也是宦門閨秀。

嫁為才子婦，一般是精神生活豐美，物質生活貧乏。而盧氏，顯然至少表面上是極幸福的。夫婿溫柔多情，相府更是「鐘鳴鼎食」之家，錦衣玉食，自不待言。容若相國長公子，她為相府少夫人，本身又有「宜人」（五品命婦）的誥封。擁有這一切，復有何憾？

就容若悼亡諸作來看，盧氏必然美慧溫柔，知書達理。雖然「素未工詩」（見〈沁園春〉序），倒未必不識詩書。若依謝章鋌《賭棋山莊集》（見廣文書局《詞話叢編》第一冊）記載，竟還是一位著有《選夢詞》的才女呢。集中云：「容若婦沈宛，字御蟬」，與「墓誌銘」記載「配盧氏」不符。且容若在序中明言：「婦素未工詩」，萬無能填詞成卷，而稱「不工詩」之理。

且容若髮妻盧氏、續絃官氏記載甚詳，於謝氏之說，不予採信（事實上，如前所述，著有《選夢詞》的，是容若之妾沈宛，而非妻盧氏）。但，容若婦「知書」，應無疑問。在《納蘭詞》中，兩用李清照「潑茶」之典。其一，為前引「代悼亡」的〈沁園春〉：「手翦銀燈自潑茶」。其二為：

浣溪沙

誰念西風獨自涼，蕭蕭黃葉閉疏窗，沉思往事立殘陽。
被酒莫驚春睡重，賭書消得潑茶香，當時只道是尋常。

〈浣溪沙〉的口吻，尤其「被酒莫驚春睡重」一語，應屬有夫婦關係的盧氏。既以李清照「賭書」事入詞，盧氏縱不工詩，至少也是知情解意識風雅的。

另一方面，就〈青衫濕〉：「半月前頭扶病，剪刀聲猶共銀釭。」從抱病裁衣一事來看，盧氏也堪稱賢婦。不但如此，對容若的「舊情難忘」，她是不但知、解，還能容諒。如〈青衫濕〉：「青衫濕遍，憑伊慰我，忍便相忘」，由詞意可知，不僅為盧氏而濕青衫，更是憶及往昔「青衫濕遍」之時，有「伊」（盧氏）殷殷解慰，故而不忘。又：「怕幽泉還為我神傷，道書生薄命宜將息，再休耽怨粉愁香」，一「還」字，一「再」字，都顯示出盧氏生前種種體貼溫慰，他「耽怨粉愁香」，固不始於盧氏逝後。盧氏為他「神傷」，也是生前常有之事。甚至可說：他悼盧氏之情，感其溫慰體貼的「恩德」，多於柔情密意的「情愛」。

當然，容若也絕不是不「愛」盧氏的。他們之間的鶼鶼鰈鰈，絕對超過一般凡俗夫妻。但，容若舊情始終難忘，對盧氏的情愛，既不能代替彼姝，更遑論超過彼姝。「得不到的，永遠是最好的。」妻子本已無法與情人爭勝。更何況，這一先隔「御溝」的情人，又隔了「幽明」。對容若來說，她是為他死的！容若原是至情人，在這種情況下，彼姝的影子，永遠盤據在容若心頭，也永遠間隔在容若夫婦之間。

容若與盧氏，雖情好彌篤。但「相敬如賓」的成分，大於「生死相許」的成分，無法與彼姝相比。在容若詞中，有些詞，實在是無法分辨是為盧氏，抑或為彼姝，甚至為繼室官氏或簉室沈宛。但不妨斷言：容若對盧氏真正「至情流露」，當在盧氏逝後，而非生前。如他自供：「當時只道是尋常」。在盧氏逝後，他方在撞擊中重省盧氏種種的好：美慧、深情、體貼、貞靜、包容……而自愧相負。此念一生，盧氏在他心中地位直線上升；她不僅是妻子了，原來，她也是知己；他一直既沒注意，也未體會。於是，「悼亡詞」一一自他筆端，蘸著悔恨寫出。首先是：

青衫濕

青衫濕遍，憑伊慰我，忍便相忘。半月前頭扶病，剪刀聲猶共銀釭。憶生來小膽怯空房。到而今，獨伴梨花影，冷冥冥儘意淒涼。願指魂兮識路，教尋夢也回廊。

咫尺玉鉤斜路，一般消受，蔓草斜陽。判把長眠滴醒，和清淚、攪入椒漿。怕幽泉還為我神傷，道書生薄命宜將息，再休耽怨粉愁香。料得重圓密誓，難禁寸裂柔腸。

沁園春

丁巳重陽前三日，夢亡婦澹妝素服，執手哽咽。語多不復能記，但臨別有云：「銜恨願為天上月，年年猶得向郎圓」，婦素未工詩，不知何以得此也。覺後感賦長調。

瞬息浮生，薄命如斯，低迴怎忘？自那番摧折，無衫不淚（一作：記繡床倚遍，並吹紅雨），幾年恩愛，有夢何妨（一作：雕闌曲處，同送斜陽）。最苦啼鵑，頻催別鵠（一作：夢好難留，詩殘莫續），贏得更闌（一作：更深）哭一場。遺容在，只靈飆一轉，未許端詳。

重尋碧落茫茫。料短髮朝來定有霜。信（一作：便）人間天上，塵緣未斷。春花秋月，觸緒堪（一作：還）傷。欲結綢繆，翻驚漂泊（一作：搖落），兩處鴛鴦各自涼（一作：減盡荀衣昨日香）。真無奈，把聲聲簷雨，譜入愁鄉（一作：聲聲鄰笛，譜出回腸）。

在容若悼亡作品中，這兩闋，加上疑為「借題」的〈金縷曲〉，是最有名的三闋長調。依時間順序〈青衫濕〉最早，約是悼亡當時的作品；也有人認為是他在盧氏「逝後半月」所作的。但「半月前頭扶病，剪刀聲猶共銀釭」；分明是說她在半月前，已然抱病，但還在為他裁衣；可見當時的病，並不是十分沉重的。此詞雖然悱惻，但論感情之深，比不上〈金縷曲〉與〈沁園春〉。而〈沁園春〉的兩種版本，似乎前稿的比後稿（括號內見）痛切。所謂「至情無文」，愈質樸，愈見真情。後稿不免雕繪，前稿卻一片摯情流自胸臆。此「前」、「後」，是指所引文的文字排列先後。至於創作先後，所謂「繪事後素」，依情理論，質樸應在雕繪之前。但兩本俱出於容若，應無疑問。初稿、定稿，常有差距。而待詞稿刪定完成時，初稿可能已傳唱九城，收不回了。但，不論那一種版本，都足見容若與盧氏的伉儷之情，及生活中的高致雅趣，非尋常可及。

然而，就盧氏而言，明知容若心有別屬，雖然不能計較，畢竟不是無動於中。因此傷春、悲秋之情，往往有之。容若並非毫無所覺，詞作中有幾闋溫柔旖旎的閨詞，似為盧氏而作，如：

四犯令

麥浪翻晴風颭柳，已過傷春候。因甚為他成僝僽？畢竟是春迤逗。

紅藥闌邊攜素手，暖語濃於酒。盼到園花鋪似繡，卻更比前春瘦。

踏莎美人

拾翠歸遲，踏青期近，香箋小疊鄰姬訊。櫻桃花謝已清明，何事綠鬟斜嚲寶釵橫？
淺黛雙彎，柔腸幾寸，不堪更惹青春恨。曉窗窺夢有流鶯，也說個儂憔悴可憐生。

攤破浣溪沙

昨夜濃香分外宜，天將妍暖護雙棲。樺燭影微紅玉軟，燕釵垂。
幾為愁多翻自笑，那逢歡極卻含啼。央及蓮花清漏滴，莫相催。

淡淡的歡樂，淡淡的哀愁，似是古代閨中少婦的典型。對容若來說，她不是刻骨銘心的紅顏知己，至少也是知情解意的閨中伴侶。然而，在日常相處中，這一類「不擔心會失去」的伴侶，往往也正是最容易被忽略、被冷落的。直到竟然「失落」了，才後悔莫及。除了長調之外，容若悼亡或相關的小令，亦復不少：

南鄉子 為亡婦題照

淚咽更無聲，止向從前悔薄情。憑仗丹青重省識，盈盈，一片傷心畫不成。
別語忒分明，午夜鶼鶼夢早醒。卿自早醒儂自夢，更更，泣盡風前夜雨鈴。

眼兒媚 中元夜有感

手寫香臺金字經，惟願結來生。蓮花漏轉，楊枝露滴，想鑒微誠。
欲知奉倩傷情極，憑訴與秋檠。西風不管，一池萍水，幾點荷燈。

浣溪沙

肯把離情容易看，要從容易見艱難，難拋往事一般般。
今夜燈前形共影，枕函虛置翠衾單，更無人與共春寒。

鷓鴣天　十月初四夜風雨，其明日是亡婦生辰

塵滿疏簾素帶飄，真成暗度可憐宵。幾回偷濕青衫淚，忽傍犀奩見翠翹。
惟有恨，轉無聊，五更依舊落花朝。衰楊葉盡絲難盡，冷雨西風冪畫橋。

青衫濕　悼亡

近來無限傷心事，誰與話長更？從教分付，綠窗紅淚，早雁初鶯。
當時領略，而今斷送，總負多情。忽疑君到，漆燈風颭，癡數春星。

「總負多情」，成為容若對盧氏難彌的愧疚。也直到此時，盧氏才有了幾分與彼姝分庭抗禮的分量了。這兩人的逝世，對容若的打擊，無比劇烈。是否他因之「奮不顧身」，把自己消磨在「樽前馬上」，不得而知。但，容若因此「也覺人間無味」，對世界無所眷念，是可以了解的。容若以三十一歲的英年早逝，這種感情斲傷，又何嘗不是原因之一呢？因為他原是一個至情至性，既慧且癡的男子呀！

枇杷花下校書人

最後一個為後世所知，曾被納蘭容若眷愛的女子，是曾被誤認為妻，而實際上只是「篕室」的江南女子沈宛。

在納蘭致嚴蓀友的信中有一段話：

昔人言：身後名不如生前一杯酒，此言大是！弟是以甚慕魏公子之飲醇酒近婦人也……吾哥所識天海風濤之人，未審可以晤對否？弟胸中塊磊，非酒可澆，庶幾得慧心人以晤言消之而已。淪落之餘，方欲葬身柔鄉，不知得如鄙人之願否耳！

又在給顧梁汾的信中，寫著：

又聞琴川沈姓有女頗佳，亦望吾哥略為留意。

這一位「琴川沈氏女」，也就是後來被他納為「篕室」的沈宛。

在《納蘭詞》中，一些也寄以深情的詞，在內容上，卻與他早年所戀的「謝孃」，或妻子盧氏的「閨秀」身分，都無法配合的，應該可歸之於沈宛；相關他為沈宛作的詩詞，有兩個重點：

其一：寫出她的身分是「掃眉才子」，是「女校書」。這兩個典，都出於唐．王建〈寄蜀中薛濤校書〉詩：

萬里橋邊女校書，枇杷花裡閉門居。掃眉才子知多少，管領春風總不如。

王建這首詩，是寄「薛濤」的。而薛濤是唐代成都的當代「名妓」；因她能詩能文，與當代名家元稹、牛僧孺、張籍、白居易、令狐楚、劉禹錫、張祜等唱和往來，而有「掃眉才子」、「女校書」的美稱。

其二，她是納蘭請顧梁汾物色來的，來自「江南」。

這兩個有別於「謝孃」與「盧氏」的特質，我們可以從《納蘭詞》中拈出幾闋歸之於為沈宛而作的詞：

遐方怨

欹角枕，掩紅窗，夢到江南，伊家博山沉水香。浣（一作湔）裙歸晚坐思量，輕煙籠翠黛，月茫茫。

這首詩，提到了「夢到江南，伊家博山沉水香」。「博山沉水香」，出於《玉臺新詠》中「郎作沉水香，儂作博山爐」，以喻男女之情。又提到「湔裙」。「湔裙」，原是古代風俗：正月，女子往水邊浣裙，以祈福消災。李商隱有《柳枝五首》，在長序中提到：他的堂兄李讓山的鄰女「柳枝」，是洛陽富商之女。在對柳枝的形容之中，有：「生十七年，塗妝綰髻，未嘗竟，已復起去。吹葉嚼蕊，調絲擫管，作天風海濤之曲，幽憶怨斷之音。」等句。

她顯然不但知音律，也識詩書。因聽了李商隱的堂兄李讓山讀李商隱的〈燕臺詩〉，對李商隱非常仰慕。託他約李相會，云：「後三日鄰當去湔裙水上，以博山香待郎與俱過」。由她的言行近乎放誕的爽朗可知：她的出身縱非娼門妓家，也絕不是什麼「名門閨秀」。

本來是有希望發展成一段情緣的。但因為李商隱的朋友，一心要逼他一起赴試長安，怕他不肯走，就偷走了他的行李。李商隱沒有辦法，只好追隨前去。等他再度見到堂兄，聽說：柳枝已為一位官員聘為姬妾「羅敷有夫」了。使李商隱留下無限悵惘之情。因此為她作了《柳枝五首》，前面還寫了一篇長達兩百多字的序。由此可知「柳枝」，是能欣賞詩文，又通音律的女子；應該正是沈宛在容若心目中的形象。納蘭致嚴蓀友信中，甚至直接引用了《柳枝五首》中形容柳枝的「天風海濤」之句，以形容當時聞名而未見的沈宛，可知其身分相當。

浣溪沙

欲問江梅瘦幾分，只看愁損翠羅裙，麝篝衾冷惜餘熏。

可奈暮寒長倚竹，便教春好不開門。枇杷花下校書人。

由王建寄薛濤詩中「萬里橋邊女校書，枇杷花裡閉門居」之句，就確知這一闋詞寫作的對象，捨沈宛無他。

尋芳草　**蕭寺寄夢**

客夜怎生過？夢相伴綺窗吟和。薄嗔佯笑道：若不是恁淒涼，肯來麼？

來去苦匆匆，準擬待曉鐘敲破。乍偎人，一閃燈花墮。卻對著琉璃火。

這闋詞的前片：「客夜怎生過？夢相伴綺窗吟和。薄嗔佯笑道：若不是恁淒涼，肯來麼」。既能「相伴綺窗吟和」，可知其能詩。又輕嗔薄怒，說出「若不是恁淒涼，肯來麼？」這樣半輕倩、半幽怨的話，顯然不是妻子的語氣。因為題為「寄夢」，可知出於對沈宛的懷念；此時兩人應已分手。

鵲橋仙

月華如水，波紋似練，幾簇澹煙衰柳。塞鴻一夜盡南飛，誰與問倚樓人瘦？
韻拈風絮，錄成金石，不是舞裙歌袖。從前負盡掃眉才，又擔閣鏡囊重繡。

伴收緗帙，悄垂羅幕，盼煞一燈紅小。便容生受博山香，銷折得狂名多少？
是伊緣薄，是儂情淺，難道多磨更好？不成寒漏也相催，索性儘荒雞唱了。

這兩闋〈鵲橋仙〉，是相連而下，語意一貫的。前面提出「塞鴻南飛」，則所念之人，當在南方。「韻拈風絮，錄成金石」，前者指謝道蘊，後者指李清照，二人都是「才女」。說「不是舞裙歌袖」，應指：沈宛的才華，不僅是以「舞裙歌袖」色藝侍人的；除了色藝，她還有才華！「掃眉才」又再度出現詞中。第二首又見「博山香」。而且「是伊緣薄，是儂情淺，難道多磨更好」？明顯兩人是無奈分離的。後兩句則明示了「一夜無眠」的相思之情。

又如「原來瞿塘風間阻，教人錯恨無情」〈臨江仙〉；從閨人的角度寫他的「失約」，是由於「瞿塘風間阻」；有「無以抗拒」的阻礙，而非他「無情」。「長條莫輕折，蘇小恨，倩他說……紅板橋空，湔裙人去，依舊曉風殘月。」〈淡黃柳〉；蘇小，是南朝名妓蘇小小的簡稱。「湔裙人去」，見前「柳枝」故事。都合於沈宛的身分。「有限好春無限恨，沒由來，短盡英雄氣。暫覓個，柔鄉避。」〈金縷曲〉。他所覓得的「溫柔鄉」，正是沈宛香閨。

沈宛之所以被容若眷愛，除了容貌、才藝之外，非常重要的原因，是她知書能詞，可以當他的「詞文知己」。而她不容於納蘭家，恐怕也正是納蘭家認為：是她令納蘭容若「短盡英雄氣」的；而不知「短盡英雄氣」是「因」，「覓個柔鄉避」才是「果」！根本上，因果的認知就顛倒了！

從納蘭寫給朋友們的信中得知，他自覺仕途並不得意。事實上，他二十二歲中了二甲七名的進士之後，原是希望進「詞館」入翰林院的。卻被選為「三等侍衛」（五品）。而他的父親納蘭明珠，在二十歲時，就已任鑾儀衛雲麾使（四品）。他去世時三十一歲，也不過是「一等侍衛」。而明珠三十一歲，已任「弘文殿學士」，入「內閣」掌機要，可以在政治上有所作為了。而容若，還在「鞍前馬後」的當扈從皇帝的「侍衛」。

他在給顧梁汾這位「第一知己」的信中，曾坦白傾訴：

「……雖無才藻，頗有賦心。既而自念身在屬車豹尾之中，名屬綴衣虎賁之列，尚敢與文學侍從鋪〈羽獵〉而敘〈長楊〉也乎……夫蘇軾忘歸，思買田於陽羨；舜欽淪放，得築室於滄浪。人各有情，不能相強。使得為清時之賀監（賀知章），放浪江湖；亦何必學漢室之東方（東方朔），浮沉金馬乎！」

在這一段話之前，他也承認：

「日睹龍顏之近，時親天語之溫，臣子光榮，於斯至矣！」

但這些別人的嚮往，並不是他的期待；長年的「侍衛」生涯，他倦了、累了，也把他早先「致君堯舜」，和「為天地立心，為生民立命，為往聖繼絕學，為萬世開太平」的理想銷磨盡了！而這種消極頹廢的心理，卻絕不是納蘭家樂見與容許的。就他們的「功利」觀念，無法理解他如此消沉的理由。恐怕也以此「歸罪」於沈宛，更以「非常」手段，逼迫他們仳離。容若在無奈中，只得承擔了「薄倖人」遺棄沈宛的罪責。

沈宛有五首詞，被選入清初女詞人的選集《眾香詞》；而這本書的主編，正是容若恩師徐乾學之子徐樹敏（字玉山、號師魯），因著父親的關係，與容若以平輩論交。

沈宛後來還生了納蘭容若的「遺腹子」。這位在容若致顧梁汾書信中，被稱為「琴川（江蘇常熟）沈姓女子」的沈宛，應該就是顧梁汾等江南友人為他物色的。但她與容若的情緣，十分短暫；似乎一年都不到。

由《眾香詞》的簡介：

「沈宛，字御蟬，烏程（浙江吳郡；應是她的原籍）人。適長白成容若進士，甫一年，有子，得母教。」

在《眾香詞》中，選了五首沈宛的《選夢詞》，可由此知道：她與容若之情，除了是情侶，還是詞章知己：

長命女　黃昏後

黃昏後，打窗風雨停還驟，不寐仍眠久。
漸漸寒侵錦被，細細香消金獸。添段新愁和感舊，拚卻紅顏瘦。

一痕沙　望遠

白玉帳寒夜靜，簾幕月明微冷。兩地看冰盤，路漫漫。
惱殺天邊歸雁，不寄慰愁書柬。誰料是歸程，悵三星。

菩薩蠻　憶舊

雁書蝶夢皆成杳，月戶雲窗人悄悄。記得畫樓東，歸驄繫月中。
醒來燈未滅，心事和誰說？只有舊羅裳，偷霑淚兩行。

臨江仙　春去

難駐青皇歸去駕，飄零粉白胭紅。今朝不比錦香叢，畫梁雙燕，應也恨匆匆。
遲日紗窗人自靜，檐前鐵馬丁東。無情芳草喚愁儂，閒吟佳句，怪殺雨兼風。

朝玉階　秋月有感

惆悵凄凄秋暮天，蕭條離別後，已經年。烏絲舊詠細生憐，夢魂飛故國，不能前。
無窮幽怨類啼鵑，總教多血淚，亦徒然。枝分連理絕姻緣，獨窺天上月，幾回圓。

顯然在容若去世之後，她們母子也沒有被納蘭家所容納；甚至。納蘭去世，已返回江南的她，也未必即時得到消息。在《眾香詞》她的簡介中「明示」：她那個「納蘭（容若）遺腹子」還是「得母教」；如同今日的「單親家庭」。從納蘭家對納蘭容若從小的「栽培」，從他的兒子福爾敦也是「少年科第」來看，如果他是生活在納蘭家的，何需由「母教」？

對她不容於納蘭家的原因，當然可能因她是漢人，又出身微賤；以她能詞兼通音律來看，她的出身，應是江南的歌姬之屬。再加上，納蘭家一心指望容若如明珠一般的「飛黃騰達」，沈宛既被他們視為「絆腳石」，當然也「去之而後快」。因而，被當時權勢薰天的納蘭家排斥，也就不意外了。

納蘭家族，再一次地狠心拆散了容若的愛情寄託，讓他再度受到生離死別的感情斲傷。而這一次，付出了嚴重的代價；時隔不久，納蘭以「七日不汗症」去世。更巧的是：他去世的日子，正是盧氏的忌日：五月三十日！讓「心機用盡」的納蘭家，終究落得一場空！

後記：〈一往情深深幾許〉論文，寫作於長篇小說《西風獨自涼》之前。乃是二十餘年前的「少作」。當時納蘭事蹟湮沒已久，罕為人知。尤其相關資料甚少，亦不易訪求。此文中關於「入宮女子」一事，基本上承襲蘇雪林女士之說。寫完論文，才在朋友鼓勵之下寫出《西風獨自涼》小說。雖二度出版，均絕版已久，而還時有讀者尋訪此書，亦堪告慰。

不意時隔三十年，相關納蘭資料陸續出土。喜愛《納蘭詞》的人士日多。在投入「納蘭學」研究的學者精勤努力下，成績斐然可觀，實為納蘭欣幸！相較之下，此文實不足道。現今因《西風獨自涼》再版，略加修訂，並增補一些新的看法與內容。保存於此，亦不過為昔日少年情懷留痕而已。謹誌。

【附錄二】

淺談《飲水詞》的復古與創新

中國文學史中，「詞」興起於唐，發軔於五代，盛於宋，衰於元。至明朝，幾乎只殘餘了一線不絕如縷的生機。就文學的演化常態來說，走到了這一步，也就走到了盡頭；一如四言詩、楚辭體、元雜劇，不易再有回天之望。

可是，在清代，「詞」奇蹟般的「中興」，而且，名家輩出，不能不說是個異數。清初詞壇大家，首推朱彝尊、陳維崧二人。他們都出身於明末的名門望族，由明入清，懷著「遺民」的愴痛心情，發為吟詠。若論「清」詞，首先躍上詞壇的人物，應是當代滿族才子第一人：納蘭性德！

納蘭性德的生平事蹟，在此不必贅述；尤其近年由於大量新資料的出土，使這一個原本隱藏在臆測、傳說中的人物，逐漸有了清晰的面目。近年來，蘭的崇慕者孜孜不倦，對這一人物自各個角度的探討、論述，更足以說明：研究古典文學，尤其是「詞」的人們，對納蘭性德和「飲水詞」的欣賞和喜愛，並沒有隨著歲月時光而褪色。他的「異代知己」，對這一位滿族詞人的崇慕，仍有增無減；並以「團結就是力量」的精神，在為他不朽的文學地位而努力。

「大江東去，浪淘盡，千古風流人物」！我們都了解：每一代都有許許多多「風流人物」，享一時盛名。然而，能留名於歷史的人物，卻寥寥可數；以「全宋詞」為例，其中所錄詞家，就有一千三百三十餘人，作品散佚的還不在其內。而在文學史上占有一席之地，為後人所熟知習聞的，又能有幾？事實上，就如堆疊金字塔，大多數的人，都是塔下基石，只有少數有過人成就，也許還得加上幾分幸運的，才顯露於外。而成為「塔尖」，能留傳後世，為人熟知的，更百不得一。能經歷時間長流嚴酷的考驗、淘汰，還能如中流砥柱，屹立於「文學史」篇頁上的名字和作品，才談得到文學的不朽。納蘭性德不可否認，是已躋身於文學史的一位。他的《飲水詞》，當時已有「家家爭唱」之譽，究竟《飲水詞》的魅力何在？又具有怎樣的特色，是一個值得探索的問題。

「善為詩，尤工於詞，好觀北宋之作，不喜南宋諸家，而清新秀雋，自然超逸。」這是納蘭科考登第的「座師」：徐乾學對納蘭的了解，也成為後世詞評家的共同認知：納蘭性德「詞宗北宋」。後人的評論中，不是擬之以五代南唐的李後主，就是擬之以北宋前期的晏幾道（小山）。實際上，他的身世、性情、為人，固然與此二家同屬於王國維所謂「不必多閱世，閱世愈淺，則性情愈真」的「主觀詩人」。他的詞風也的確也因「性相近」，而有遠接此二家的脈絡可循。也就是說：在當代詞人競宗「南宋」之際，他的詞風卻不是「因襲」，而是「復古」。把經歷了元明兩代，已然靡弱不振的詞風，帶回到「詞」的生命力最旺盛的時代

「北宋」。這一種的復古，猶如唐宋古文運動，在士林競作文字華弱，四六對偶的「時文」（駢體文）之際，唐宋八大家卻逆向操作，提倡「散文化」樸素而言之有物的「古文」，以扭轉頹風。經過了從韓愈到三蘇的竭力提振，才有「文起八代之衰」的輝煌成就。

以在一般人眼中視同「雕蟲小技」的「詞」，來比擬「古文運動」，或許有些人會覺得「比擬不倫」。而在此，所要借喻的，並不是就「文以載道」與否的「價值觀」著眼。而是：在「復古」這一意義上，二者是有其相似之處的。事實上，納蘭容若對「詞」也有另有一番不同於一般人的見解；在他的「填詞詩」中就提出了他對詞的看法：

> 詩亡詞乃盛，比興此焉託。往往歡娛工，不如憂患作。冬郎一生極憔悴，判與三閭共醒醉。美人香草可憐春，鳳蠟紅巾無限淚。芒鞋心事杜陵知，只今惟賞杜陵詩。古人且失風人旨，何怪俗眼輕填詞？詞源遠過詩律近，擬古樂府特加潤。不見句讀參差三百篇，已自換頭兼轉韻！

這或許可以說是他對「詞」的一個理想：「詞」是可以遠接風騷，具有「風人旨」，比興兼寄託的。由此，也可知他是有心對「詞」的格調與內涵有所提振的。即使如況周頤所說：「容若承平少年，烏衣公子，天分絕高，適承元明詞敝，甚欲推尊斯道，一洗雕蟲篆刻之譏。獨惜享年不永，力量未充，未能勝起衰之任。」

但他的確是在有生之年，對此一理想「心嚮往之」，並努力以赴的。

他的致力於「復古」，應該還不僅是如當時人及後世人給予的評價如：

顧梁汾：

「容若詞，一種淒惋處，令人不能卒讀，人言愁我始欲愁。」

陳其年：

「飲水詞哀感頑艷，得南唐二主之遺。」

韓慕廬：

「納蘭容若詩有開元風格，作長短句，跌宕流連以寫其所難言。」

而是具有更高遠的理想境界的。

就我們綜合對納蘭其人一生行誼的了解，可以說：他是個百分之百的「完美主義者」。

他那些流露在字裡行間，與他為人稱羨的相國公子，天子近臣的家世身分極不相侔。以世俗眼光無法了解的淒婉痛苦心境，恐怕都源之於此。他要求自己做忠臣、做孝子、做良朋、做益友、做好丈夫、做好父親。為天子執殳，則「出入扈從，服勞惟謹」，乃至「直廬頓次，不敢乞休沐」；為父親侍疾，則「日侍左右，衣不解帶，顏色黝黑，及愈乃復」；為朋友謀，則「絕塞生還吳季子，算眼前，此外皆閒事」；為亡妻誄，則「卿自早醒儂自夢，更更，泣盡風前夜雨鈴」……

他天性純良高潔，求全責備，追求完美。而比一般人處境更難為的是：他在血緣上是蒙古人，入仕為大清之臣。在人格上，卻因飽讀詩書，極度的漢化；把「聖賢書」中高懸的種種難臻的標準，作為一生為人行事的準繩，不容許自己在品格上有半點的瑕疵。但籍隸於「八旗・正黃旗」的他，雖然性格、氣質都傾向於「習文」，卻不能、亦不敢對他身為蒙古後裔、在「旗」滿臣，「祖宗家法」所責成的種種「尚武」的要求，有所違逆。

文化的融合，本來就是需要相當長的時間調適，而他所出生的年代，卻是這兩種不同文化在融合之初，必然矛盾衝突百出的時候！他心思纖細敏銳，多情善感，這兩種衝突的文化，甚至還得加上他父系血統上，是曾與滿清為敵的「葉赫那拉」；母系血統是被順治所殺的「英親王」阿濟格之後。加上父親在朝中肆無忌憚「招權納賄」的樹大招風，和他本身熱愛漢文化，傾心結交漢人遺民文士，易為有心人攻訐疑忌的行為……這一切為人稱羨的優勢，帶給他的恐怕就不是「左右逢源」，而是「內外交迫」了。

也有人對他身為「葉赫那拉」後裔可能遭受疑忌一事，以時代相去已久而存疑。但，我們必須了解的是：在攻訐無所不用其極的「政敵」之間，「無」中尚可生「有」的誣罔羅織，陷人於罪。何況實際存在，可資「煽風點火」的話柄？

他的經史教育，當然會引導他繪製出理想的政治藍圖，在現實中，卻有太多與他的理想不盡符合，乃至悖離的情事。他追求美善之心，出於天性，面對外在的一切拂逆，他只有「盡其在我」。但，這樣的「盡其在我」，是勉強而痛苦的；以他性情之真，必不能作偽，必得有所寄託，有所抒發。於是，他寄情於室家，寄情於友朋，寄情於「詞」。

成為他抒發的管道的「詞」，也以其一片真心摯情，而為人所稱賞。後人以他比擬於南唐李重光、北宋晏小山，不僅是他們都出身於高門貴家，文字中自然流露出的清貴高華氣質風度相近，也是性情的相類；他們的眼裡、心裡都容不下半點塵滓，作品中幾乎是「透明」的，把一己喜怒哀樂之情，從肺腑中掬出，李、晏二家的詞作，感人在此，納蘭也不例外。

以他的性情中的率真、唯美、忠愛和求全責備來說，若與屈、陶、蘇、辛諸子異地而處，是可以「異代、異地皆然」的。然而，他生於一個朝代開創、英主聖明的太平盛世！雖則如此，並不代表廊廟之間沒有傾軋與猜忌；他的父親明珠與索額圖之間，就是彼此傾陷無所不用其極的政敵。社會之上沒有腐敗與不平；滿人生而高人一等，可以擅作威福。漢人滿腹經綸而流落不偶者，比比皆是。因此，這些「昇平」表相，也就並不代表他心中沒有不平與苦悶。

事實上，以他處處表現的小心惟謹，臨深履薄來看，他恐怕是有著相當難堪的處境的；以他就表面看來「得天獨厚」種種，能不遭疑忌幾希！就這一點而言，恐怕他高居相位的父親納蘭明珠，就是他痛苦的根源之一；他豈能不知道明珠的種種貪瀆不法！亦以此憂心惙惙。只是身為人子，又將奈何？他的漢人友友們，才學出眾，都是一時英傑。而坎坷失志，淪落江湖；他的妻子，是他感情生活的最大慰藉，而不幸青春早逝！而就我們了解，他早年還有「入宮女子」的情恨、晚年又有愛妾沈宛的遺憾。凡此種種，都成愁山恨海。

而有一些情事，還是不可言說的；如顧貞觀所謂：

「吾哥所欲試之才，百不一展；所欲建之業，百不一副；所欲遂之願，百不一酬，所欲言之情，百不一吐。」

更耐人尋味的是下文：

「實造物之靳乎斯人，而並無由達之君父者也。」

而在當世，一般人眼中，他最可羡的，便是逢聖明之君，有顯達之父！處於這樣的地位、環境之中，心境委屈如此，所謂「容若，古之傷心人也」的重點，恐怕就在於「傷心人別有懷抱」，而不僅是寫在明處的悼亡等悽婉悲哽的名世諸作了。或許可以這麼說：他的悼亡、寄友、乃至出塞之作，提供了他一個抒發轉換寄託「難言心事」的管道，也因此成就了他異於當代的獨特詞風。

王靜安氏在《人間詞話》中談及納蘭詞云：

「以自然之眼觀物，自然之舌言情。」

他的詞風清新婉麗，絕不費解。所以，我們即使無法實指深究這些詞背後的「所以然」，卻也能因他文字的純淨透明度和感染力，而知其文字本身已然提供的「其然」，並由衷共鳴。雖然比之李後主，他的作品還談不到「以血書之」。然則，他詞中所含蘊的忠愛、友愛、情愛，卻是人所共有，且最能深入人情，並引起戚戚共感的。

就我們目前對他的作品，在沒有明確的佐證之前，當然是不便也不必附會什麼「風人之旨」或「微言大義」。事實上，歷三百年來，也並沒有多少人認為他的作品除了「直抒」於顯處的「胸臆」之外，別有什麼「微言大義」。他歷久不衰詞名的建立，顯然也並不在此。

而是在於他作品本身異於當時「競宗南宋」的特質，和他以近於白描之筆，寫清麗婉約似水柔情的詞風。這種「一往情深深幾許」的特質，特別顯豁的表現在他的悼亡諸作上，也充分表現在他最為人稱美的清麗淒婉小令中。

「悼亡」這一題材，固然是自古就存在各家詩文中，卻很難成為一個詩人寫作上的主要題材，更少有以此為傳世名作的；畢竟這只是屬於一己私情，不說足否為「外人道」；在以過去的禮教來說，這總歸是非他人所能置詞的閨閣中情事，也與他人不相干。而且，自莊子「鼓盆」以來，士大夫多少也有點恥於把自己對「室家」的眷愛深情坦露人前的自矜。便賦「悼亡」，也是追憶持家辛勤，井臼勞苦的感恩懷德，多於兩情繾綣的依慕愛戀。也可以說感念多而感情少。能傳世的，也不過元稹之詩、蘇軾之詞，寥寥可數。納蘭是第一個把「悼亡」當成詞作「主題」著意經營的詞人。這當然與他「情摯近癡」的先天氣質，和他與盧氏之間情好彌篤有關；他對盧氏出於一往情深，歷久難釋，抱恨終天的哀思，使他情傷難遏。如他自陳：「春花秋月，觸緒堪傷」，於是發之於中，形諸於外，哽咽悲歌，竟成為《飲水詞》的「主旋律」；雖各家看法有出入，但一般共認有「悼亡」色彩的詞，占他全部詞作的比例極高。也由於他的悼亡之情，完全發自肺腑，題材雖雷同，這些詞中的感情深度、濃度，並不因而稍減，都具有極大的感染力。也因此，竟使這一種屬個人情感抒發，又屬哀悼之音，本當為歌樓所忌的作品，造成為當時人競相傳寫的盛況，甚至成為「家家競唱《飲水詞》」的原因之一，不能不說是個異數。而這異數形成的原因，正在「至情」二字。

「悼亡」之外，他的小令，亦集清麗淒婉、溫柔蘊藉、悱惻纏綿於一身，偏又出於清雅高華的詞風，自也足令人一見傾心，愛不釋手。後世論詞者，對他的長調，或有心餘力絀之憾，對他的小令，卻是一致稱美的。

然則，飲水詞真正的特質，還不僅於柔情，更在於性情。他的老朋友吳綺在〈納蘭詞序〉中說：

「嗟呼！非慧男子不能善愁，唯古詩人乃可云怨，公言性吾獨言情，多讀書必先讀曲。」這出於他自言的「性」，當也就是性情。而他的「性情」，卻更見之於不太被「看好」的長調中。如果說他有心身體力行他主張的「風人之旨」，恐怕也是「寄託」在這些不太被後人肯定的長調中的較多。他滿腹經綸的漢人朋友們的不遇，和眼見著不學無術的滿人，因著血緣而得以平步青雲的現象，使他感同身受的憤懣不平，而在他賦贈這些朋友的詞作中，寄託了大量的譏刺與嘲諷。如他「贈梁汾」的兩闋〈金縷曲〉：

德也狂生耳，偶然間緇塵京國，烏衣門第。有酒唯澆趙州士，誰會成生此意。不信道竟逢知己。青眼高歌俱未老，向尊前拭盡英雄淚，君不見，月如水。

共君此夜須沉醉，且由他蛾眉謠諑，古今同忌。身世悠悠何足問？冷笑置之而已。尋思起重頭翻悔。一日心期千劫在，後身緣恐結他生裡。然諾重，君須記。

酒浣青衫卷，儘從前風流京兆，閒情未遣。江左知名今廿載，枯樹淚痕休泫。搖落盡玉蛾金繭。多少殷勤紅葉句，御溝深不似天河淺，空省識，畫圖展。

高才自古難通顯，枉教他堵牆落筆，凌雲書扁。入洛遊梁重到處，駭看村莊吠犬。獨憔悴斯人不免，袞袞門前題鳳客，竟居然潤色朝家典。憑觸忌，舌難翦。

這一既非如前代詞家，處於坎坷仕途，感時傷事的吟詠。又非生於離亂，憂國傷時，寄託興亡的慨嘆，便也形成了他詞風中獨有的特質。

他身為天子近衛，本身出入扈從，「為王前驅」的職務，更提供了前代詞人少有的「出塞」機會，而將他安置在古代歷史的場景中。這一類不同於婉約小令，當歸之於「豪壯」的詞，在他的作品中，也是不可忽略的。基本上來說，詞以婉約為正宗，豪壯為別格。然則，自蘇辛以來，詞人胸中鼓盪的清曠、超逸、悲壯、蒼涼的凌雲之氣、家國之思，寫入詞中，以寄託愴懷憂思，也自成一宗。豪壯詞風，正宜寫「性情」。納蘭又正是一個不僅有柔情，更極具性情的「性情中人」。當他置身於他所熟知的歷史場景中，又豈能無感？然而，南宋辛、陸諸家詞中，表現的「愛國情操」，是國家處於弱勢時，眼見君臣苟安，國勢日亟的憂憤。而納蘭所處的時代，卻是一個開創之始的「盛世」。更因著他本身的血緣，畢竟不同於處於被侵略的弱勢一方。因此，他就有了另一種去思維、去感受那一片土地上爭伐與興亡的角度，開發了前人詞中所無的另一領域。如〈蝶戀花〉：

千古河山無定據，畫角聲中，牧馬頻來去。滿目荒涼誰可語，西風吹老丹楓樹。

幽怨從前何處訴？鐵馬金戈，青塚黃昏路。一往情深深幾許？深山夕照深秋雨。

他的感慨，應該說出於他悲天憫人的天性，和他天生敏銳善感，並熟讀史冊，對歷代盛衰興亡有所了悟，而產生的感慨。在這一方面，也使他的詞有了屬於自己的「創新」和異於前人的風貌。即使他如況周頤所說：「享年不永，力量未充，未能勝起衰之任」。但，他的熱誠和理想，是不應被抹煞的。

納蘭性德被稱為「清代第一詞人」，是有理由的；與他同時的朱、陳乃至他的知己顧貞觀，都是由明入清，而且生長在江南那以「漢人文化」為主流的大環境中。只有他，是生於順治朝北京的滿人，而在一般滿人對漢文化只能說是略識「之無」的時代，脫穎而出，以詞名家，當然稱得上是「清代第一詞人」。更何況，清詞雖說「中興」，稱得上大家的，也不過寥寥數人而已。鄭騫先生《續詞選》所選清詞，主要的不過七家：朱彝尊、陳維崧、納蘭成德、項廷紀、蔣春霖、鄭文焯、朱祖謀。朱、陳二家，更是由明入清；嚴格地來說，不能完全列為「清代詞家」。譚獻《復堂詞話》把納蘭、與項、蔣二家並稱，認為他們是清代詞壇二百年來的「分鼎三足」的代表人物。而三人中蔣春霖詞集名《水雲樓詞》，所以稱「水雲樓」者，就因為他一生所崇慕的，就是納蘭的《飲水詞》與項廷紀的《憶雲詞》，故取「飲水」、「憶雲」各一字以命名。由此亦可知：納蘭詞對有清一代的影響，絕非泛泛。

我們惋惜納蘭的早逝，使他的作品深度和廣度，受到了「天年」所限，沒有能開拓更大的視野與局面；人的智慧、眼界也好，哲思、理念也好，畢竟還是需要歲月與閱歷給予淬煉陶鑄的。而且，由於他的身世及時代，使他的對於社會認知、民生疾苦，乃至交友對象，都跳脫不出受制於生長環境，屬於「小我」的格局。以致於他的感情、性情，乃至愁思悲慨，不能有更高遠的境界與成就。因此，就整個文學史的長流而言，他的詞，與他所嚮慕的北宋諸賢，還是有著一段距離的，這不能不說是相當遺憾的事。雖則如此，在有清一代，不論詞名之盛，傳唱之廣，他都還是統領風騷的。

國家圖書館出版品預行編目資料

西風獨自涼：清初詞人納蘭 / 樸月著 .
-- 初版 . -- 臺北市：聯合文學 , 2018.6
320 面 ;14.8×21 公分 . --（歷史讀物；PY001）

ISBN 978-986-323-261-2（平裝）

857.7　　107007782

歷史讀物 PY001

西風獨自涼：清初詞人納蘭

作　　者／樸　月
發 行 人／張寶琴

總 編 輯／周昭翡
主　　編／蕭仁豪
資深編輯／尹蓓芳
編　　輯／蔡琳森
資深美編／戴榮芝
內文排版／郭于緁
業務部總經理／李文吉
行銷企畫／許家瑋
發行助理／簡聖峰
財 務 部／趙玉瑩　韋秀英
人事行政組／李懷瑩
版權管理／蕭仁豪

法律顧問／理律法律事務所
陳長文律師、蔣大中律師

出 版 者／聯合文學出版社股份有限公司
地　　址／(110)臺北市基隆路一段 178 號 10 樓
電　　話／(02)27666759 轉 5107
傳　　真／(02)27567914
郵撥帳號／17623526 聯合文學出版社股份有限公司
登 記 證／行政院新聞局局版臺業字第 6109 號
網　　址／http://unitas.udngroup.com.tw
E-mail:unitas@udngroup.com.tw

印 刷 廠／沐春行銷創意有限公司
總 經 銷／聯合發行股份有限公司
地　　址／(231)新北市新店區寶橋路235巷6弄6號2樓
電　　話／(02)29178022

出版日期／2018年6月　初版
定　　價／340 元

ISBN 978-986-323-261-2（平裝）